集英社オレンジ文庫

リーリエ国騎士団とシンデレラの弓音

—希望を結ぶ岬—

瑚池ことり

本書は書き下ろしです。

Contents

イラスト／六七質

Lily Nationale Ritter Erzählung

Characters

ニナ

優秀な騎士を輩出する村に
生まれながら、小柄であるために
大剣をふるえない。
短弓の才能を見いだされ、
国家騎士団員に。

リヒト

ニナの才能に気づき、
騎士団に勧誘した。
庶子ではあるが、
リーリエ国の王子。
競技中は、
ニナの盾を務める。

ロルフ

ニナの実兄。
過去の事故で左目を
失いながらも、
リーリエ国最強を
謳われる寡黙な騎士。
〈隻眼の狼《アイン・ヴォルフ》〉と呼ばれている。

ゼンメル

リーリエ国騎士団の老団長。知的で思慮深く、ニナの存在にも理解を示す。

トフェル

リーリエ国騎士団の団員。丸皿のような目が特徴的。ニナをしょっちゅうからかう陽気な騎士。

メル

ニナが南方地域で出会った、意思を持たない人形のような少女騎士。「先生」と呼ぶ人物の指示に従い、〈炎竜の事変〉《フラルドラーゴ・レベリオ》と呼ばれる惨事に関わっていた。

ベアトリス

〈金の百合〉《ゴルト・リーリエ》と呼ばれるリーリエ国の王女。勇敢な女騎士で、リヒトの異母姉。

イザーク

キントハイト国騎士団の団長。〈黒い狩人〉《シュバルツ・イエーガー》と呼ばれる、現在の破石王。

火の島《イグニス・インスラ》 全体図

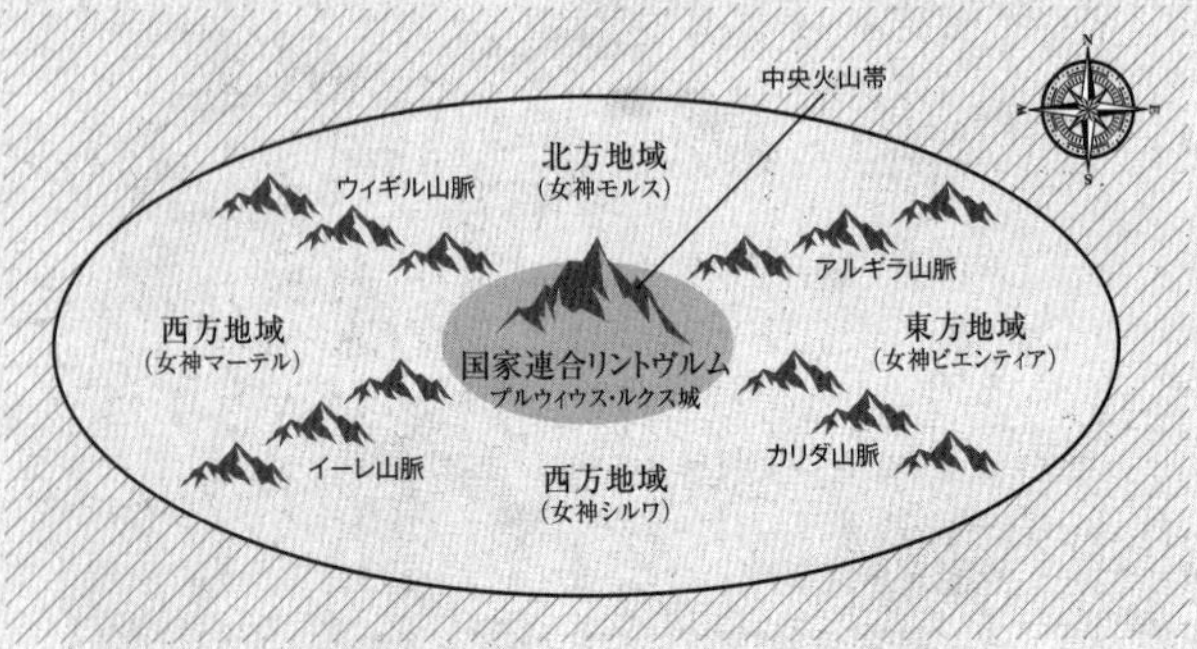

西方地域 各国配置図

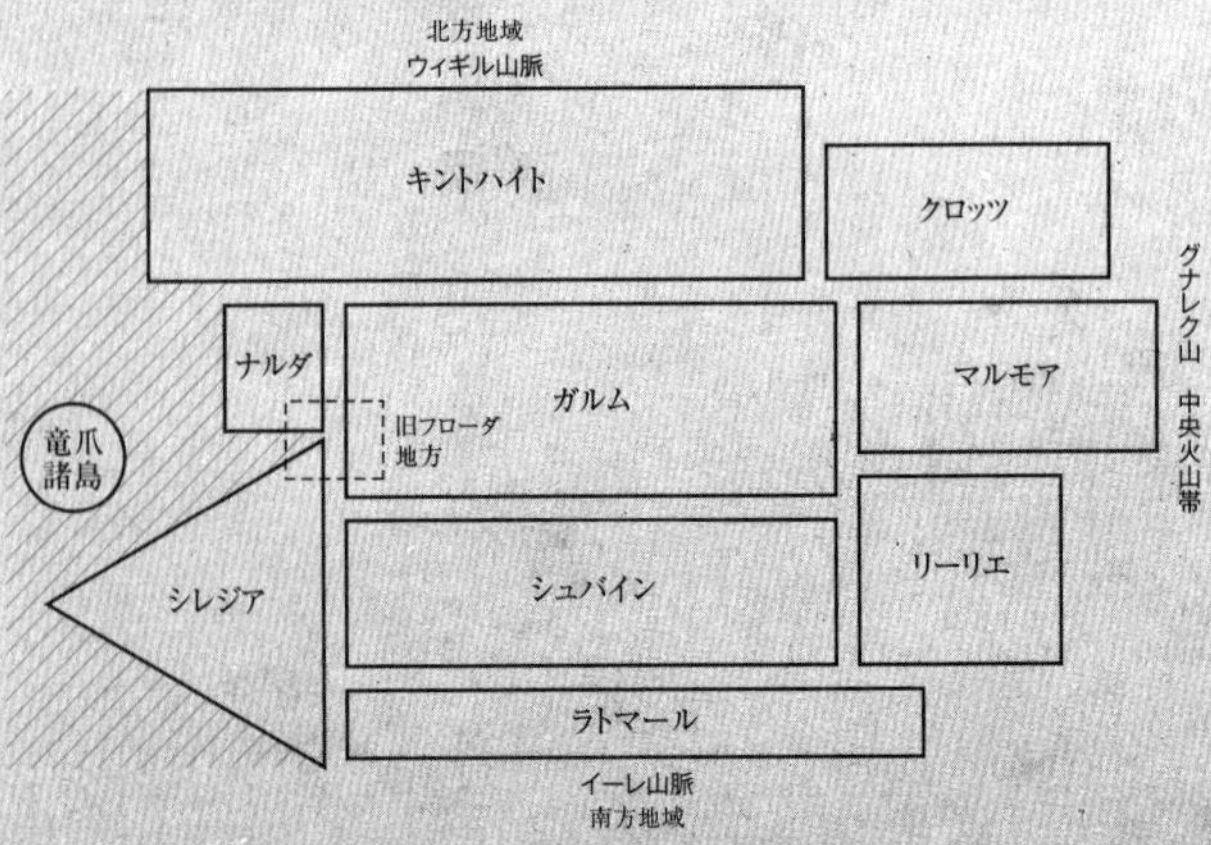

リーリエ国騎士団と
Lily Nationale Ritter Erzählung
シンデレラの弓音
—希望を結ぶ岬—

前章

「鉱脈の規模に対して、押収された硬化銀製大剣《ウルリル》の数が少ない気がする、ですか……」

キントハイト国騎士団長イザークは、眉《まゆ》をよせて考えこんだ。

大通り沿いの大衆酒場。

人目を避けるように、選んだのは奥のテーブル席だ。

外套《がいとう》姿のイザークは、やはり外套をまとったリーリエ国騎士団長ゼンメルと、書類の束をあいだに顔をつき合わせている。鉱脈の地図や数字が書きこまれた報告書のそばには、蜂蜜酒《はちみつしゅ》の木杯が置かれている。

「同行したのは検品係、採掘部長、ゲルヴィザ鉱山の責任者。指摘したのは鉱山の責任者だ。むろん、鋳造《ちゅうぞう》の過程で失敗したものも、南方地域で売られたものもあろうが、それにしても、と」

ゼンメルは広げられた書類に目を落とす。

キントハイト国の王都ヴォルケ・ラヴィーネにほど近い宿場町。

北のバルトラム国からウィギル山脈を越えてキントハイト国、さらにはガルム国の先へとつながる主要街道ぞいの宿場町は、交通の要所として栄えている。宿泊施設や飲食店が充実しているだけでなく、配達人が常駐するなど利便性に富み、人と待ちあわせるには手頃な場所でもあった。

イザークはゼンメルが国家連合《リントヴルム》の依頼を受けて、バルトラム国の鉱山を視察に行く予定だと聞いていた。目的は火の島杯の反乱に使われた、硬化銀製大剣の原料となった硬化銀鉱脈の調査。武具の専門家としてのゼンメルの高名、また反乱後に押収された大剣の検品にたずさわった経緯からの要請だった。

戦争の代わりに国家間の問題を解決するための戦闘競技会《せんとうきょうぎかい》制度は、硬化銀製の防具があって成り立つものだ。

硬化銀は鉄より軽く鋼《はがね》より強靱《きょうじん》な鉱石とされる。

武器と防具の素材に差をつけることで、大剣で兜《かぶと》の命石《めいせき》を割るという危険な競技の安全性を可能なかぎり保証している。あらゆる金属に勝る硬化銀の剣は、製造、使用、所持が認められぬ禁忌《きんき》の武器だ。戦闘競技会制度を運営する国家連合が、制度にそむいた国を滅ぼす制裁的軍事行動のときにのみ、例外的に使用が許されている。

そんな戦闘競技会制度を揺るがす存在である硬化銀製密造剣の出所を、イザークとゼンメルは協力して調べていた。

それが使われた反乱のあとも火の島《イグニス・インスラ》の安寧《あんねい》のために、志《こころざし》を同じくしている。西方地域に所属する国家騎士団の団長として、過去に戦場で馬を並べた旧知のものとして。したがって王都の騎士団宿舎にて手紙を受けとるなり、イザークはこの宿場町に馬を向けた。

テララの丘に帰る同行者らと別れ、ウィギル山脈を越えてきたゼンメルと邂逅《かいこう》した。十二月となり北方地域では冬も本番なのだろう。ゼンメルの外套からは、湿った雪の匂《にお》いがした。

イザークは、立たせたような黒い短髪をかく。

浅黒い精悍《せいかん》な顔立ちに、困ったような表情を浮かべた。

「すみません。おれは武具の製造過程については、さほど知識が。騎士団では団員の使い勝手に合わせて、いくつかの型を武具屋に依頼しています。鉄鉱石の検分と鋳造の視察まではしますが、原材料の採掘現場まではさすがに」

「それだけやっておればじゅうぶんだ。わしとて武具屋の倅《せがれ》といっても、鉱脈まで足を運ぶことは稀《まれ》だ。だからこそテララの丘で硬化銀の採掘に従事する、鉱山夫長の意見が気にかかる。押収された密造剣はおよそ二千。しかし鉱脈の流れと採掘跡を比較すれば、万を越える密造剣ができていても不思議はないと。……それに」

「なんです？」

「手提灯《てさげとう》で採掘場を照らしたとき、妙に空疎《くうそ》な気がしてな。冷たい薄闇からは、あれほどの反乱を起こしたものらの憎悪を感じなかった。反乱に失敗して国家連合に明け渡されたのではなく、とうの昔に掘りつくされ、用済みとなっていたような」

ゼンメルは顎《あご》の白髭《しらひげ》をなでる。

なんとなく落ちた沈黙に、周囲の喧騒《けんそう》が大きく聞こえた。

午後の酒場は食事時でもないのに、席はほぼ埋まっている。

これもまた件《くだん》の反乱による影響だった。反乱の舞台となったのは国家連合の本拠地である、中央火山帯のテララの丘。その代表を決める議長選にともない開催された、火の島杯に集《つど》う各国の要人が標的だった。社会制度の転覆《てんぷく》をもくろんだ反乱は未遂《みすい》に終わったが、地下の水蒸気噴火が混乱に拍車をかけ、多くの犠牲者《ぎせいしゃ》を出す惨事《さんじ》となった。

炎竜の事変《フラルドラーゴ・レペリオ》とも呼ばれる災禍《さいか》から四カ月が過ぎたが、情報が錯綜《さくそう》し武装蜂起《ほうき》があいつぎ、各国は軍備増強などの対応に追われている。

武具の輸送業者や手紙を届ける急使は、外套姿のまま手早く食事をすませると、くつろぐまもなく金貨を置いて席を立つ。

戸口から頻繁《ひんぱん》に吹きこむ風に琥珀《こはく》色の目を細めて、イザークは口を開いた。

「……鉱山夫長の指摘に対して、国家連合はなんと？」

「意見が分かれている。権威の回復の方が急務だとして、かかずらう余裕がない。また同時に反乱に関することは、早く報告書をまとめて〈過去のもの〉としたい。……そういうことだろう」

乾いた声で答え、ゼンメルは酒杯に手をのばす。

イザークは片眉をはねさせた。国家連合が議長選に夢中となり、足元で進行していた反乱の芽に気づかなかった点には、内外に批判の声がある。

イザークは、なるほど、と口角をあげる。

「都合の悪い不始末はとっとと歴史にして、素知らぬ顔でふたたび、見える神の衣をまとう。さすがは忠義をつくす男を奔放《ほんぽう》に振りまわす、我らが女王だ。腹立たしいですね。寝台に引きずりこんで、貞節《ていせつ》の顔を剝ぎとってやりたいくらいです」

「苛立《いらだ》ちはわかるが、意見が分かれていると言ったろう。国家連合にも私心なきものはいる。捕縛《ほばく》された〈モルスの子〉についても、全員処刑の意見も出たが、法務部長らの反対でとおらなかったそうだ」

「法務部長……ナリャス国の理事が？」

「たいした御方だよ。事故を装って連中に殺されたナリャス国の騎士団長は、娘婿だったと聞くに、全容解明のために職責を果たされている。ああ、モルスの子といえば」

ゼンメルは思いだしたように言葉を区切った。

「我らが提出した〈メル〉に関する答弁書は、会議にかけられたそうだ。ニナの証言を待って、判断がくだされるだろう」

「それはよかった。国家連合にも思惑はあるでしょうが、おれ個人としてはあの娘の剣技、レミギウスが反乱を計画した五年前から仕込んだにしては、少し練度が高すぎるように思います。真相が曖昧《あいまい》なまま、〈証拠品〉の首を斬られるのは惜しいですからね。なにより も子兎《こうさぎ》が、涙ながらに救おうと願う姫君だ。うちの副団長から情報を得て、〈先生〉とやらの捜索はどうなりました？」

「知らん」

「知らない？」

「発見の可能性がほぼ見込めぬ以上、現時点では騎士団の公務とは認められない。捜索の許可は与え、騎士団の仕事に支障をきたさぬとの制約のみ科したが、あとは関知していない」

そっけなく答えたゼンメルに、イザークは目をまたたいた。

並んでいると祖父と孫娘のようにも見えた、老団長と小さな女騎士を脳裏《のうり》に描く。ややあって、ははあと、妙に納得した顔で顎先に手をやった。

「新年度の騎士団体制再編をまえに、団員として自覚を持たせよう、とのことですか。先輩として導く立場になるのなら、たしかに、いまの子兎では心許《こころもと》ないでしょう。魂こそ騎士ですが、助けられる立場に慣れてしまうと、主体性が育たない」

ゼンメルは白い眉をひそめる。当然の口調で告げられたのは、自国の上層部しか知らぬ騎士団の内部事情だ。

おぬしは本当に、よもや陛下の愛妾《あいしょう》が情報源か、と問いただしかけたが、もういまさらかと思ったのだろう。忌々《いまいま》しげな溜息をつくと、言葉をつづけた。

「……騎士団では規格外ともいえる、子供じみたあの外見だ。自然と甘やかしてしまったが、最低でも年相応の扱いをせねば、新人が入ってきたときに示しもつかぬ。前々から、お客さんを止めさせねばと思っていた。むろんニナだけではなく、ロルフをふくめた年若い団員の全員だがな」

「少数精鋭の安逸さを手放されると？　寡兵《かへい》に苦心していると仰《おっしゃ》りながら、さほど積極的に団員を増やそうとなさらなかった。さりとて総合力は、火の島杯で上位四カ国。軽んじているわけではないですが」

「弁解はせんよ。三百人からなる大所帯をさばいているおぬしに、口幅《くちはば》ったいことも言えぬ。……目が届かぬことで生じた、過去の出来事が引っかかっていた。確実に信頼できるものにのみ軍衣《ぐんい》を許したいと。ただこの時勢では、そんな感傷は捨てねばなるまい」

己に言い聞かせるように告げて、ゼンメルは木杯に手をのばす。

国の軍事力と等しき国家騎士団は層が厚いに越したことはないが、多ければ人間関係のもつれも避けがたい。仲間の裏切りで家族を失った、かつてのリーリエ国副団長の起こした団員殺害事件。その概要《がいよう》を把握《はあく》しているイザークは、ゼンメルの感情を察する。

無言のままイザークが酒壺《さかつぼ》をかたむけたとき、戸口から冬の風が吹きこんだ。

テーブル席の二人が顔を向けると、副団長ユミルが長靴《ちょうか》を鳴らして近づいてきていた。

ユミルは片手をあげて案内の店員を制し、外套のフードを外す。どうした、とイザークが声をかけると、ユミルは線のような目をさらに細めて睨《にら》みつけた。

「どうしたじゃないですよ。置き手紙一つで出かけられるのはおやめください。こちらにも、都合や用事があるのですから」

イザークはわずかに首をすくめた。

「ああ……すまん。南の国境砦《こっきょうとりで》に送る団員編制がまとまらず、ふと遠駆けがしたくなってな？」

「夜毎《よごと》に花畑で羽根をのばされて、まだ足りないんですね。わたしが帰国してからの不品行は、さすがに目に余ります。団長のお花遊びに疲れ果てた副団長も、ふと退団したくなりそうですねえ？」

にっこりと笑い、ユミルはゼンメルに立礼《りつれい》をささげる。

脅《おど》しめいた軽口に苦笑いを浮かべたゼンメルは、背中の太刀傷《たちきず》の経過をたずねた。

硬化銀製密造剣の証拠品を追っていて、おそらくはメルの〈先生〉に襲われた深手。重《じゅう》篤《とく》な後遺症もなく完治している旨《むね》を答えたユミルは、あらためて、自身の失態で迷惑をかけたことをゼンメルに詫《わ》びた。

東方地域での療養を終えて帰国する際、ユミルはリーリエ国に立ちよりニナに会っているが、ゼンメルはちょうどバルトラム国の鉱山視察へ出ていた。先ほど告げた彼の都合とは、その件で直接、ゼンメルに謝罪したかったからのようだ。

こちらが用事です、と断って、ユミルは一連の騒動の発端ともなった、野盗から押収した硬化銀製密造剣についての追加報告書を差しだした。密造剣を野盗に収奪されたクロッツ国の商人は、結局は金で国籍を買った連中の一味で、南方地域で四女神《デア・ファトス》の偽軍衣を所持していた商会と関わりがあったとのことだった。

火の島の四地域を股《また》にかけた〈連中〉の活動に、深い溜息をついたゼンメルに対して、ユミルはつづいて書筒《しょづつ》を手渡す。

「イザーク団長が出られたのと行きちがいで、国家騎士団の宿舎宛《あて》に届きました。リーリエ国騎士団副団長ヴェルナーどのからの急使です」

「ヴェルナーから？」

ゼンメルは訝《いぶか》しげな顔をする。留守居を任せたヴェルナーには鉱脈調査後、キントハイト国に立ちよると告げてあるが。

書筒から取り出した手紙に目を落としたゼンメルは、読みすすめるにつれて老顔をしかめる。鼻の丸眼鏡《まるめがね》を外すと、なんとまあ、初っ端《しょぱな》から難場かと目頭《めがしら》を揉《も》んだ。うかがうような表情を向けてくるイザークに気づくと、手紙を差しだす。

どこか諦めを感じさせる声音《こわね》で告げた。

「読んでかまわん。どうせおぬしらが、リーリエ国に忍ばせている情報の出所とやらから、早晩、伝えられるだろうことだ」

イザークとユミルは視線を交わした。

かしこまった咳払《せきばら》いをしたユミルは、では遠慮《えんりょ》なく、と慇懃《いんぎん》な微笑《ほほえ》みを浮かべる。イザークの隣に座ると、押しいただくように手紙を受けとった。

記されていたのは悪筆ながら詳細に記録されている、リーリエ国騎士団員の最近の任務記録。そしてシレジア国の代理競技に、リヒトが立会人として、ロルフら随行団員《ずいこうだんいん》を連れて参加した次第――

ゼンメルは丸眼鏡をかけ直して腕を組んでいる。

手紙を読み終えたユミルは意外な内容に、思案を組み立てるように顎《あご》に片手をやった。

切れ者と評判の副団長ユミルは、分析力に長《た》け、収集した情報から事象の裏や結果までをも推測する。

机上《きじょう》を得手《えて》とする副団長に対して、競技場でこそ狩人《かりゅうど》の真価を発揮する団長イザークは豪胆《ごうたん》な男だ。けれどその姿勢は野性的な直感に裏打ちされている。したがってイザークは、これはこれは、と面白そうに口角をあげた。

「あの金髪が外交特使などと、なんとも愉快……いえ、珍しい状況になっているようですが、しかし……そうか」

琥珀色の目を細めて、意味ありげにゼンメルを見すえる。

「そちらの副団長も思いきりましたね。安全策より、経験を積ませる方を優先した人選だ。保護者がいない遠方で、どんな珍道中になっているのやら。先ほど仰っていた新年度を見すえた対処……というより、そもそも〈顎髭〉に留守居を任せていること自体が、先を考慮した決定でしたか？」

無遠慮な問いかけに、ゼンメルは乾いた一瞥《いちべつ》のみをくれる。

手紙を見おろすと、顎の白髭をゆっくりとすいた。

「代理競技の特使代表がキントハイト国とあるが、これは貴国が、シレジアの内紛の仲裁《ちゅうさい》を買ってでたということかね？」

考えこんでいたユミルが、いいえ、と答えた。

「話を持ちこんだのはナルダ国です。シレジアに軍事衝突が起こって被害を受けるのは、北の隣国であるナルダ国ですから。そしてシレジアの国王が誰になっても、国力で勝るキントハイトと対立するのは得策ではない。それを理解して我が国の威を借りに……もっとも、うちの陛下は庭園の花を介して、やはり花を好むナルダ国王と、個人的な親交もありますので」

キントハイト国の老王が庭園を趣味とする風雅《ふうが》な人物であることは、リーリエ国にも伝わっている。同時にナルダ国王が争いを好まぬ、穏やかな良王であることも。

なるほど、とうなずいたゼンメルに、ユミルはつづける。

「……しかしながら旧フローダ地方で農民の反乱が起こり、対応に追われたナルダ国王の参列が難しくなりました。なんでも凶作に苦しみ陳情《ちんじょう》におもむいた農民に、ガルム国の役人が剣を向けたことが発端とか。うちにはおかげさまで、特使代表として外交の功績を稼《かせ》ぎたい貴族がごろごろいますから」

「そういう次第か。民を巻きこむ内乱に比べたら、戦闘競技会の範疇《はんちゅう》で王権がさだまれば幸いだ。しかし王太子でありながら王権を奪われた王兄側が勝利すれば、いささか不穏な予感もする。各陣営の代騎士団は、明らかになっているのかね？」

「手の内を明かさない、という意味で、代騎士団は当日まで秘されるようです。会場が特殊ですので、双方とも海上戦闘に長けた商船の護衛を集めているようですが、資金力に勝る遺児側が圧倒的に優位だと。王兄側は協力を打診《だしん》した騎士まで横取りされ、ガウェインに壊滅させられたシレジア国騎士団の復帰者で戦うと、揶揄《やゆ》めいた噂《うわさ》まで」

その説明に、ゼンメルは苦いなにかを噛《か》みしめる顔をする。

「つまりは金で買う王冠か。血であがなうよりはましだが、揉め事の発端がガルム国の横暴だと思うと、あらためて腹立たしいな。しかし戦うまえに勝ちを収めるは政治の常道。遺児側をまとめる女宰相《おんなさいしょう》はやり手とみえる。優しげな面立《おもだ》ちの美婦人だと耳にしたが」

「おれは食う気にならない花でしたがね」

イザークが肩をすくめて言った。

いつのまにか店主に頼んでいたユミルのぶんをふくめて、三人の木杯に蜂蜜酒《はちみつしゅ》をそそぐ。

ゼンメルは、ほう、と、意味ありげに鼻を鳴らした。

「肉置《ししお》きさえ豊かならなんでもいい、悪食《あくじき》のおまえでも食えぬ女がいたか？」

「……言いますね。お言葉の棘《とげ》だけはまったく健在だ」

冷ややかな物言いに、イザークは苦笑いを浮かべる。

ユミルはやりこめられる己の団長をすまし顔で見ている。無言で酒杯を口にした副団長に、思いあたる不品行をしているイザークは、ばつの悪い表情で黒い短髪をかいた。

「……故国王の即位式に参列した際に対面しましたが、肌の匂《にお》いさえわからぬほど厚化粧《あつげしょう》の〈美婦人〉でした。油断のない目つきも長身も好みな花のはずが、どうも食指《しょくし》が動かず。海商あがりだけあって如才《じょさい》なく、弁舌《べんぜつ》も巧みでした。腰も低い。ただ」

「ただ……なんだね？」

「おれ自身が親の顔も知らぬ戦災孤児です。いまを生きるものに、前身を問うのは野暮《やぼ》だとわかっています。しかしながらあの女宰相、奢侈品《しゃしひん》の商《あきな》いで巨財をなしたと聞きましたが、いったいどんな〈商売〉をしていたのか。行儀《ぎょうぎ》の悪そうな警兵たちを侍《はべ》らせていました。国章の入った制帽が不釣り合いに思える、あの連中の気配は野盗のそれだ」

ゼンメルは考えこむ。

イザークほどの実力をそなえた騎士ならば、その相手が命石をのみ狙う騎士なのか、命をも奪う輩《やから》なのかは、剣を交えずとも察することができる。

言葉では表せない、経験が培《つちか》った獣の感覚。

そしてそれは、団舎《だんしゃ》に籍を置いて四十年をこえるゼンメルにもそなわっている。ゼンメルは木卓に広げられたヴェルナーの手紙を、あらためて見おろした。輸送日数を考慮すれば、リヒトらが出立《しゅったつ》してすぐに急使を放ったのだろう。国外の大きな任務ゆえに報告を急いだのか、彼もまた騎士として心のどこかに引っかかるものを感じたのか。見慣れた悪筆を目にした途端、ゼンメルの肌はたしかにざわめいた。

「代理競技は……三日前か」

ゼンメルは思案するようにつぶやいた。届けられた日程表通りならば、いまごろはシレジア国の新王が決定され、リーリエ国一行も帰国の途についたころだ。

役目を果たした安堵《あんど》感で、馬足も軽く主要街道を東進する四人の団員を想像したゼンメルの指は、自然と酒杯へのびている。落ちつかない気持ちで蜂蜜酒をかたむけたとき、退店する客が戸口の鐘を鳴らした。

吹きこんできた風がゼンメルの白髭《しらひげ》を揺らす。

乾いた冬の風は、なぜだか戦塵《せんじん》の匂いがした。

1

『ラントフリート王子の上着は、王の間からほぼ真下にあたる岸壁で発見された。周囲には擦過痕が残されている。王の間で見つかった白百合《しらゆり》紋章の短剣は、すでに王子の所持品だと確認されている。以上からラントフリート王子は侵入者と戦闘になり、その結果としてバルコニーから転落したと推定される。現在、捜索範囲を陸上から海中に移し、漁師を潜らせている』

——ニナはしばらく動けなかった。

事の重大性を鑑《かんが》みて、王城の奥まった一室に各国の特使と外務官が集められた。報告は警兵長より口頭で述べられたのちに、書類の形で提示された。

うまく理解できなかったニナは、報告書を手に取らせてもらった。

耳で聞いて文字で目にした。それでもやはり、なにが起こっているのかわからない。リヒトの衣類と所持品は、長机に敷かれた白布のうえに並べられている。

「――……」

ニナはもういちど報告書を最初から読んだ。

小雨のなかで捜索にあたっていた顔は疲労の色が濃い。外套《がいとう》はしとどに濡れ、肩までの黒髪は乱れて頬《ほお》に張りついている。

トフェルたちと港湾地区を探していて、いちど崖上に戻ったところに女宰相からの呼び出しを受けた。本来ならばいまごろは帰路についているはずだった。荷積みをすませた馬車が残されたままの厩舎《きゅうしゃ》に馬を返して、居館へと急いだ。

――事件から二日後の今日。

至急の報告だと告げられて示されたのは、待ち望んでいたリヒトの手がかりであり、同時に耳にしたくない報せでもあった。冷静に考えれば、その結果も皆無ではなかった。けれど国家騎士団員としてのリヒトの実力と現場の状況を考慮《こうりょ》すれば、逃走した侵入者を追跡している可能性が高いと思われた。ニナだけではなく、兄ロルフやトフェルも同意見だった。

けれど実際にもたらされたのは、リヒトが〈貝の城《ムル・シエル》〉から転落したらしいという報告。

そして見覚えがある――まちがえるはずもない。なんども目にして触れた。恋人として包まれた。銀の白百合が血に染まった彼の上着の一部。

「──おい」

すぐ耳元で声をかけられる。

気が遠くなったニナは自分が、トフェルに支えられていたことに気づいた。こくこくとわけがわからないままうなずいたニナの手から、トフェルが報告書を取りあげた。無意識ににぎりしめていたのか、報告書には細い指の痕がある。

兄ロルフは女宰相に断ると、白布にのせられている上着の袖《そで》部分を手にとった。生成色《きなり》の上着に刻まれた太刀傷《たちきず》と、雨で滲《にじ》んだ血痕に顔を近づけて確認する。

そんなリーリエ国の三人に対して、部屋に集まったものたちは言葉を失ったように黙りこんでいる。

シレジア国の女宰相パウラも、報告をあげにきた警兵長も。代理競技の立会人をしたキントハイト国、ナルダ国、クロッツ国の特使と各国の外務官らも。マルモア国の特使であるヴァーゼ侯爵令嬢エリーゼ姫は、上着の血痕を見るなり目眩《めまい》を起こして、暖炉《だんろ》前の長椅子《ながいす》で気付けの薬湯《やくとう》を口にしている。

事の発端は、急死したシレジア国王の後継をさだめるための代理競技だった。

王位を望んだのは、国王の遺児マルセルと国王の兄マクシミリアン公。

火の島《イグニス・インスラ》は〈戦争〉を禁じているが、その定義は他国への軍事侵攻とされている。国内の紛争は規模の大小にかかわらず、国家連合《リントヴルム》の制裁的軍事行動の対象にはならない。互いの内政には口を出さない、が基本ではあるものの、大きな内紛は混乱や難民を生み、戦乱の火種として周辺諸国に悪影響を及ぼす恐れがある。

そこでおこなわれるのが、他国の立会人を得て開催される代理競技だ。

対立する利害関係者は自身の意志を、身代わりである代騎士団に託す。立会人は国家連合の代わりに競技の運営にたずさわり、勝敗がもたらす結果を保証する役目をおう。

代理競技は王兄側に南方地域の破石王《はせきおう》を擁《よう》するエトラ国騎士団、さらに遺児側の代騎士団として顔見せをしたはずの騎士が加わっていたなど、波乱含みの展開となった。王位を欲した王兄の計略により、代騎士団を欠いた遺児側は不戦敗の危機に見舞われた。しかし各国の随行団員《ずいこうだんいん》がその任を引き受けて、競技は遺児側が勝利した。

大歓声のなかで、王冠は遺児側の名代である女宰相に託された。

水宝玉の王冠を恭《うやうや》しく押しいただいた女宰相を横目に、王兄側の名代である老軍務卿《ろうぐんむきょう》が無言で席を立ったときには騒然としたが、勝利のまえでは細波《さざなみ》にもならぬ出来事だった。

乱舞する祝いの花弁がすべてを覆《おお》い隠して——いま思えばその油断が、今日の事態を招いたのだろうか。

歓喜に沸く王都ギスバッハで、ニナたち遺児側の代騎士団は功労者として誉《ほま》れを受けた。当日こそ負傷者の手当てのために休息の時間が与えられたが、翌日には新王マルセルへの勝利報告と、城下での凱旋《がいせん》行進が催された。

戦闘競技会《せんとうきょうぎかい》用の装備に身を包み、大通りを行く馬車の上で民衆からの花束を受けとったニナは、平穏を守れた安堵で胸がいっぱいだった。この旅では随行団員として満足な役目が果たせていないと気に病んでいた。だからリーリエ国の中隊長の賛辞や、兵たちの立礼《りつれい》が本当に嬉しかった。

本来ならそこで帰国となるはずが、国家の恩人に謝意をつくしたいとの女宰相の懇願《こんがん》で、二日目は彼女の商船にて遊覧航海がおこなわれた。三日目は王族しか入れない〈貝の城〉の宝物庫を案内され、専門卿など高位の貴族との会食に招待された。

西から雨を予感させる風が吹くなか、ようやく四日目に帰国の準備に取りかかったが、女宰相の膨大《ぼうだい》な返礼品とトフェルが買いこんだ大量の土産物《みやげもの》で問題が生じた。馬車が追加で用立てられることになり、中隊長は警護役の再配置など対応に追われた。

ニナがリヒトを見たのはそのときが最後だ。

おまえほんとなにしに来たわけ、団舎《だんしゃ》を拡張工事したって意味ないじゃん、とトフェルを小突いて、居館で催された送別の夜会へと向かった。

〈王子〉であるリヒトとは相変わらず別行動だったけれど、出立前に城を抜けだして、クレプフェンの屋台に行こうと約束していた。国家連合に囚われている友人、メルに宛てた手紙もそのときに、配達人に託すつもりだった。

会釈《えしゃく》したニナにこっそりと手をふった彼は、長い役目を終えるとあって嬉しそうで――

事件が起こったのはその夜だ。

警戒の鐘が鳴らされて、寝支度《ねじたく》をととのえていたニナの部屋へトフェルが飛びこんできた。居館に侵入者だ。中層階に火が放たれて警兵が応戦してる――

女官や侍従《じじゅう》が逃げ惑う大混乱に、雨夜の暗さが拍車をかけた。トフェルらとマルモア国の宿舎塔の守護にあたっていたニナが、事件の概要《がいよう》を知ったのは明け方になってからだった。

侵入経路は水上競技場からの空中回廊《かいろう》。

襲撃されたのは居館の王の間。

侍従が殺されて王冠が奪われた。残されたのは遺児側の代騎士団として顔見せをしながら、当日に姿を消していた数名の遺体。そしてリヒトが腰帯にさげていた、白百合紋章の短剣――

賊《ぞく》らしき集団が水上競技場から港湾地区に出たとの目撃情報を受けて、すぐさま警兵が動員された。所在が不明になっているリヒトと事件を結びつけるのは自然な流れだ。そして二日目の今日、答えは断崖《だんがい》に残された、血まみれの上着という形でもたらされた。


静寂が落ちた室内に、雨音が窓を打つ音が聞こえた。

西方地域における嵐は南西から入り、東北へと抜けていく。

シレジア国の冬は雪が少ない代わりに嵐が多く、海上は大時化《おおしけ》がつづくことがある。風に吹きあげられた海水混じりだろう雨が、容赦《ようしゃ》なく窓硝子《まどガラス》をたたくなか、雨音よりも強い声が唐突《とうとつ》に放たれた。

「これは責任問題ですわ！」

部屋中の視線が集まった。

糾弾《きゅうだん》の言葉を発したのは、マルモア国の特使エリーゼだった。

「訪問した要人の身を守るのは、迎える国の当然の役目です。まして代理競技で大功をたてた、国の恩人であるラントフリート王子殿下の安全をはかるのは、シレジア国の義務ではありませんか。警備の責任者たる警兵長はむろん、宰相閣下《さいしょうかっか》、貴方《あなた》さまも職を辞して当然の失態です！」

上着の血痕を見て気分が悪くなったエリーゼは、暖炉前の長椅子で休んでいた。

薬湯を手にした彼女の背中は女官にさすられている。銀糸の髪が乱れかかる顔で、エリーゼは女宰相をきつく見すえた。

「このような悲劇が許されるのでしょうか？　あれほど美麗《びれい》でお優しく、剣技にもすぐれた理想の王子のような御方が……。殿下は昨夜もお食事がすすまないなか、薬湯を口にされても夜会に参加されていました。名残《なごり》を惜しむ貴族令嬢たちに、いつも以上に晴れやかな笑顔を振りまいておられました。その殿下が賊に……あ、あの、白波が辛《かろ》うじて見える程度の、王の間のバルコニーから、お、落ち……」

よろめいたエリーゼの瞳が、ロルフが検分しているリヒトの上着にそそがれた。

青灰色の目に鮮血が映る。うぐ、とえずいたエリーゼの手から、薬湯のカップが落ちた。陶器《とうき》が割れる音が飛び、隅に控えていた小姓《こしょう》があわてて駆けよった。

ロルフは生成色の上着を長机に戻した。

警兵長をともない戸口のまえで立っている、女宰相パウラに向きなおった。

「確認しました。残された短剣と同じく、この上着はラントフリート王子のものでまちがいありません。切断面も大剣のような剣類だと思われます。王の間で侵入者と戦闘になった流れでバルコニーへと移動し、もみ合った結果として転落した可能性は、じゅうぶんにあるでしょう」

トフェルに支えられているニナの身体《からだ》が揺れた。

すがるような妹の目に頓着《とんちゃく》せず、ロルフは冷静な声でつづける。

「……ですがわからないのが、王子がなぜそこにいたのか、という点です。夜会に出席した王子は宿舎塔には帰ってきていません。同席したエリーゼ姫によると、気がついたら席を外していた、とのことですが、王の間は大広間からは上階になります。酒気に酔っての休憩だとしても、偶然に立ちいる場所ではありません」

ほかに手がかりか、目撃情報はないか、とのロルフの問いかけに対して、女宰相は警兵長と視線をかわした。

なにかあるのだ、と言外に示した態度ながら、かもしだされた微妙な違和感に、長机についている特使たちが表情を変えた。なんなんですの、あるなら早くお出しなさいと、エリーゼが乱暴に、新しい薬湯の茶器を木盆に置いた。

女宰相は警兵長に向かってうなずく。

警兵長は一礼をすると、ロルフに歩みよった。軍衣《ぐんい》の胸元から取りだした紙片を、空中回廊の扉付近で発見されたものです、とロルフに渡した。

折りたたまれた紙片を開いたロルフは、文字を追うなり眉《まゆ》をよせる。

「――――」

秀麗にととのった容貌《ようぼう》が険しく引き締まった。

青海色《あおうみ》の隻眼《せきがん》に探るような色を浮かべて、ロルフは女宰相を見やった。

「……宰相閣下、これは、どういう意味ですか？」

「雨に濡れたうえに踏まれていて、判別が不可能な部分もあります。今日の午前中に発見され、破れないように乾かしました。……最初は我らもなにかと思いました。ですが代理競技のおり、ラントフリート王子殿下が話されていたことを思いだしまして……」

歯切れの悪い答えに、ニナはたまらず兄に詰めよる。遅れてつづいたトフェルとともに、手元の紙片をのぞきこんだ。

水にさらされた紙片は文字が滲《にじ》み、長靴《ちょうか》の痕で傷んでいる。

それでもその名前は、はっきりとつづられていた。

ニナは息をのむと、口元を両手でおおった。


『……代理競技ではおどろいた。まさかリヒト、おまえがリーリエ国の王子だったとは……焼印のことで相談がしたい。おれたちがシェキルでやった……空中回廊の扉を――……』

トフェルは丸皿に似た目を見ひらいた。

「おい、こいつあ……」

うわずった声をあげた彼の姿に、ですからなんなんですの、誰か説明をしなさいと、エリーゼがふたたび叫んだ。

リーリエ国騎士団員のただ事でない様子に、特使たちがうかがうような視線を向けてきた。愕然《がくぜん》としている妹にかまわず、ロルフは紙片を長机の特使たちへと届ける。これは王子の登録名ですな、焼印とはなんのことでしょうか、シェキルはたしか南シレジアの港でしたか——怪訝《けげん》な声がひびくなか、パウラが遠慮《えんりょ》がちに口を開いた。

「〈シェキル〉とは、灯台岬に近い港街の名前です。遠距離航海をおこなう船の寄港地として成り立っている、寂れた港街。代理競技の際のお話から王子殿下がお育ちになった酒場とは、おそらくその街にあったかと思われます。王子殿下が母君から授けられたという、シレジア国での名前〈リヒト〉も記されています」

パウラは窓辺に歩みよった。

人目につかないようにと選ばれた部屋は〈貝の城〉の中層階にあたる。雨に煙る眼下には、水上競技場とつながる空中回廊が見てとれる。爪紅《つめべに》の輝く指で窓の外を示すと、孔雀《くじゃく》羽根の外套《がいとう》が美しく流れた。

「襲撃者は空中回廊から侵入してきました。水上競技場からの回廊は、普段は閂《かんぬき》をかけて施錠《せじょう》し、警兵が見回りをしています。外部から扉を開閉することは難しいと考えます。そこで――」

「宰相閣下、つまりあなたは王子が、この手紙を王子に託した相手と相談するために空中回廊の扉をあけた。侵入者を導き入れる手引きをしたと、そう仰《おっしゃ》りたいのですか？」

パウラの言葉をさえぎり、ロルフが言った。

競技場で相手騎士に向けるだろう鋭い隻眼で見すえられ、パウラは、いいえ、いいえそのような、と即座に否定する。

「王子殿下のお力がなければ、代理競技は我らの不戦敗になった可能性が高かった。その王子殿下が背信行為をするなど、まさか思いません。ですがロルフさま、代理競技の前半終了間際のことを覚えていらっしゃいますか？」

「前半終了間際？」

「はい。王子殿下は相手騎士を押さえこみながら、破石を躊躇《ちゅうちょ》されるような不可解な動きをなされました。みぞおちを長靴で踏みつけられ、反撃が困難な相手の命石《めいせき》を奪えなかったのです。対峙《たいじ》したのは代騎士団を偽っていた潜入者の、細身の曲刀を使用していた中背《ちゅうぜい》の騎士でした」

ロルフは少し考えこむ。わたしが後半で落水させた騎士ですか、との問いかけに、パウラはうなずいた。

憂《うれ》いを込めた声でつづける。

「落水した騎士は専用の部屋へと案内されます。その際に、洗浄をおこなった侍従が見ているのです。あの騎士の肩に記された罪人の焼印を。素性《すじょう》を隠す意図なのか、髪も染色料で染められていました。海水で色が落ちた地毛は、少し目を引くような赤金色をしていて――」

呆然と成り行きを見守っていたニナが、赤金、とつぶやいた。

それを耳にしたときを思いだすように視線をさまよわせる。トフェルが、おい、なにか知っているのか、とたずねると、ニナは頼りない表情で答えた。

「あ、あいだの休憩で話をしました。わたしも宰相閣下と同じで、様子が変だなと思ったので。リヒ……お、王子殿下は、昔の友人に似ていたので、つい意識が向いてしまったと。酒場でいっしょに住んでいたその方は、赤と金が混じった珍しい髪色をしていたと、そ、そう仰って」

──しん、と静寂が落ちた。

先ほどより強くなった雨が、窓硝子《まどガラス》をたたいた。

ぎごちない沈黙のなか、キントハイト国の特使代表がむっつりと腕を組む。

クロッツ国の特使はリーリエ国騎士団をちらりとうかがうと、外務官らと小声を交わした。ナルダ国の特使は長机に広げられた紙片を見おろして、じっと考えこんでいる。

彼らの様子には襲撃された王子への同情から一転、なにかを探り合うような疑念があった。パウラは、ああやはり、そうだったのですね、と眉をよせて口元をおさえた。

「あ、あの……?」

ニナの言葉は、もやもやと広がっていた憶測を不穏な方向へと導いてしまったようだった。

それを察して怯《おび》えた顔をしたニナに対し、パウラは優しく微笑《ほほえ》みかけた。

肌の質感さえわからぬほど厚く塗られた白粉《おしろい》が、壁灯に照らされて白々しく輝いた。パウラは皆さま、どうぞ誤解なさらないでください、と落ちついた声で告げた。

「先ほどお話ししたように、王子が我らに背信行為をするなどと思っておりません。むしろわたくしは、王子は〈被害者〉だと考えております」

「……ひ、被害者？」

すがるようにくり返したニナに、パウラは、はい、とうなずく。

「火の島杯で大功を立てられたラントフリート王子の令名は、ここシレジアにも伝わっております。代理競技で剣を交えたこと、あるいは〈リヒト〉の名前を耳にしたことで、その赤金の髪の騎士は王子が旧友だと気づいた。王子の昔の……その、過去を材料に脅迫《きょうはく》めいた文言で呼びだし、王子ご自身は穏便に相談するつもりで扉をあけ、そこを……」

「ま、待ってください宰相閣下《かっか》。赤金の髪の騎士は、もしかしたら王子殿下の友人かも知れません。でもだとしても、そんな酷《ひど》いことをする方ではないと思います。王子殿下はその方を、自分よりずっと騎士の、頼れる兄貴分だったと仰っていました。いっしょに暮らしていた仲間のことも、本当の家族のように大切に思われていて——」

「焼印を打たれた罪人のどこが、〈酷いことをする方ではない〉なのですか？」

冷ややかな声がニナの言葉をさえぎった。

ニナが視線をやると、長椅子《ながいす》に腰かけているエリーゼの横顔が見える。

青灰色の目を軽く伏せた顔には、奇妙なほど静かな表情が浮かんでいた。銀糸の髪は崩れてもつれ、ぬぐった口元は紅が剝《は》げかけている。リヒトの事故に受けた動揺《どうよう》もあらわな姿で、エリーゼはゆっくりとニナに向きなおった。

「……わたくしを騙《だま》したのですね？」

「え?」

「故王妃殿下に縁《ゆかり》のある貴族の別邸で育った……などと、よくも嘘をついてくれました。貧民街の酒場、罪人と生活……口に出すのも汚らわしい! 他国の国家騎士団員であっても許せません。あなた、恥《はじ》を知りなさい!」

厳しい叱咤《しった》を投げつけられ、ニナは首を横にふった。

「あの、ち、ちがいます。酒場についてはたしかに、お話しすることができなかったのですが、港街の場所やご友人の方については、本当――」

「マルモア国の王家に連なる侯爵家の姫として、これほどの侮辱《ぶじょく》を受けたことはありません! 〈そんな王子〉に縁談を申し込んだなどと……このことは帰国次第、国王陛下にご報告いたします。マルモア国としてリーリエ国に対し、しかるべき対応をさせていただきますのでそのおつもりで!」

エリーゼは柳眉《りゅうび》を逆立てて睨《にら》んでくる。

国の名前を出されたニナは縮みあがったが、それでも懸命に言いつのった。

「そ、そんな王子とは、どのような意味ですか? 育った場所がどこであっても、王子殿下は王子殿下です。わ、わかりません。姫はあの……王子殿下に対して、友好的に接してくださっていました。楽しくお喋《しゃべ》りしてお菓子をご用意くださって、王子殿下の身体を気づかわれて薬湯《やくとう》も——」

「わかりません、は、わたくしの言葉です」

「エリーゼ姫……」

「貧民街で育った王子が、マルモア国王の姪《めい》たるわたくしの伴侶《はんりょ》になれるはずがないではありませんか。母君が女官であっても許せたのは、王族として相応のご生育だと聞いたからです。馬鹿馬鹿しい。こんなことも説明しないと理解できないのですか？　荒れた手のとおりの、たいそうご立派な〈お育ち〉をなさっているのですわね！」

そっけなく言い切ったエリーゼは、ふいと顔をそむけた。

目眩《めまい》がしますわ、まったく要領を得ません、なんて用をなさない騎士でしょう、と息を吐くと、飲みかけの薬湯を一息でかたむける。ずいとカップを突きだすと、かたわらの女官がすかさず、気付けの薬湯をそそぎ入れた。

せいいっぱいの弁明をはねつけられたニナは、絶句して身をすくませている。

パウラが警兵長に声をかけた。

それていた話の流れと注目を自分に戻す。廊下《ろうか》に控えさせていたのか、警兵長があけた扉から木盆を抱えた侍従《じじゅう》が入室してきた。

長身を折って優美に一礼し、パウラは口を開いた。

「個人的なご事情はともかく、ラントフリート王子のお人柄から、やはり図らずして事件に巻きこまれたと推察いたします。そして王兄マクシミリアン公が代騎士団として潜入させた手の者が、王の間を襲撃し、王冠を奪って逃亡したのは事実です。つまりこれは王兄マクシミリアン公が、代理競技にてさだめられた結果に背いたことを意味します」

落ちついた声でつづけて、部屋に集まった特使らを見まわした。

「マクシミリアン公の凶行を許せば地域の安寧《あんねい》が揺らぎ、立会人たる国々の名前に傷がつきましょう。新王マルセル陛下より国政を託された宰相《さいしょう》として、専門卿《せんもんきょう》らの合意も得ています。シレジア国と西方地域の平和のため、特使の方々には代理競技の結果を保証する役目を——王兄マクシミリアン公を討伐《とうばつ》するための派兵を、伏してお願い申し上げます」

パウラはふたたび、深々と頭をさげた。

それを合図とし、侍従が部屋の中央へと進みでる。恭《うやうや》しく掲げられた木盆には、シレジア国章の刻まれた書類がかさねられ、五本の銀製書筒《しょづつ》が添えられている。

——これって、まさか。

金箔《きんぱく》で彩られた書面に目をやったニナは、息をのんだ。

実物は初めてだ。けれどなんども耳にして、その存在がもつ意味は熟知している。王族のみが記せるという、他国の兵の侵入を可能とする——行軍許可状。

各国の特使は順番にそれを受けとると、王印や書式を淡々と確認する。襲撃事件が王兄側の手の者らしいと知らされてから、この展開を覚悟していたのだろう。立会人として名を連ねた以上、代理競技の結果を反故《ほご》にされるわけにはいかない。それを許せば本国の威光に傷がつくのは無論、西方地域の秩序そのものに不吉な影を落とすことになる。

そんな特使たちを、ニナは呆然《ぼうぜん》と見やった。

彼らに扱われているのは、ただの紙切れであって紙切れではない。兵馬を呼び無数の剣《けん》戟《げき》を引きおこし、多くの人々の生活や運命を変えてしまう——

「ま、待ってください……！」

ニナは思わず声をあげていた。女宰相に歩みよると、訴えるように見あげて言った。

「は、派兵ということは、各国が軍を出す、という意味で。あの、それじゃあ……それじゃあだって、わたしたちは。宰相閣下も内乱で国が荒れるのは避けたいと、だ、だから随《ずい》行団員《こうだんいん》に協力してほしいと、そう仰《おつしや》っていて」

狼狽《ろうばい》もあらわなニナに対して、パウラは、お言葉はごもっともです、とうなずいた。

「ですが残念ながら、あのときとは状況が変わりました。王冠は王権を象徴するもの。力でもってそれを奪うのは、王権をさだめるために開催された代理競技の決定に反することです。裁定競技会にしたがわなかった国に国家連合が制裁をくだす意義を、ニナさま、国家騎士団員たるあなたならご存じのはず」

「わかります。お、大きな力を抑止力にして、平和の実現をはかることです。でも、でも戦争は、命石ではなく命を奪い合うものです。たくさんの人が傷ついて、国が荒れて、リヒトさんは、それを防ごうと」

「リヒトさん？　い、い、い……ああ、ニナさまは国家騎士団員として、王子殿下と近しく接しておられたのですね。お辛《つら》いお気持ちはお察しいたします。ですがなればこそ騎士として、周辺諸国と力を結集してマクシミリアン公を攻め滅ぼし、悲運に見舞われた王子殿下の仇《かたき》を討《う》たれるべきでは」

「仇とか、や、やめてください」

ニナは顔をゆがめて首を横にふった。

「宰相閣下、リヒトさんはまだ、そ、そう決まったわけじゃありません。う、上着が見つかっただけで、リヒトさんはすごく身軽で、だってそんなのわたし、嫌です。どうし、どうしたら――」

ぱん、と高い音が弾けた。

吹き飛んだニナの身体《からだ》が床を跳ね、女官たちが悲鳴をあげた。

突然の衝撃にはいっさいの容赦《ようしゃ》がなかった。殴打《おうだ》に近い平手を頬《ほお》に受け、壁際まで横転したニナは呻《うめ》き声をもらす。肘を床について身を起こすと、腕をいきおいよく振りぬいた兄ロルフの姿があった。

「――いい加減にしろ」

吐き捨てるような声が落とされた。

打たれた頰をおさえ、ニナは放心した様子でロルフを見あげる。

転倒した拍子に切った唇から血が流れた。秀麗《しゅうれい》な顔にたしかな怒りを浮かべて、ロルフは床にはいつくばる妹を見すえた。

「私情に左右され失態をしながら、おまえはまだ懲《こ》りないのか。冷静さを欠き惨《みじ》めに狼狽《うろた》え、友好国の特使であるエリーゼ姫、ならびに宰相閣下への分をわきまえぬ非礼。なんと無様なありさまだ。おまえはそれでも、国を守る国家騎士団の騎士なのか」

「に、兄さま……」

「己の軍衣に戴《いただ》く白百合《しらゆり》紋章は、ただの飾りか。騎士を名のるなら、騎士としての行動をしろ。できぬのなら出て行け。ここにいても目障《めざわ》りなだけだ」

ロルフは刃のような視線を投げると、妹から顔をそむける。

目にするのも忌々《いまいま》しいという態度に、ニナは息をのんだ。そして自分に向けられている周囲の感情に、ようやく気づいた。

部屋に集まっているのは各国の要人や外務官たち。眉をひそめたものの同情、口元をおったものの憐憫《れんびん》、微《かす》かに苦笑したものの——呆《あき》れ。

「——……っ」

頬をおさえていた手が羞恥《しゅうち》にふるえる。

目頭《めがしら》が熱くなり、指にはめた騎士の指輪がわなないた。

——わたし。

ニナは急いで立ちあがった。顔をくしゃくしゃにして頭をさげると、浮かんだ涙がこぼれるまえに、部屋を飛び出した。

——遠ざかっていく小さな足音は、やがて聞こえなくなった。

ロルフは妹の非礼と騒ぎを起こしたことを、あらためて謝罪した。突然の事態に混乱していたのでしょう、無理もありません、と理解を示した女宰相パウラに対して、エリーゼはふん、と鼻を鳴らす。

頭をさげるロルフを冷ややかに見すえると、リーリエ国騎士団の教育はどうなっているのか、と断じた。〈ラントフリート王子〉の詐称《さしょう》については両国の信頼を損なう重大事案であり、関係者の責任問題は必至だと通告した。

　気まずい空気が流れるなか、パウラが軽食とお茶の用意を侍従に命じる。暖炉《だんろ》の薪《まき》材の追加や、膝掛けなどの調達も指示した。随行団員は捜索を手伝い外務官らは連絡役になるなど、事件があってから対応に追われているのはリーリエ国騎士団だけではない。また侵入者やリヒトの捜索と並行して、行軍許可状をもとに、今後の日程や実務的なことを決めなければいけない。

　そもそもあの女騎士は、なぜああも要領を得ない喋《しゃべ》り方なのです、と不満をあらわにするエリーゼに対して、ロルフは無言で頭をさげている。その一方でトフェルはずっと、リヒトを呼び出すのに使われたらしい紙片を眺めていた。

　雨にさらされた紙面は不鮮明で、滲《にじ》んだ文字や書いた時期を特定するのは難しいだろう。ほかの証拠品が置かれた白布へとそれを戻したところで、こちらを見ていた警兵長と視線があった。

「――……」

　粗野な頬髭《ほおひげ》が海獣を思わせる警兵長は、ふと顔をそむけた。

　そんな彼にパウラが何事か声をかける。城下での捜索に加わるようにと告げたのか、警兵長は立礼《りつれい》をすると部屋を出ていった。

とっぴな行動で悪戯妖精《ニュンフェ》だと呆れられているトフェルは、同時に、目端《めはし》がきくと感心されることも多い。トフェルは長机に並べられた証拠品を見やった。報告書、上着、短剣、そして紙片——まるで女性の化粧《けしょう》の手順のように、いまの状況をつくりあげた品々。

「——ああ、書式の確認？」

行軍許可状を受けとったリーリエ国の外務官が、トフェルに意見を求めてきた。リーリエ国は特使であるリヒトが姿を消したことで、使節団の責任者が不在という状況になっている。

行軍許可状を見るのは初めてだが、形式と構成要件については、国家連合憲章を学んだときにいちど見ている。トフェルは生家の商売のことでも剣術でも、基本的に物覚えがいい。心許《こころもと》ない様子の外務官から許可状を受けとり、文面を指先で追っていたトフェルは、軍隊を派遣することに必須《ひっす》の〈正当事由〉の項目で指を止めた。

丸皿のような目に思案が浮かぶ。

女宰相に視線をやれば、お茶を運んできた侍従たちに鷹揚《おうよう》な礼をのべている。

決定的と思えるほどのなにかがあるわけではない。不謹慎《ふきんしん》を承知でいえば、興味がわいた、との答えが近いが——

「なーんかちょっと、いろいろ気になる言動なんだよな……」

え、なにか問題でも、と問いかけた外務官に軽く笑って、トフェルはふたたび行軍許可状に目を戻した。

正当事由の欄《らん》に記載された文面を、丹念に指でたどった。

◇◇◇

頬に雨があたった。

唇に流れたそれは塩の味がする。

気がつくとニナの前には、海が広がっていた。

「――……」

けれどそれは、いままで見たどの海ともちがう。海面は激しく波打ち、白波がまばらに立っている。風はときおり、ざ、と強く吹きつけて、小さなニナの身体をたやすくさらう。雨かと思った水滴は、突風に巻きあげられた海水だろうか。

ニナにはわからない。ただ視界には、茶色い海がうねっている。

兄ロルフに退出を命じられたニナは、いきおいのまま〈貝の城〉を出た。行方《ゆくえ》不明のリヒトの上着、残された紙片、行軍許可状、兄の叱責――さまざまなものが頭を渦巻《うずま》いて、その渦から逃げるように夢中で歩きつづけた。

どこをどう進んだかわからない。途中で、城下を捜索しているキントハイト国騎士団員とすれちがった。医薬品の店に聞きこみをしているクロッツ国騎士団員を見た気もした。大通りに入ったところで、小雨だった空は本降りへと変わっていた。

冬の寒い雨だ。外套《がいとう》はぐっしょりと濡れ、髪からは雨粒が滴《したた》り落ちる。そうしてニナはいつのまにか、大通りの終着点である中央桟橋《さんばし》に立っていた。

木製の通路が入り組む中央桟橋は、商人や交易品が行き交う普段の姿とは一変していた。数百もの船は帆《ほ》をたたみ、ところどころで係留ロープを張りなおす船員の姿が見える。うねりに合わせて上下する船体が隣船とぶつかり、海鳴りのような軋《きし》む音がする。

空は暗い。

水平線の先までもおおった黒雲は、いまのニナの状況をあらわしているようにも、これからのシレジアを暗示しているようにも思えた。

「！」

大きな波が桟橋をこえ、ニナの足元を海水がはしった。

頬に激しく飛沫《ひまつ》を受けて、それでもニナはぼんやりと海を眺める。国家騎士団員でありながら、他国の要人たちを相手に取り乱して醜態《しゅうたい》を晒《さら》した。興奮の反動でおとずれた虚脱なのか、不思議なほどに思考が動かなかった。

心は春の海を思い浮かべている。

目の前の荒れた海とはちがう、穏やかに煌《きら》めいた南方地域の海。懐かしい海。冷えたニナの指先は、自然と剣帯《けんおび》にさげられた書筒《しょづつ》をにぎっていた。

四女神《デア・ファアトス》が刻印された硬化銀《ウルリル》製の書筒には、メルに宛《あ》てた手紙が入っている。悲しい罪で国家連合に囚われた大切な友人。出立《しゅったつ》前に配達人に託すつもりが、結局は出しそびれた。

監査部に検閲《けんえつ》されるとあって、記したのは他愛《たわい》もない内容だ。

遊覧航海で見た海上を飛ぶ魚のことや、沖合から遠望した〈貝の城〉が巻貝に似ていたこと。深みのある青色の海と果てまで届きそうな水色の空が綺麗《きれい》だったこと。いつかメルといっしょに眺められたら、林檎《りんご》のように甘いクイッテンを食べて、この地で参加した競技会のことを話したいとつづった。

未来と希望がいっぱいに詰まった長い手紙。それを書いた自分といまの自分をくらべて、やっぱりニナの思考は動かない。書筒に触れたのに、テララの丘で感じた強い気持ちが、なにかに蓋《ふた》をされたように出てこない。

――ラントフリート王子の上着は、王の間からほぼ真下にあたる岸壁で発見された。

――侵入者と戦闘になり、その結果としてバルコニーから転落したと推定される。

先ほど目にした報告書の文字が、突然の大波のように押しよせた。

発見された上着の切り口ならば傷は深くない。

――だけど礼服の下に鎖帷子《くさりかたびら》は着ていない。

リヒトはニナの部屋に忍び込めるほど高所が得意で身軽だ。

――滑りやすい雨夜でとっさに落ちたなら対処はできない。

落下して出窓部分に降り立った可能性はないだろうか。

――ならばとうに発見されている。

感情のニナと冷静なニナがぐるぐると渦巻く。

渦の先には青年騎士の顔が浮かんだ。倉庫街で人さらいからニナを助けてくれた青年騎士。洗浄係の侍従《じじゅう》が、罪人の焼印と赤金の髪を見たと言っていた。友人は珍しい赤金の髪をしていたと、リヒトは話していた。

ニナはリヒトが幼少時の仲間をどれだけ大切に思っているか知っている。仲間を語るときの彼の目は切なそうで、だけど温かく優しかった。過去を材料に脅迫《きようはく》めいた文言で呼びだし、扉をあけさせたと――女宰相《おんなさいしよう》の推測どおりなら、リヒトはその愛《いと》おしい過去に裏切られたということだ。どんな境遇になっていても会えれば嬉しいと、そう語っていた相手に――

——あたりが急に騒がしくなった。

見つかった、あがったぞ、空中回廊の、と声が聞こえた。

ニナが振りむくと警兵の集団が、港湾を水上競技場方向へと駆けていく。

「リヒトさん——……」

口にしたときには、ニナはもう走りだしていた。

雨を吸って重くなった外套をひるがえし、船着き場を急ぐ。現時点では城下には、水上競技場に侵入した不審者を追っている、という程度の情報しか明かされていない。船の様子を見にきた海商に怪訝《けげん》な顔を向けられながら、ニナは長靴《ちょうか》を鳴らして走った。

倉庫街の前を通過すると水上競技場が見えてくる。

水上競技場は沿岸部から防波堤のような通路でつながっている。

観覧台から出ている回廊が、背後の崖《がけ》にある王城の中層階に通じている。王の間は上層階にあり、崖は上にのぼるほどせり出している。したがってもしも転落したら空中回廊の屋根か、崖下の海に落ちることになる。

ニナは荒い呼吸を吐きながら、沿岸に集まる人々に駆けよった。

箱形ストーブで暖まる漁師のそばをとおったところで、下穿《したば》き姿のナルダ国の三騎士が目に入る。

沿岸国であるナルダ国の随行団員《ずいこうだんいん》は、海中捜索に協力してくれているようだった。海から引きあげたばかりなのだろう。隆々とした胸板に長髪を海藻《かいそう》のように流し、屈みこんだ彼らが横たえたのは金髪の人物だ。

「！」

ニナは息をのんだ。

見開かれた目に、金髪を青白い額に張りつかせた——屈強な大男の死に顔が映った。

「あ——……」

太刀傷《たちきず》が刻まれた顔や甲冑姿からすると、代騎士団として潜入していた王兄側の手の者だろう。城に搬送して正式に身元を確認するつもりなのか、立ちあがったナルダ国騎士と入れ代わるように、警兵たちが遺体を担架にのせて運び去っていく。

雨に消えていく後ろ姿を見送り、ニナは少し先の崖を見やった。

円柱に支えられた空中回廊の上階に、六角形の出窓やバルコニーが見てとれる。真下からだと圧迫感があるほどの高さを実感して、ニナは千谷山《せんたにやま》の崖から転落した赤い髪の騎士を思いだした。地下世界の悪鬼のようなガルム国の赤い猛禽《ブルート・フォゲル》とて、谷川に落ちて遺体で発見された。ましてリヒトは傷を受けていて、海は荒れていて、季節は冬で——

「——……っ」

ニナは崖から目をそむけた。

波打つ海面に浮かんだ小舟から、長い棒で海底を探っている漁師にも背を向ける。

歩き出した小さな背中を、ふたたび海中に飛び込もうとしていたナルダ国騎士団員が、じっと見つめた。


うつむいて歩くニナは、指を強くにぎりこんでいる。

王城で取り乱したときと同じ、波に似たなにかが己を押し包もうとしているのを感じていた。

──騎士を名のるなら騎士として行動しろ。

兄の叱咤が耳の奥で聞こえた。

拳をつくる手に力がこもる。足は自然と早足になっている。

行き先など考えていなかった。海から離れたくて、中央桟橋から大通りへと入った。街民がまばらに行き来する通りを歩いていると、雨のなかに香ばしい匂《にお》いを感じた。

覚えのあるアーモンドの香り。ニナが視線をやると街路樹の脇の屋台が目に入る。陳列《ちんれつ》台《だい》の木盆には球形の焼き菓子が並べられている。リヒトと買いにこようと約束していた、クレプフェンの店だった。

──よし覚えた。買って帰ろう五十個くらい。

悪戯《いたずら》っぽい声が胸に迫り、ニナは足を止めている。

荷車がすぐ横を通りすぎて、水たまりの泥水がはねた。兄に打たれた頰《ほお》に泥を受けながら、ニナは動かない。

「……っ……うっ……」

遠くで大きな波音が弾けた。目頭《めがしら》が熱くなり、濡れ鼠《ねずみ》のような肩がふるえる。ずっと堪えていたものがあふれ出そうになった、そのとき。

「──！」

背後から衝撃を受けたニナは、体勢を崩してつんのめった。

前屈みの姿勢でふり向くと、路地に消えていく小さな影が見える。

既視感のある光景は、そばかすの少年に書筒を奪われたときと同じだった。またなにか盗まれたのだろうか。緩慢《かんまん》な手つきで外套をまさぐれば、剣帯に書筒はある。金貨袋もさげられている──そして。

──ポケットに、なにかが入っている。

「……？」

出してみると、それは折りたたまれた紙片だった。
捜査の報告書を入れてきてしまったのかと、ニナは考えたが、トフェルに取りあげられたことを思いだす。そのまま広げたニナの目が、ゆっくりと見開かれた。

『ごめんね』

波音も雨音もすべてが遠くなり、文字だけが世界を満たした。

『ごめんね。友だちの看病でしばらく帰れない。出かけるときは、白粉《おしろい》と帽子を忘れないように』

リヒトさんの——

「！」

ニナは弾かれたように路地を見やった。

濡れた外套《がいとう》のポケットに入っていたのに、この紙片は乾いている。一瞬のことで自信はないけれど、背後からぶつかってきた人がポケットのなかに——よく考えたら、ニナの書筒を盗んだ少年に背格好が似ていた気もする。

——なにが……なにが、どうなって。

倉庫街へつづく路地には、すでに誰もいない。

わけがわからないニナは、もういちど文章を追った。団舎《だんしゃ》でなんども目にしたリヒトの文字をまちがえるはずがない。インクの感じは書いたばかりのように新しい。

看病する〈友だち〉とは、あの赤金の髪の青年騎士のことだろうか。だけどそれでは、騙《だま》す形でリヒトに回廊《かいろう》の扉をあけさせた、という女宰相の推測と矛盾《むじゅん》する。それに最後の、〈白粉〉と〈帽子〉とはなんのことだろう。出かけるときは忘れないように——忘れないように。

忘れないように——注意して。

「！」

ニナの肩がびくりとふるえる。

意識を向けたとたん、肌がそれを感じた。

気配をたどるまでもなく、こちらにそそがれている視線があることに気づいた。ニナは頬の泥水を拭くふりをして周囲をうかがう。少し離れた街路樹の下に、つばを折り返した形の制帽をかぶった数人の警兵がいる。

雨のなかをうろつく随行団員を案じている様子ではない。国境の森で賊《ぞく》を追っていたときを思わせる不穏な気配に、ニナの喉《のど》が自然と鳴った。いつから見られていたのだろうか。わからない。けれど〈帽子〉が警兵をあらわしているのならば、〈白粉〉とは――

脳裏《のうり》に浮かんだのは優しげな面立《おもだ》ちの美婦人。

――ニナさまは国家騎士団員として、王子殿下と近しく接しておられたのですね。お辛《つら》いお気持ちはお察しいたします。

女宰相パウラは憂《うれ》いに満ちた声でそう告げた。海風で肌が乾燥するのを嫌うためか、シレジア国の貴族女性は内陸国よりも化粧《けしょう》が目立つ。容貌《ようぼう》自体が大人しやかなせいか、肌理《きめ》を隠すほどの女宰相パウラの白粉は、とくに印象が強い。

シレジア国の警兵は、王都や近海の治安維持のために彼女がつくった組織と教えられた。南シレジアに去った国家騎士団の代わりに、警兵は〈貝の城〉や城下、船着き場を幅広く守っている。彼らに指示を出せるのは女宰相だ。その警兵がニナを見張っているということは、〈白粉〉が彼女を指し示し、リヒトの文言が正しいことをあらわしている。

――だけど、あの方がなぜ。

警兵の視線は変わらずそそがれている。

立ち止まっていたら怪しまれるかも知れないと、ニナは大通りを歩きだした。

雨音に追跡してくる長靴《ちょうか》の音が混じっているのを感じながら、思案をめぐらせる。なぜリヒトは姿を隠したまま、彼女らに注意しろと伝えてきたのだろうか。リヒトのいまの状況と――王城への侵入事件とパウラは、なにか関係があるのだろうか。そうしてニナはあらためて、二日前の出来事がシレジアに及ぼす意味を考えた。

――もしも事件が起こらなかったら。

随行団員が代騎士団に協力する条件としたことで、王兄マクシミリアン公は恭順するかぎり領地での生活を約束された。女宰相がシレジアの平和のみを考えていたのなら、事件が起こらないのが最善だ。けれど彼女が南シレジアの王兄に与《くみ》するものを一掃《いっそう》して、幼い新王のためにシレジアを完全に平定したいと願うなら、リヒトとの約束を反故《ほご》にできる侵入事件はむしろ好機だ。

エトラ国の協力を取りつけ、策を弄《ろう》してまで代理競技で勝利を望むなど、王兄マクシミリアン公がシレジアの王位を望んでいるのはまちがいない。けれどシレジアに内乱の噂《うわさ》があったのは、先王が急死して王権が宙に浮き行軍許可状が出せない、つまりは各国が介入できなかったからだ。新王がさだまり多国籍軍の協力が可能となったいま、勝ち目の低い戦いを挑むだろうか。

王冠強奪を叛意《はんい》の根拠とし、立会人という役目を拠り所にして、各国の協力を公然と取りつける。

いつまた牙をむくかわからない敵対勢力を一掃し、その大功をもって、成り上がりとも揶揄《やゆ》される自身の権勢を不動のものとする。

つまり王冠が奪われて得をするのは——女宰相パウラ自身だ。

——ならばあの侵入事件は、まさか宰相閣下《かっか》ご自身が……？

導き出された帰結に、ニナの腹の底が重くなった。

なんの証拠もない。けれどリヒトは、女宰相らに気をつけろと伝えてきた。そして実際に警兵は、〈リヒト〉と近しいニナを見張っていて、リヒト自身は姿を消している。ごめんねと——謝るくらいなら、ニナがどれほど心配しているかも、わかっているだろうに。

ニナの涙よりも、彼が優先していることはなんだろうか。リヒトはいったい、なにをしようとしているのだろうか。女宰相が己のために王冠強奪事件を計画し、兵馬を起こして王兄を攻め滅ぼそうとしているのなら。だったらリヒトの目的は。

——おれね、今回だけはぜったいに、勝ちたいって思ってるし。

——平穏な日常と、困ってる子供にお腹いっぱいの暖かい冬。最高の騎士の報酬《ほうしゅう》も、約束してもらえたしね？

代理競技のあいだの休憩で、リヒトが口にした言葉が耳の奥で聞こえる。

もしかして——

足を止めたニナは、大通りの先をゆっくりと見あげた。

大階段をのぼった崖上には、巻貝に似た〈貝の城〉がそびえている。そこでは幼少の新王の代わりに女宰相パウラが、各国の特使らと王兄討伐《とうばつ》の派兵を協議している。リヒトはそれを阻止しようと——シレジア国の内乱を防ごうとしているのだろうか。

代理競技で競技板から落ちかけ、リヒトと視線を交わしたときが浮かんだ。

うなずいたニナにリヒトは笑った。

悪戯《いたずら》っぽく——力強く。

「——……っ」

ニナの胸が大きく鳴った。絶望で己を押しつつもうとした波の音はもうしない。その代わりに心の奥底から生まれたたしかな熱が、小さな身体《からだ》いっぱいを満たした。

手紙をつかんだ手がふるえる。

こみあげる思いのまま、ニナは潤んだ青海色《あおうみ》の目を街並みへと向けた。

坂になっている大通りの中腹からは、下方の船着き場や入り組んだ路地を埋める建物が見てとれる。雨にけむる灰色の街並みを行き来する無数の人々のなかに、愛《いと》おしい恋人の姿はない。それでもニナの目からは涙がこぼれた。悲しみではない。勇気と希望の涙だった。

――この街のどこかに。

リヒトはいる。いまこの瞬間も生きて、なにかをなそうとしている。

その胸の内はニナにわからないけれど、でもきっと、彼の視線の先にはシレジア国の平和があるはずだ。生まれ故郷であり、後悔《こうかい》と愛しい記憶に満ちた地の、平穏な日常を願っているはずだ。

だったら自分はどうすべきだろうか。ぐずぐず泣いて雨のなかをさまよって、恐ろしい海から逃げてきた。そんなちっぽけな自分になにができるだろうか。

――騎士を名のるなら。

兄ロルフの声がふたたび聞こえた。

取り乱したニナに、騎士として行動しろと言い放った。軍衣に戴《いただ》く白百合《しらゆり》紋章は飾りかと。国家騎士団員にふさわしくない態度をした、無様な自分への叱責《しっせき》だと思った。

だけどあれはもしかして、兄の口にした〈騎士〉とは。

——どんな状況であっても、最後の最後まで膝をつくな。

「…………っ」

紡《つむ》がれなかった兄の声が届いた気がして、ニナは唇をきつく結んだ。

〈弓〉のニナを、〈盾〉のリヒトはずっと守っていてくれた。競技場でのリヒトを思いだせば、まっさきに後ろ姿が脳裏《のうり》に浮かぶ。ニナが弓射しやすいように相手騎士をおさえてくれる姿。ニナのもとへ殺到する相手騎士を制止する姿。いつだって助けてくれた揺るぎない〈盾〉。その彼が戦うときに、〈弓〉の自分ができること。

——こんどはわたしが。

ニナは手紙をにぎりしめる。

青海色の目が、強い確信に輝いた。

——わたしが、リヒトさんの〈盾〉になるんです。

視界いっぱいに広がるギスバッハの街並み。そのどこかにいるリヒトを思って、ニナは立礼のように手紙を胸におしつけた。

背後からは変わらず、鋭い視線が向けられている。ずっと立ち止まったまま、不意に泣きだしたニナを不審に思ったのかも知れない。

涙をぬぐったニナの目にクレプフェンの屋台が入った。南の大階段に近い、リヒトと寄ろうと約束していたもう一軒の屋台だ。ふと思いついたニナは屋台に向かい、並べられている品物から適当に二十個ほどを見つくろってもらう。雨で客足が鈍かったらしい店主は喜んで、十個ほどをおまけに追加してくれた。

ニナは礼を言って代金を払い、おそらくは故意に暗号めいた文面にしたのだろうリヒトの手紙を、金貨袋といっしょにポケットにしまった。

背伸びして品物を受けとったニナはそのまま、上階のひさしが雨避けになっている建物の階段へと座る。事件があってから食事がほとんど喉をとおっていない。食欲があるわけではないけれど、動くためには食べなくてはいけない。

果物のジャムにバタークリームに蜂蜜《はちみつ》で煮詰めたナッツ。趣向をこらした中身のクレプフェンは揚げたてで柔らかい。それでも泣いたことで乾いた喉には食べづらく、小さく噛《か》みちぎって飲みこむニナは、ガルム国で〈赤い猛禽〉に連れ去られたときを思いだした。あのときは生きるために、固い肉塊《にくかい》をこそげとって必死に食べた。

――わたしがさらわれたとき、リーリエ国騎士団は。

ガルム国は追手にまぎれ、自国の罪を知るガウェインとニナを殺そうとしていたと、あとから聞かされた。リーリエ国騎士団はそれを察して、偽の目撃情報や野営の痕跡をつくり、捜索の目を惑わせていたのだと――

思案に揺れたニナの目が、何気なく隣の屋台にそそがれた。

旅人用の土産物《みやげもの》らしい、模造品の安価な装身具や商船の模型を売っている店。腕輪や首飾りにまぎれて無造作《むぞうさ》に並べられている、鉄製の王冠は鈍く輝いている。

「…………」

ニナはじっと王冠を見つめた。

新王マルセルと対面したとき、ぐずって外してしまうのだと、玉座の脇に置かれていた水宝玉の王冠を脳裏に描く。

ふと浮かんだ思いつき。自分にはできないと首を横に振りかけて、それでも青海色の目は土産物の王冠を注視する。小さな手は一つ、また一つ、段取りを詰めていくようにクレプフェンを口へと運んでいく。

雨の王都の片隅で焼き菓子を食べる、ずぶ濡れの少女。

街ゆく人は怪訝《けげん》な目を向けながらも、面倒ごとの予感を覚えるのか、声をかけるものはいない。見張るまでもないと判断したのだろう。物陰から様子をうかがっていた警兵たちは、いつしか姿を消している。

海は時化《しけ》て冷たい冬の雨が降っている。

長靴のなかには水が入り、濡れた外套《がいとう》は重くまとわりつく。殴打《おうだ》痕で腫《は》れた顔は涙と泥で汚れ、黒髪は乱れて張りついている。

そんなニナはひたすらに王冠を見つめながら、紙袋のクレプフェンを食べつづけた。

◇◇◇

「あの切り割りが沿岸街道か?」

「地図ではそうなっている。マクシミリアン公の領地へつづく道の一つだ」

崖下からの海風がロルフの黒髪をさらった。

トフェルは胸壁《きょうへき》から身を乗りだすようにして、遠望鏡《えんぼうきょう》を南へと掲げている。

「騎馬なら問題ねーか。でもかなり狭くね? あれじゃ、補給班の大型馬車だとぎりぎりだろ」

「そのようだな。シレジアの沿岸部は、港にできる平地が限られるほど山がちだ。舗装《ほそう》されているのも王都近郊のみで、馬足は遅くなると考えられる。しかし距離的にはここが、南シレジアへの入り口である大橋にもっとも近い。したがって王都から陸路で南進する場合、おさえるべき要所となるだろう」

三日ほどふりつづいた雨はあがり、天気は快晴。

地図を手にしたロルフはトフェルと移動しながら、〈貝の城〉の周囲を確認している。

富裕層の屋敷が珊瑚《さんご》のように広がる上の街と、路地が見えないほど建物が斜面を埋める下の街。中央桟橋《さんばし》までの大通りと水上競技場に、海面をすべるように移動していく無数の帆船《はんせん》。

随行団員《ずいこうだんいん》としてシレジアにやってきた二人は、もちろん周辺の主要街道は頭に入れてきている。けれど王兄マクシミリアン公討伐が決定的となったいま、行軍のためにさらに地理を把握《はあく》する必要がある。勝利は確実視されているものの、各国が軍備をととのえて集まるには半月以上を要し、また地方貴族のなかには王兄を支持するものもいる。

それらをふまえての確認だった。シレジアの沿岸部は海流の影響で凸凹《でこぼこ》の地形が多く、大軍を展開するに不向きな狭隘地《きょうあいち》のように見えた。

潮風にさらされ傷んでいる城壁を二人は歩く。

ちょうど内陸からの主要街道が正面に見える東側にきたところで、望楼《ぼうろう》を登ってくる足音が聞こえた。気づいたトフェルが顔を向けると、数人の警兵をつれた女宰相《おんなさいしょう》パウラの姿があった。

トフェルとロルフは遠望鏡をおろして立礼する。

孔雀《くじやく》羽根の垂れ襟《えり》が華やかな防寒着が風にながれる。胸に手をあてて一礼すると、片《かた》眼鏡《めがね》の飾り石が陽光に煌《きら》めいた。

パウラは柔らかい声で告げる。

「見送りに出た警兵より連絡が入りました。マルモア国の特使エリーゼ姫、ならびにリーリエ国の中隊長一行が、先ほど郊外の宿場街を無事に通過された、とのことです」

行軍許可状が出された翌日の今日、各国はそれぞれが派兵に向けて動きだした。許可状を国元へと持ちかえり、今後の対応を決める次第となっている。

キントハイト国の特使は随行団員とともに帰国。

クロッツ国は特使のみ国元へと戻り、騎士団長レオポルド以下五名の随行団員は、先遣部隊に加入すべく残留。

ナルダ国の特使も国へと帰り、三名の随行団員はリヒトの捜索に参加している。

マルモア国のエリーゼ姫は、リーリエ国の中隊長らの警護を受けて帰国となった。随行団員のロルフとトフェルは、やはり先遣部隊への加入と捜索のために滞在を決めている。

パウラは上の街の先につづく街道を見やって言った。

「……ただ警兵によると、ニナさまは騎馬が遅れるなど、体調がすぐれないご様子だったとのこと。代理競技ではエトラ国騎士団長を破石するという大功を立てられ、あのお小さいお身体で、お疲れもたまっていたかと思います。そのうえであのような事件が起き、それ以来お食事はほとんど手つかずだったと、部屋つきの小姓《こしょう》から聞きました」

長旅はご負担なのでは、と眉尻《まゆじり》をさげたパウラに、トフェルは、んーっと空を見あげた。

おさまりの悪い茶色の髪をかいて答える。

「心配してもらってあれだけど、いまのあいつはここにいてもしょうがねえしさ。おーじでんかとは〈盾〉と〈弓〉で組んでたし、付き合いも長い。動揺《どうよう》するのは無理ねーんだけど、騎士として動けなきゃ周りに迷惑だ。とりあえず帰らせて、あとはゼンメル団長の判断だな。うちの団長、国家連合の用事で北方地域に行ってたんだけど、もう戻ってるころだから……って、そうだよ国家連合の方は？」

思いだしたようにたずねると、パウラはうなずいた。

「書類の方がととのいましたので、先ほど外務卿《がいむきょう》らが王城を出立《しゅったつ》しました。騎馬のみで隊を組みましたが、最短でも往復で三週間はかかるかと」

「手間かけて悪いね。だけどこういうのはきっちりしとかないと、おれらはただの平団員だし、あとから責任問題になっても面倒だからさ。うちの国王陛下はわりとあれなあれなんだけど、宰相の王太子殿下は、ちょっと扱いが難しい御方なんだわ。ああ、おーじでんかの素性《すじょう》もそんなわけで、もろもろ伏せる方向でよろしく」

トフェルはすまなさそうに言った。

今回の派兵について国家連合に使者を送ることになったのは、昨日の会議での彼の発言がきっかけだ。

――いまさらだけど、随行団員を代騎士団に出した三カ国は、公正な立会人とは言えなくね？　たとえれば、審判部が公式競技会で競技したようなもんだ。王冠を奪われたシレジア国王に近隣諸国として善意で協力するならともかく、立会人の役目として派兵する義務はないんじゃねーの？

またトフェルは同様のことを理由に、行軍許可状の〈正当事由〉が心許《こころもと》ない、とも主張した。

行軍許可状を用いて他国に侵入するには、罪人の捕縛《ほばく》や人道的支援など、国家連合憲章に明記された〈正当事由〉がいる。王権の象徴である王冠を強奪した相手に、他国が討伐《とうばつ》のための援軍を送るのはそれにあたる。けれど随行団員が競技に参加したことで、基本となる代理競技の正当性を疑われるのではないかと説明したのだ。

代理競技は国家連合の管轄《かんかつ》ではないが、管轄でないからこそ曖昧《あいまい》さにつけこまれる余地も生まれる。炎竜の事変《フラルドラーゴ・レペリオ》の遠因となった、バルトラム国の良王をめぐる悲劇的な逸話も引きあいに出した。災禍で揺らいだ権威を取り戻すために、見える神に理不尽な難癖《なんくせ》をつけられたら祖国に申しわけがたたない。万全を期すために国家連合に事態を報告して、判断を仰《あお》ぐべきでは――と。

西方地域の平和を名目に集まった各国の使者ではあるが、自国の利益が優先であるのは当然だ。また派兵には人的損害はもちろん、経済的な負担という側面もある。

保身と計算と、さりげない責任逃れ。紛糾《ふんきゅう》した話し合いの結果、随行団員を代騎士団とした三カ国については戦費の半分をシレジア国が負担すること、軍事侵攻の是非《ぜひ》については念のために、国家連合に確証を得ることが決定された。

さらにトフェルはラントフリートの生まれについても、エリーゼ姫の体面を理由に箝口《かんこう》令《れい》を徹底するよう願いでた。

――エリーゼ姫とおーじでんかが特別に親しかったのは、同行した外務官も兵も、シレジアの夜会で列席した貴族連中も、みーんな知ってる。下世話なことを勘ぐる奴だっているだろう。そのおーじでんかが貧民街の生まれで罪人と関わり合いが……なんて、姫自身にも障りがあるんじゃねーの？

あなたそれは、まるで脅迫《きょうはく》ではないですか、と目をむいたエリーゼだが、〈ラントフリート王子〉に傷がつけば彼女の体裁《ていさい》も悪いのは事実だった。貴族社会に生きる彼女は、些《さ》末《まつ》な噂話《うわさばなし》が出世や縁談を妨げることを知っている。当初こそ経歴詐称《さしょう》だ、国としての謝罪を、といきまいていたが、悔《くや》しさに赤らんだ顔で唇を結ぶしかなかった。

　そして彼女の名誉を傷つけてマルモア国との関係が悪くなるのは、それぞれの国とて得策ではない。ラントフリート王子の出生地については非公開が約束された。同様に行方《ゆくえ》不明の公表にも慎重になるべきだと、〈風邪《かぜ》をこじらせて縁のある貴族の別邸にて療養中〉という形にされている。

　パウラはつづけて、昨日海中から発見された遺体が、代騎士団を偽っていた王兄の手の者と確認されたと報告した。またラントフリート王子の捜索は、付近の漁港にも範囲を広げたと伝えた。甲冑《かっちゅう》をまとって落下すれば浮上できず、多くはその場で溺死《できし》する。しかし平服であれば海流にまかれて、遠くまで流されることがある。

　うなずいたトフェルは、少し表情をあらためて言った。

「おーじでんかは……正直あの高さからじゃ望みは薄いだろうけど、うまい具合に漂着してる可能性もあるしよ。女宰相さんの推察どおり、意図せず侵入者に手を貸しちまってたかもしんねーけど、それでも代理競技で勝った立役者《たてやくしゃ》ってことで、くれぐれも頼むわ」

　パウラは、いいえ、そのような、と首を横にふる。王城を守る警兵の不手際《ふてぎわ》もあったと謝罪して、できるだけの対応はいたしますと、真摯《しんし》に頭をさげた。

　望楼に去っていく足音が消えたのを確認し、トフェルはぼそりと口を開く。

「……今日も完璧《かんぺき》な〈白粉《おしろい》〉だな。とりあえずは突っ込みどころがねえが、あんたはどう？」

見送りの立礼《りつれい》をといたロルフが答える。

「現時点ではわからない。目端《めはし》がきくという意味では、派兵までの時間を屁理屈で稼《かせ》いだ、おまえの方が適任だろう。おれは騎士としての感覚しかもたず、騎士としての判断しかできない。ただ女宰相や警兵を見ると、剣帯に意識が集中するのは事実だ」

「褒めてもらってどーも。狼さんの野生の勘は、いちばんの答えな気がするがね……」

「しかしリヒトの生存に関しては確信をもっている。妹が地上にいる、というのが、なによりの根拠だ。多少はまともになったとはいえ、奴が死んで地下世界に落ちるとき、妹を連れていかぬはずがない。そもそも奴は、不埒な悪戯《いたずら》を可能にする身軽さこそそなえているが、騙《だま》し討ちで殺される純粋さなどない」

冷たく言い捨てたロルフに、トフェルは、はは、と引き気味の苦笑いを浮かべる。

「滅茶苦茶こええ確信で思いっきり悪口だけど、まあ……うん。たしかにあいつなら、海の底からでも無駄にまわる口と嘘くさい微笑《ほほえ》みで、小さいのをちゃっかり誘いこみそうだけどよ。……つうかほんとリヒトの奴、いったいどこの〈地下世界〉から、小さいのに連絡つけたんだか」

マジで思念や怨念《おんねん》じゃねーよな、普通にありえそうなんだけどよ、と、トフェルは寒気を感じたように両手で肩を抱いた。

ロルフに叱責《しっせき》され〈貝の城〉を飛びだしたニナは、雨と泥まみれになって帰ってきた。出迎えの小姓が悲鳴をあげるほど惨憺《さんたん》たる姿だった。世を儚《はかな》んでの入水《じゅすい》自殺か街の無頼者に絡まれたのかと駆けよったトフェルだが、ジャムで汚れたニナの口元に気づき、のばした腕を引っこめた。

——あの、今日はご迷惑をおかけして、本当にすみませんでした。今後は騎士として、自覚をもって行動します。

会議での態度をあらためて詫《わ》びたニナだが、食事もとれないほど憔悴《しょうすい》した姿から一転、満腹のげっぷをして夕飯に手をつけない。動揺して取り乱していたはずが、心ここにあらずといった顔で考えこんでいる。

——トフェルとロルフはすぐに、リヒトについてのなにかがあったのだと察した。

理屈ではない。同じ軍衣を着て競技会を戦ってきたものとしての勘だ。

だから体調不良を理由に中隊長とともに帰国したい、とのニナの言葉を、そのまま受け入れた。本当の理由が言えるならば言うだろう。言えない理由ならば聞く必要はない。リヒトが仮に故意に姿を消しているとしても、やはり同じだ。

ニナはそれを告げたとき、競技会の銅鑼《どら》が鳴るまえに整列しているときと同じ顔をしていた。ニナが騎士として行動すると決めたなら、目的は自ずと知れている。

今世の騎士は平和のために剣を振るうものだ。最後の皇帝が後世に託した願いを理解していない騎士は、リーリエ国騎士団に存在しない。

そして女宰相パウラについての、小さな引っかかり。

——王子殿下は相手騎士を押さえこみながら、破石を躊躇《ちゅうちょ》されるような不可解な動きをなされました。みぞおちを長靴《ちょうか》で踏みつけられ、反撃が困難な相手の命石を奪えなかったのです。

剣技の心得がないと告げた女性にしては不自然だった、会議での発言。〈リヒト〉が母親から授けられた名前だと知っていたことも、呼び出しの紙片を観察するトフェルに向けられた警兵長の視線も、集まればやがて不審へと変わる。

トフェルは崖下《がけした》に広がる街並みを見おろした。

迫る戦《いくさ》の足音など気づかず、新王決定の喜びに賑わっているだろう港湾地区を思い浮かべ、遠望鏡《えんぼうきょう》をぐるぐると振りまわして言う。

「おれはおーじでんかの捜索を口実に、港湾地区をぶらついてみるわ。剣が騎士の心なら、交易品は商人の心ってね。女宰相さんの本質が海商なら、王都の相場に白粉の下の表情が見えるかも知れねえ。マルモアのお姫さまのお土産《みやげ》のおかげで、買い占《し》めてた扁桃油《へんとうゆ》でおいしい商売ができた。金貨袋はまだ膨らんでるし、二カ月分の悪戯《いたずら》道具を吟味《ぎんみ》するのも悪くねえしさ。ロルフ、おまえは？」

「騎士として行動する。先遣部隊として、レオポルド団長にしたがうことになると聞いている」

「そりゃあ……なんていうか、なんていうか終わったな。とりあえず困ったときは、そうですね、なるほど、それはすごい、の三語でいけよ」

見目と条件しか見ないエリーゼ姫に対して、苛立《いらだ》ちを隠して対応していたリヒトの言葉を助言として伝える。

トフェルは次に東へと通じる主要街道を見やった。

街壁からのびる石畳《いしだたみ》の道は、冬枯れの野を貫いている。

見送りに出た厩舎《きゅうしゃ》のまえで、補助具を使って騎乗したニナを脳裏《のうり》に描く。ずぶ濡れで菓子くずまみれだった、リヒトの唯一のお姫さま。お腹を重そうにさすっていたニナは体調を案じた中隊長の言葉に、ぎごちない微笑みを浮かべていたが。

「……しっかしあのジャムの量と手についた粉砂糖の感じじゃ、焼き菓子を三十個は食ってるぜ。丸パン三個で満腹になる奴がよ。昨日は腹がいっぱいで夕飯が食えなくて、今朝は胸焼けで朝食が食えねーって……まあたしかに、体調が悪いにまちがいはねーけどよ」

呆《あき》れたように笑ったトフェルの視界で、黒髪が舞った。

いつのまにかロルフもまた、その隻眼《せきがん》を東へと投げている。

静かな横顔をしばらく見やり、トフェルはしみじみと言った。

「にしても小さいのは、ほんとにおもしれーよ。どうでもいいことでうじうじ無駄に悩むくせに、ほかの奴らが引いちまう状況になると、逆に芯が入《ふる》る。〈赤い猛禽〉に人形の女の子に、ついにはエトラ国騎士団長の命石だ。競技場だと奮い立つってんなら、いっそリヒトの奴がほざいたみてえに、火の島を木杭《きぐい》で囲んじまった方が話が早い気がするぜ」

「その提案の実現については協力を惜しまない。騎士として競技場での妹に不安はないが、兄としては競技場の外での妹に心配がつきぬ。火の島が大きな競技場となれば、おれが無駄に怒鳴ることもなくなる」

軽口めいたトフェルの言葉に、ロルフは東の地平を見つめたまま応じた。

行軍許可状を見せられて取り乱したニナを、ロルフは殴《なぐ》りつけた。叱責して部屋から追いだし、非礼を詫びて頭をさげた。

他国の要人をまえに、ニナ自身やリーリエ国への影響を考えればそうせざるを得なかった。兄として妹を守るために殴り、騎士としてエリーゼ姫の文句を聞きつづけた。心にさだめたものに堂々と膝を折る姿勢は、出立前《しゅったつ》に手綱《たづな》を強くにぎったニナの姿と、不思議なほどかさなる。

　トフェルは不意に笑いをもらす。

　なんだ、という視線を向けられて、いや、と首を横にふった。

「やっぱ似てるなって思ってさ。あんたと小さいの」

「おれとニナが？」

「うん。仮入団のころに取り替えっ子だなんだって言ったの、取り消すわ。破石王アルサウの子孫とかいう村の、血筋だか特殊な教育だかの賜《たまもの》なのかね。見た目は狼と兎《うさぎ》くれえちがうのに、根っこのところがそっくりだ。騎士としての核の部分っつうか……」

　トフェルは丸皿に似た目を見はった。

　ロルフが微笑んでいる。

　団員の軽口に仏頂面《ぶっちょうづら》で対応し、競技場での黄色い声援にも眉《まゆ》一つ動かさぬ隻眼の狼《アイン・ヴォルフ》。そんな彼の珍しい――いいや、初めて見るだろう表情。

　居館の鐘が午後を告げる。

　おれは打ち込みの時間だと、ロルフは手にしていた地図をトフェルに渡した。そのまま去っていく後ろ姿に、呆然《ぼうぜん》としていたトフェルは、は、と我にかえる。

え、いやちょっと待って、とあわてて声をあげた。

「笑った？　な、なあいまあんた、笑ったよな。満足そうに微笑んだよな？　……やべえ。想定外の仰天《ぎょうてん》過ぎて、記憶回路がぶっ飛んじまってた。さっすが想像の斜め上で返してくる小さいのの兄貴だぜ……って、ロルフもっかい！　ね、もっかい笑って記憶するから。なあロルフ、頼むって！」


新王即位に沸く王都ギスバッハに、その喜びに水を差す布告がなされたのは、各国の特使が帰国した翌日のことだった。

敗北した王兄マクシミリアン公の手の者が〈貝の城〉に侵入し、王冠が奪われたこと。犯人は沿岸街道から南シレジア方面へと逃走し、付近を守る砦兵《とりでへい》が行方《ゆくえ》を追っているものの、いまだ捕縛《ほばく》にいたらないこと。

祝賀から一転、王都の民は突然の凶報に驚愕《きょうがく》した。

王冠とはすなわち王権の象徴だ。代理競技の決定に真っ向からそむく暴挙を、新王マルセルを奉じる女宰相《おんなさいしょう》らが穏便に治めるはずがない。またキントハイト国ら代理競技の立会人として参列した国々には、結果を保証する義務があり、なによりもそれぞれの国の体面がある。

——王冠奪還を目的とした、王兄マクシミリアン公の討伐軍《とうばつぐん》が派遣されるのではないか。

年明けの即位式を見込んで売れていた、晴れ着に使う高級織物や宝飾品、酒などの嗜好《しこう》品《ひん》類の価格は暴落した。そして武力衝突が回避されたことで落ちついていた武具や馬、食料の値がふたたび暴騰《ぼうとう》した。

高下の激しい王都ギスバッハの相場らしい大波浪だった。理に聡い海商たちは格好の勝機だと、商船を猟犬のように放って、各国の港から軍事関係の交易品を仕入れさせた。

戦争は王家が所有する常設軍や、貴族の領地から集められた兵を主力としておこなわれるが、競技会の賞金で生活する騎士団がある火の島では、戦時だけ雇用される傭兵《ようへい》も少なくない。噂《うわさ》を聞きつけた腕に覚えのある騎士たちは、己の売り時の好機かも知れないと王都へ参集した。民の憂《うれ》いの声とは裏腹に、宿屋や酒場、娼館《しょうかん》などは特需《とくじゅ》に沸いた。

しかしやがて、先の布告を揺るがす奇妙な噂が流れるようになる。

シレジア国の王冠を奪取したという賊《ぞく》の集団が、南ではなく、国境の森から北へと向かい逃亡しているというのだ。

2

――やっぱおれいやだ。おれ、いきたくない。

男の子が泣いている。

朝靄《あさもや》の薄く流れる港街。迎えの馬車はなんの装飾もない古い馬車だ。

人目を避けるための処置だった。男の子が行くところは、公《おおやけ》にはされていない。男の子が住んでいた酒場の亭主は、養育料という名前の口止め料をもらった。男の子の所在が判明するきっかけとなった、男の子が誕生した教会の司祭は、豊穣《ほうじょう》の女神マーテルに仕えるにふさわしい、信頼のできる人物だった。

事情があって祖国を出た男の子の母親は、海が見たいという理由でシレジア国にやってきた。

悲しいことがたくさんあって、小さいころに話で聞いた〈海〉というものを、なんとなく見たくなったのだという。

灯台岬で水平線を眺めていた母親を保護したのが、貧しい孤児にも学びの場を提供していた教会の司祭だった。身重だった母親はそこで男の子を出産し、自分になにかあったときのことを考えてだろう、女官として授けられていた白百合《しらゆり》紋章の指輪を、司祭にあずけていた。

——おれ、でもやだ、リーリエ国なんかいきたくない。お城なんていやだ。貴族なんか嫌いだ。みんなといたい。いやだ、いやだよ。

金髪の男の子はぐずぐずと泣く。

小さくて痩《や》せた男の子の前には、赤金の髪の少年が立っている。

薄汚れた貧民街では宝物のように輝いた、夕焼けが映った海のように綺麗《きれい》な色。

男の子が住んでいた酒場で、亭主のほかに唯一、男の子の行く先を聞いていたのが少年だった。迎えにきたものには口止めされていたけれど、男の子はその赤金の髪の少年にだけは、自分の素性《すじょう》や父親のことを話していた。少年は酒場に住む子供たちの兄貴分のような存在で、誰よりも頼れる相手だった。

いやだ、さびしい、こわいよ、と泣く男の子に、少年は困った顔をする。迎えの馬車に乗っている、薄汚れた街に似合わない綺麗な服を着た使者たちは、早くしろという表情をしている。

少年は外套《がいとう》の裾《すそ》で、男の子の涙と鼻水を拭いてやった。男の子は疲れを知らない丈夫な足を持っていたけれど、身体《からだ》は年齢のわりに小さくて、そしていささか泣き虫だったのだ。

——んなにびーびー泣くなよ。昨夜ちゃんと話しただろ。おまえはそこに行けば、きっと山ほどの金貨がもらえる。それをおれたちに送ってくれって。

——でも、でもさ。

——おれたち、〈騎士〉になるって約束したよな？　悪い奴らをやっつけて、困ってる人を助けられる強い騎士になるんだって。おまえはリーリエ国に行って、腹を減らして困ってるおれや仲間を、金貨を送って助けるんだ。だからこれは、騎士としての大事な任務だぜ？

男の子は、にんむ、とくり返した。

新緑色の目を真っ赤に潤ませて、やがてうなずいた。

——わかった。おれがんばる。こんどはちゃんと、みんなを守れるようにする。

——よし。こっちのことはおれに任せとけ。大事な任務だから、おまえは自分のことだけ考えて、しっかりやるんだぞ。きちんと挨拶《あいさつ》して、親父《おやじ》さんの言うことを聞いて、礼儀《れいぎ》正しくするんだ。……大丈夫だって。おまえは優しくていい奴だし、きっと気に入ってもらえるからさ。

あれが泣いている男の子を馬車に乗せるための口実だったと、男の子自身が気づいたのは、ずっとあとになってからだった。

——司祭さんにみんなで書き方を教わって、手紙を出すからな。身体にはくれぐれも気をつけろ……って、おまえは風邪《かぜ》ひかねえか！

笑顔で手をふっていた赤金の髪の少年は、もう二度と会えないと覚悟していたのではないかと。

馬車に乗った時点で、男の子と少年の道行きはたしかに分かれたのだと。

そう考えられるようになったのも、ずっとあとになってからだった。


——足音が聞こえた。

寝台に突っ伏していたリヒトは、ふと目を開いた。

一瞬、ここはどこかと思いかけて、すぐに気づく。

目の前には痩せた青年が眠っている。右頬《みぎほお》の薄い火傷《やけど》痕のほかに、よく見れば細かな古傷が残る顔には、赤金の髪が散っている。呼吸は荒い。額には汗が浮いている。

リヒトは窓の外に意識を放った。

船着き場の方から、無数の長靴《ちょうか》が走っている音がした。動けるように身構えて耳をすませると、金属靴が石畳《いしだたみ》を打つ音は、やがて潮が引くように消えていく。

リヒトはほっと緊張をといた。この場所に来てから一週間が過ぎたが、もうなんべんも同じようなことをくり返している。逃走した侵入者を追っているのは口実だ。彼らが探しているのが自分と、おそらくは眠っている青年だろうことはわかっている。

船が疫病《えきびょう》を持ちこむ場合があるので、港街には薬屋の類《たぐい》が多いけれど、足がつくのは避けたかった。したがって満足な治療をしてやれず、腹部に深手を受けた青年はようやく峠《とうげ》を越した状態だ。いま追手に見つかれば逃げるのは難しい。自分たちをかくまってくれた少年たちにも迷惑をかけてしまう。

「ていうかもう、かけまくってるけど。本当はすぐに出ていかなきゃいけないんだよね。でも行動するにしても、せめてもう少し、警兵の動きがおさまらないと無理かな……」

ひとりごちて、リヒトは木桶《きおけ》に浸した布を絞った。

まだ熱がさがらず、ときおり嫌な咳《せき》をする青年の額に浮いた汗をぬぐった。

港湾地区の奥まった場所にある古い倉庫は、大嵐にまかれて屋根と壁の一部が壊れている。持ち主だった海商はその嵐で船と商売を失い、半壊した倉庫も放置されたと少年たちから聞いた。

打ち捨てられた建物に路上で暮らす孤児が住みつくのは、よくあることだ。壊れた屋根板は風が吹くたびに開閉し、昼ならば空がちらちら見える。うるさいし冬の風が吹きこむけれど、廃材や古布で補修された室内はじゅうぶんに人が住める。

複数の太刀傷《たちきず》を受けた青年の全身は、リヒトが身につけていた上着を裂いた布で手当されている。甲冑《かっちゅう》をまといここまで傷を受けたのは、刺突《しとつ》に向いた片手剣で連結部を抉られたのか、相手が殺傷に慣れているからか。長患《ながわずら》いを思わせるほど筋張った身体を清めるリヒトの手が、ふと止まった。

薄く開いた鎧戸《よろいど》から射しこむ陽光が、左肩に打たれた焼印を映しだす。リヒトの記憶のなかの少年の肩には、罪人の証《あかし》は刻まれていなかった。

布をにぎるリヒトの指に力がこもる。

絞ったはずの水が染み出て、黴臭《かびくさ》いシーツに染みをつくった。

——おれがんばる。こんどはちゃんと、みんなを守れるようにする。

別れの日に告げた言葉を思いだし、リヒトは唇を嚙《か》んだ。

送ると約束した金貨を、いちども送れなかった自分。あれがぐずる己を馬車にのせる口実だったとしても、事実として仲間を守れなかった——騎士に、なれなかった。

おそらくいまこの瞬間、冬の風など届かない〈銀花の城《ラルジャン・フルル》〉で、美しい愛妾《あいしょう》たちと笑っているだろう父国王を思いだした。取り巻きの貴族を引きつれて闊歩《かっぽ》している兄王子や、陰気な仮面のような無表情で黙々と政務をこなしている兄宰相《あにさいしょう》を。彼らの後ろに王都ペルレで暮らす、親しい街民の生活があるとしても、複雑で暗い感情は自然とわきあがる。きつく眉根《まゆね》をよせたリヒトだが、それでも心のなかの影を消すように、金髪を乱暴にかいた。

「……ちがう。だめだめ。こういう考え方はもう」

冬の海に一晩も浸かった頭髪には、乾いてもなお小さな砂粒がこびりついている。

古ぼけた床に落ちた砂の塊《かたまり》は、国家騎士団としてのみこまなくてはいけない、感情の欠片《かけら》のようだった。

そうしてリヒトは溜息を吐いた。

遠くではふたたび、長靴の音が鳴っていた。

◇◇◇

「……その黒髪の村娘は、〈貝の城《ムル・シエル》〉を襲撃したと話す騎士の集団を見たという。恐ろしさに泣いてしまったとか……なんと哀れな。井戸を使用していた小柄な騎士が水宝玉の王冠らしきものを持っていて、砦兵《とりでへい》が追ったが見失った……これは処罰ものですな。血に染まった外套姿の騎馬隊が、夕闇のなかを北上していた。野営のあとに王城の見取り図や王都で売られている果実、刃こぼれした曲刀が落ちていて……」

配られた報告書を手に、レオポルドは怪訝《けげん》な顔をしている。隣に座るロルフは腕を組んで、レオポルドが持つ書面を見おろしている。

〈貝の城〉の奥まった場所にある一室。

王の間の襲撃事件について相談をした部屋は、そのまま討伐《とうばつ》のための軍議の場となった。

壁際にはシレジア国の国旗のほか、討伐軍に参加予定の五カ国の国旗が並べられている。

漆黒《しっこく》に銀の獅子のキントハイト国。

白地に清楚《せいそ》な花冠のナルダ国。

紫に羽ばたく天馬のクロッツ国。

華やかな山吹《やまぶき》色に糸車のマルモア国と、濃紺《のうこん》に凛《りん》と咲く白百合《しらゆり》のリーリエ国。そして中央に寄せられた長机の周りを、女宰相パウラをはじめとした数十名の出席者がかこんでいる。

レオポルドは長机に広げられている地図に視線をやった。

半月を崩したような形のシレジア国が描かれているのは、戦闘競技会《せんとうきょうぎかい》でいうところの戦術図だ。

主要街道に宿場町、港、川に湿地に山岳。行軍するのに必要な情報が記された巨大な地図には、王兄マクシミリアン公の領地に数個の黒い駒《こま》が、王都ギスバッハには数十個の白い駒が置かれている。それぞれの陣営の兵数や、予想配置をあらわすものだ。

レオポルドは王都ギスバッハから主要街道を東に向かったあたりと、報告書に記された内容をあらためて見くらべた。

うーむと、唸《うな》るようにつぶやく。

「……意味がわかりません。南に逃げたはずの賊《ぞく》が、なぜ東をうろついているのでしょうか？」

――〈貝の城〉に侵入して王冠を強奪したと思われる犯人が、東の国境付近で目撃されたらしい。

情報の出どころは配達人で、〈貝の城〉へと報せたのはナルダ国騎士団員だった。隊を組んだ騎士としての友誼《ゆうぎ》なのか、ナルダ国騎士団員は襲撃事件があった日より港湾地区で、行方《ゆくえ》不明のラントフリートを探している。彼らが祖国に連絡をつける際に依頼した、配達人のところで耳にしたとのことだった。配達人や隊商は道中の安全のために各地の情勢を共有するので、情報の伝達役としての性格もあわせもつ。

王冠強奪事件の日から十日が経過している。

〈貝の城〉では女宰相パウラや専門卿《せんもんきょう》らのもと、討伐軍の準備が着々とすすめられていた。兵馬と武具の調達に部隊編制。六カ国の軍隊が進軍するのなら、総数は万をこえると見込まれ、糧食の輸送ひとつとっても容易なことではない。

そんななかで行軍路をととのえるための先遣部隊は明日、出立《しゅったつ》する予定だった。

王兄マクシミリアン公の領地は大きな川を渡った先にある。進軍の足がかりとなる橋を確保するのが目的で、担当区域をさだめる軍議だった。

──そこへ、ナルダ国騎士団の報告書が届けられた。

南に逃げた王冠強奪犯は、近隣を守る砦兵が捜索しながらいまだ見つかっていない。王都から沿岸街道を抜けて、すでに南シレジアへ逃亡したとも思われていた。それがまったく予想もしない、東の国境付近での目撃情報──

先遣部隊は王都近郊の貴族から招集された兵や、私設騎士団員から構成されたおよそ二千名。中隊長と小隊長らが軍議に参加している。クロッツ国騎士団長レオポルドは中隊長として五百の兵を任され、ロルフは補佐として小隊長に任じられている。

想定外の情報を伝えられた一同は困惑の表情で考えこみ、あるいは周囲のものと小声を交わしている。

そんななかでレオポルドは、なにかに気づいたように、は、と表情を変えた。

そうか、そうにちがいないと、報告書をにぎりしめる。

「みなさま、これは奴らの計略ではないでしょうか！」

いっせいに向けられた視線を感じながら、レオポルドはぐしゃぐしゃになった報告書をロルフへと渡した。

「王都から沿岸街道へと逃れた賊は、むろん追手が出ることを予期しておりましょう。代騎士団に選ばれるほどの猛者《もさ》とはいえ、王の間や海中に残された遺体の数から、人数は最多でも十名。多勢に追われては分が悪い」

レオポルドはすっくと立ちあがると、地図にへばりつくようにして腕をのばした。

王都ギスバッハから反時計回りに、主要街道を指でたどっていく。

「そこで確実に王冠を持ち帰るために、南に行ったと見せかけて東の国境から大きく迂回《うかい》して北へと向かい、北部の港から海路にてマクシミリアン公の領地を目指すのでは、と。なにしろ相手は、姑息《こそく》な謀略《ぼうりやく》にてさんざんこちらを振りまわしてきた輩《やから》です。我らの裏をかこうとしても不思議はない」

おお、なるほど、と声があがった。

さすがは国家騎士団長、見事な慧眼《けいがん》です、との感嘆《かんたん》に大きくうなずいて、レオポルドは言葉をつづける。

「王冠を盗んだ侵入者を捕縛《ほばく》すれば生きた証拠として、こたびの強奪事件の全容が解明できます。またこのまま王冠が敵方に渡れば、戦火にて散逸する可能性も、国外に持ちだされる恐れもあります。したがって先遣部隊の一部を東へと向け――そうです、ここはわたくしめにお任せください。クロッツ国の国章は天翔ける天馬。その天馬のごとき素早さで王冠を奪還し、新王マルセル陛下に献上してご覧にいれましょう」

力強く言い切って、胸をどんと打ってみせる。

そうだな〈隻眼の狼《アイン・ヴォルフ》〉よ、我が頼れる小隊長よ、と傍《かたわ》らのロルフの肩に手をそえる。ロルフはレオポルドから受けとった報告書を、じっと読んでいる。

今回の派兵に参加する各国のなかで、クロッツ国はもっとも戦意の高い国だ。火の島杯での審判部長の失職で、彼《か》の国の評判は悪くなっていた。地理的に遠く、特別な縁故もないシレジアの王位継承問題に国家騎士団長を送ったのも、揺らいだ信用を挽回《ばんかい》するための行動だった。

また討伐軍を率《ひき》いるのは大隊長となるが、貴族が任命される慣例と実戦経験から、キントハイト国騎士団長イザークの名前があがっている。しかし王冠奪還という手柄をもって大隊長に任じられ、王兄マクシミリアン公や老軍務卿の討伐をなし得れば、クロッツ国はもちろん、団長レオポルドの名声は揺るぎないものとなる。

鼻息も荒く言い立てたレオポルドに対して、会議室に集《つど》う面々は顔を見合わせた。

突然の王冠強奪事件は雨夜の混乱も災《わざわ》いし、王兄の潜入者とみられる元代騎士団が遺体で残されたが、あとは交戦した警兵や街民の目撃証言のみだ。犯人の捕縛はやはり重要で、王冠の散逸はシレジア国王家の名誉にもかかわる。ここはレオポルドの提案が是《ぜ》だろうとの空気が流れたとき、パウラがふとつぶやいた。

「……そうですね。たしかにこれは〈計略〉かもしれません」

周囲の視線が、シレジア国旗を背に座るパウラにそそがれる。

ナルダ国騎士団の報告書を目にしたパウラは、同席していた副警兵長にすかさず情報収集を命じた。出席者が思い思いに意見をのべるなか、無言で考えこんでいた彼女は、柔和《にゅうわ》な顔立ちに笑みを浮かべてレオポルドを見た。

「お見事な推察です、代理競技ではまとめ役として、勝利につながる完璧な競技会運びを指揮したとおりの知見です。あらためて感服いたしました」

いやいや宰相閣下《かっか》、そんな本当のことを、と胸をそらしたレオポルドに、パウラは少し眉尻をさげてつづける。

「……しかしながら計略、というのなら、逆の場合もあるのではないでしょうか？」

「逆、と仰《おつしや》いますと」

「ご指摘の理由で、襲撃者が東へと向かった可能性はあるでしょう。しかし報告書の内容を吟味《ぎんみ》するに、人目を避けるだろう逃亡者の行動にしては、いささか引っかかるようにも思います。追跡を避けて東へと逃走した――そう偽の情報を流すことで、我らの目を惑わせる計略の可能性もあるのでは、と」

「むむ……それはたしかに」

レオポルドはえらの張った口元をへの字にする。

パウラは長机に広げられた地図に向きなおると、駒を動かすための長い棒を手にとった。火かき棒に似た形状の棒を動かしながら、あくまでも仮定の話として説明する。

偽の情報が真実だとすれば、東の国境から北周りではなく、シュバイン国へと入って南下し、国外から南シレジアに戻る可能性。王都の事件を耳にした民が、野盗の類《たぐい》を錯誤《さくご》した可能性。ナルダ国騎士団員が情報を得た配達人が、王兄の間諜《かんちょう》という可能性――

落ちついた声で語られる内容には、どれも説得力がある。判断に迷いふたたび考えこんだ出席者のなかで、ロルフはやはり、報告書を見おろしている。

パウラは白と黒の二つの駒を、王都ギスバッハから主要街道でつながる、シュバイン国との国境付近へと移動させた。

「……真偽のほどは現時点で不明ながら、捨ておけない情報であることはたしかです。しかし討伐軍における行軍路の確保は重要であり、橋や砦の一つが、戦局を左右する場合もございましょう。皆さまには予定どおり先遣部隊として明日の出立を。件の情報につきましては付近の砦兵に連絡をし、しかるべき対処をすることをお約束いたします」

軍議は午後の鐘を過ぎたころ終了した。

各部隊が率いる兵は城壁外に参集し、すでに天幕を張っている。明日の打ち合わせをするために退出する出席者を、戸口の横に立つパウラが頭をさげて見送った。

足音が完全に消えたのを待って、パウラは長机に戻る。

駒を動かす長い棒を手にすると、高々と掲げて、そのまま長机に打ちつけた。

「――――！」

大剣の一閃《いっせん》のごとき鋭い一振りだった。

固い丸棒が粉砕《ふんさい》されるように真っ二つになる。

木片が地図に飛び散った。パウラはとくに表情を変えず、用をなさなくなった棒を無造《むぞう》作《さ》に投げ捨てる。

「……流言を広めている〈鼠《ねずみ》〉は、いったい誰なのでしょう」

パウラは低い声でつぶやいた。

ナルダ国騎士団員の報告書をあらためて手にとる。それを目にした瞬間から、気になっていた文言を指でたどった。

──その黒髪の村娘は、〈貝の城〉を襲撃したと話す騎士の集団を見たという。

──井戸を使用していた小柄な騎士が水宝玉の王冠らしきものを持っていて。

この部屋で一週間ほどまえに会議をしたとき、無様に取り乱していた随行団員《ずいこうだんいん》ニナを思いだした。

子供じみた体格の女騎士。〈ラントフリート王子〉とは競技場以外でも関係が深いだろうことは、王子を監視させていた警兵らから耳にしていた。したがって城下に飛び出したとき念のために探らせたが、雨に打たれて泣きながら菓子を食べていたという、失笑するような報告しか受けていない。

「そうです。王子と接触していたはずがありません」

そもそも形こそ捜索の体《てい》を装っているが、実際に目指しているのは遺体の発見だ。王子も赤金の髪の男も生きているとは、パウラは思っていない。ただ潮流に流されただろう王子はともかく、甲冑をまとった赤金の髪の男が、港湾内の海中から遺体で見つからないのは気になった。

かつて自分の手を逃れた、薄汚い二人の少年がパウラの頭をよぎった。

彼女が糧《かて》として利用してきた、本来なら記憶に残らない矮小《わいしょう》な存在。それが名前や髪色まで覚えていたのは、彼女が〈パウラ〉にならざるを得なくなったあの夜のせいだ。

白粉《おしろい》の下が忌々《いまいま》しくうずいたとき、副警兵長が戻ってきた。

東の国境付近の地方役人から、先ほどの報告書に類する通報がないことを確認して、まずは安堵《あんど》する。

貴族諸侯のなかにも海商あがりのパウラが宰相位にあることを、面白く思わぬものもいる。代理競技でかなりの国庫を拠出したことに加え、リーリエ国の口が達者な平騎士のせいで、戦費の負担は大蔵卿《おおくらきょう》が難しい顔をするほどに拡大した。

おかげで先の〈仕入れ〉で当座の金策をしたはずが、警兵長はふたたび海上で船を操ることになった。使える手駒にも金貨にもかぎりはある。現時点ではうまく回っているが、地方役人から正式に〈王冠強奪犯〉の目撃情報があがってくれば、少し面倒なことになるかも知れない。ならば〈鼠〉の正体が誰であっても、対処するに越したことはない。

仮に〈鼠〉があの女騎士だとするなら、パウラの警戒心は強まる。代理競技での一矢は味方に勝利をもたらす弓射でありながら、まるで自身が射ぬかれるごとき不吉な予感を覚えた。そして便利使いしていた〈赤い猛禽《ブルート・フォゲル》〉をパウラから奪ったのは、リーリエ国の〈少年騎士〉なのだ。

パウラは副警兵長を呼びよせた。

委細《いさい》を告げると、乾いた目は地図に描かれた東の国境付近に向けられる。

警兵の名称や国章を戴《いただ》いた制帽は、彼にとっての白粉だ。血潮《ちしお》を浴びるだろう役目を与えても、それを日常としている男のまなざしに揺らぎはなかった。

「いやあそれにしても、パウラ宰相とは本当に物事の本質をわかっている御方だな。願い出たのは我が国の特使らしいが、もっとも重要だという沿岸街道を、このレオポルドに任せてくださるとは。施政を担《にな》う宰相位につきながら、えらぶったところがなく物腰も柔らかい。権高《けんだか》く言葉のきつい我が夫人とは大ちが……ああいや、なんだね、うむ」

レオポルドはロルフをしたがえて階段をおりた。

〈貝の城〉の居館一階。正面階段をくだりきった先には、城外に移動する中隊長らのために開け放たれた大扉が見える。

玄関ホールに長靴《ちょうか》を勇ましくひびかせて、レオポルドは、いやいやご苦労と、門兵に片手をあげた。

前庭に足を踏みいれるなり、崖下《がけした》からの海風が紫の軍衣《ぐんい》をさらう。

潮風が植物を傷めるため、〈貝の城〉は緑が少ない。円柱や噴水のあいだの石畳《いしだたみ》を、二人は通用口を目指してすすんでいく。

「しかし重要といわれても、たかだか行軍路の確保ではないかね。先陣を切るは騎士の誉《ほま》れ。それが街道の安全を調査して地方貴族の協力を取りつけ、川を渡った先に橋頭堡《きょうとうほ》をつくる、などと。エトラ国騎士団をもねじふせた、華麗《かれい》な大剣さばきを発揮できないのは物足りないな！　そうは思わんかねロルフ？」

「…………」

「そうかそうか、そのように険しい顔をするとは、おまえもやはり不満があるか。よくわかるぞ〈隻眼の狼〉よ。騎士の心を理解できるのはやはり騎士。それも実力が近しいもの同士にのみ起こる、誠心の共鳴とでもいうべきものだからな！」

半歩遅れて歩いていたロルフは、伏せていた隻眼をふとあけた。

報告書を読んだときからずっと、深く思案していた。

城壁に併設する厩舎《きゅうしゃ》前の細い道。小隊長として付きしたがうレオポルドをあらためて見やると、静かな声で告げた。

「……先陣は、我らの隊が切る可能性が高いと思われます」

レオポルドの長靴が止まった。

な、なに、と振り返った彼に、やはり足を止めたロルフは、その視線を南へとやった。

城壁にかこまれた中庭からは、眼下の街並みも山の切り割りにある沿岸街道も見えない。ただ潮風で削《けず》られた岸壁の、いびつな山肌がわずかに見てとれる。

「陸路にてマクシミリアン公の領地に到達するには、シレジアの中央を横断する川をこえる必要があります。軍馬がとおれる橋は四つ。もしも相手方にすべての橋を落とされれば、川の上流にあたる山岳地帯を通行するしかなく、さすれば海路にて移動するキントハイト国らとの連携に遅滞が生じます」

南に向いたまま、ロルフは言葉をつづける。

「多勢の敵が分散しているうちに攻撃をしかけるのは、兵数に劣る側がとる常道です。こちらに対し防御を固めるまでの時間稼《かせ》ぎにもなるでしょう。したがって相手方がいのいちばんで標的とするは、王都からもっとも近い沿岸街道の大橋、そしてその確保を目的とする我らの隊かと」

「いのいちばんで……標的……」

「また沿岸街道は複雑な地形のうえ、古代帝国時代の砦《とりで》なども点在します。こちらが兵馬を集めていることは、そろそろ南シレジアに伝わっているはず。相手方が先手を打ち、兵を埋伏させているやも知れません。……ある程度の損害は、覚悟しておく必要があると思われます」

ロルフは淡々と言い切った。

秀麗な横顔が見つめる先に目をやり、レオポルドは、損害、覚悟、とくり返した。えらの張った口元を結ぶと、ごくりと喉仏《のどぼとけ》を鳴らした。

威風に満ちた堂々たる顔立ちの国家騎士団長と、騎士人形のごとき完璧《かんぺき》な立ち姿の〈隻眼の狼〉。雄々《おお》しい一対《つい》として並ぶ彼らのそばを、先遣部隊に任命されたほかの中隊長らが、畏敬《いけい》の立礼《りつれい》をささげて通りすぎていく。

その姿が通用口に消えるのを待って、レオポルドはロルフに向きなおった。

言葉を探すように視線をさまよわせる。

おもむろに咳払《せきばら》いをすると、己よりわずかに背の高いロルフを見すえて告げた。

「……ときにロルフ。つかぬことを聞くが、きみは国家連合《リントヴルム》の制裁的軍事行動に参加したことがあるかね？」

「いえ。ありません」

「そうか……うむ。さすれば初陣《ういじん》となる今回の軍事行動は、さぞや心許《こころもと》ないであろう。恐怖で打ちふるえているであろう。代理競技で隊を組んだ我らは、国こそちがえど身内のようなものだ。不安な年少者を守るのは、年長者の当然の役目。したがって行軍中は決してわたしから離れないように。いいかね？」

「…………………」

「ああそれと、我が隊の基本方針は〈慎重〉とする。いたずらに功を焦って部隊に負傷者を出すのは、わたしの本意ではない。行軍の際は索敵に全神経を集中させ警戒を怠《おこた》らず、不足の事態が生じたならば他部隊に救援を求める細心の注意を払って、一歩一歩足場を固め堅実に！　安全に！　……すすむとしよう」

「……承知いたしました」

ロルフは立礼で答えた。

レオポルドは、ほっと安堵の表情を浮かべる。

強《こわ》ばっていた双肩《そうけん》から力を抜くと、うむ、うむそうか、と小刻みにうなずいた。

さすがはリーリエ国の一の騎士だ、前々から見所があると思っていた、とロルフの背中をたたく。ふと思いだした顔をすると、大門の方を見やって言った。

「見所があるといえば、君の妹はそろそろ国元についたろうか。小さいながらわたしの薫《くん》陶《とう》を受けるにふさわしい、勉強熱心ですぐれた献策家の騎士だと思っている。〈盾〉である王子が不幸なこととなり、ひどく体調が悪そうだった」

息災であればいいのだが、と、レオポルドは眉《まゆ》をよせた。

ロルフが同じように大門を向いたとき、制帽の集団が居館の大扉から出てきた。

先頭を歩くのは細面で乾いた目の男。副警兵長は五十名ほどの警兵を連れて、旅用外套《がいとう》をひるがえし厩舎へと向かった。

竜爪諸島《りゅうそう》近海の海賊《かいぞく》被害は相変わらず頻発《ひんぱつ》していて、代理競技のころにはナルダ国産の花染毛織物を運ぶ、南方地域の大船団が襲われた。キントハイト国の特使代表からの注文や、討伐軍《とうばつぐん》の噂《うわさ》で商船の行き来が盛んになったこともあり、警兵長はここ数日御用船を操っては、航行する船の検問をおこなっている。

副警兵長は襲撃事件を受けて王都の見回りを強化しつつ、港湾地区を中心に〈ラントフリート王子〉の捜索をつづけていた。それに関連して騎馬で王都近郊に出ることも、珍しいことではないだろうが。

「――……」

ロルフの隻眼《せきがん》が細められる。

馬具をととのえる警兵を見すえる、その手は自然と腰の剣帯《けんおび》へとのびている。

国境付近で目撃された賊についての報告書が、たしかな確信となって頭をよぎった。騎士を名のるなら騎士として行動しろと告げた己と、騎士の目をして〈貝の城〉を出立《しゅったつ》した妹の姿を思いだす。

そんなロルフを、レオポルドは心配そうなまなざしで見た。

やはり兄としては妹が案じられるだろう、と問いかけたレオポルドに対して、ロルフは大剣の柄をつかみかけていた腕を引く。

指先を強くにぎりこむと、静かな声で答えた。

「……そうですね。息災であってくれればいいと、わたしも思っています」

ロルフは厩舎から出ていく警兵に背を向けた。

猛々《たけだけ》しい馬蹄《ばてい》の轟《とどろ》きを耳に、我らも行きましょうと、レオポルドにうなずいた。

3

「そこでその隊商は見たらしいんだよ。まるで海賊みたいな風体《ふうてい》の奴らが、長靴《ちょうか》から血を滴《したた》らせて街道を北上していったって」

「いやだねえ。ああおそろしい」

井戸水を木桶《きおけ》に移しながら言った年配の農婦に、隣で両手をこすり合わせている行商の女性がたっぷりした肩をすくめた。

年の瀬も迫りつつある十二月の中旬。

冷たい海風には遠いシレジア国の内陸部であっても、朝晩ではそろそろ吐く息が白くなるころだ。身を寄せあうように水くみをする彼女たちの隣で、木桶の水を革袋に入れている少女が、おずおずと言った。

「あの、わたしのお母さんも見ました。えと、剣帯《けんおび》にさげた曲刀が地面につきそうな、雄《お》牛《うし》のように大きな騎士だったそうです」

「雄牛みたいな？　じゃああんたくらい小さい子は、片足で踏み潰されちまうね」

行商の女性は少女を見おろして笑う。

年配の農婦は、なるほどね、という顔でうなずいた。

「なにしろ警兵を蹴散《けち》らして〈貝の城《ムル・シエル》〉に侵入し、王冠を奪って逃げた奴らしいからね。先王陛下の急死以来ごたごたつづきで、新王陛下が決まってやっと落ちついたってのにさ。外国の軍隊が集まって王兄殿下を討伐するって噂もあるし、ほんと、シレジアはどうなっちまうんだろう」

溜息をついた年配の女性の顔を、狼煙台《のろしだい》の後背《こうはい》から差しかかる陽が照らした。

王都ギスバッハからは東北東にあたる街道ぞい。

古代帝国時代の名残《なごり》である狼煙台は、戦乱時には見張り台として防衛に役立てられた施設だ。現在は旅人が獣や夜露を避ける場所として、また飲食店として利用されている地域もある。

シレジア国と北のナルダ国をつなぐ主要街道からは、沿岸部に向けて複数の街道がのびている。アーモンド畑がところどころに見える郊外の狼煙台は、近くの街に生産物を売りにいく農民や行商人にも利用されているらしかった。

荷車を引くロバ用の水を汲《く》んだ老農婦は、親に頼まれて露店売りかい、あんたも気をつけなよ、と少女に声をかけた。はい、とうなずいた少女は猟師の子供らしく、外套の裾から は村娘風のスカートが見え、短弓《たんきゅう》を引っかけた矢筒《やづつ》を斜めに背負っている。

小太りの行商人は背負い籠《かご》から、売れ残りだという干し葡萄《ぶどう》とナッツを少女に差しだした。


新年をまえにしたこの時期は、本来であれば祝いの菓子用の材料が売れる。けれど先王の急死を受け、今年いっぱいの公式催事は中止となっている。新王の即位式は年明けに予定されていたが、王冠強奪事件の影響で先が見通せず、売れ行きが悪いとのことだった。

すみません、と恐縮する少女に手をふって、農婦たちは去っていった。

街道を遠ざかる荷車と人影に深々と頭をさげた少女——ニナは、決まりが悪そうな顔をする。

——また、いただいてしまいました。

一人で行動をするようになって十日ほど。こんなふうに食べ物を分けてもらったり、道行きを心配してもらうことが少なくない。

年少に見られるのは慣れていることとはいえ、十八歳という年齢を考えれば複雑だ。そして付近の住民を不安にさらしている原因が自分だと思うと、やはりいたたまれない気持ちになる。

ニナが唇を結んだとき、馬蹄の音が聞こえてきた。

「――！」

はっと矢筒に手をのばしかけたが、十数騎ほどの騎士風の集団は、土煙をたてて街道を西へと駆け去っていった。

ニナは安堵《あんど》に肩の力を抜く。

すでに小さくなっている馬影を、目を細めて見やった。

王兄マクシミリアン公への派兵は、いまだ正式布告されるには至っていない。国家連合《リントヴルム》から正当性の確約をもらうのを待つため、また各国の軍隊が参集するまえに急襲されたり、防衛を固められるのを防ぐ目的で公表の時期をはかっているのだろう。

それでも兵馬や武器、糧食を集めているようで、騎馬隊や隊商が西へと向かうのを見るのは初めてではなかった。王都方面から来た旅人からは、治安維持を名目とした先遣部隊が編制されたとの噂も伝え聞く。

ニナはフェルト帽をかぶった頭を触った。

肩までの黒髪は村娘風の三つ編みにしている。外套の下もスカートに膝丈のベストを羽《は》織《お》り、腰帯で留めるという、西方地域沿岸部の民が着るものに合わせている。思いついたすべてを実行しているが、騎馬が沿岸部へ行くのを見るたびに、戦火の足音がシレジアに近づいているのを感じる。

――いいえ。それでも少しずつ噂は広まってきています。

不安になりかけた心に言い聞かせて、ニナは狼煙台の厩舎《きゅうしゃ》へと向かった。

鞍《くら》にかけてある荷物袋に干し葡萄などを入れる。周囲を見まわしてから、補助具を使って馬へとのった。

誰がどこで見ているかわからない。そして現在の自分の味方は、自分しかいない。人が隠れられそうな物陰や足音に気配。行動の際の確認は、すでに身についている。

ニナは馬首を東へと向け、馬の腹を蹴った。

冬は日が短い。噂話の広まり具合をたしかめられたので、明るいうちに野営地に戻ることにする。冬枯れの大地を走る風が、少し引き締まったニナの頬《ほお》を冷たく打ちつけた。


――ニナが単独行動となったのは、王都ギスバッハを出発した翌日のことだった。

帰国の途についたマルモア国の特使一行にリーリエ国の中隊長らと同行して、国境の森を越えた宿場町。出立時から体調不良を訴えていたニナは、馬が遅れたり頻繁《ひんぱん》に休憩を求めるなど、行軍に遅滞を生じさせていた。上機嫌な往路での姿とは一転、またですの、これでは日暮れまでに宿場町に到着しませんわ、とのエリーゼの罵声《ばせい》が、馬車の窓越しになんども飛んでいた。

——マルモア国の皆さまに迷惑をかけられません。また宰相閣下《さいしょうかっか》より託された行軍許可状は、一刻も早く、国元のオストカール国王陛下にお届けすべきだと思います。

体調が回復次第あとを追うと約束し、宿場街での休養を願いでた。世話役の兵をつけるとの中隊長の心配は、マルモア国の特使らの警護に支障が生じるとして断った。無益な長旅など一刻も早く終了したいとばかりに、帰国を急ぐエリーゼ姫の爪を嚙《か》む音も助けてくれた。

そうして彼らが東へと去るやいなや、必要なものを大急ぎで買って街を出た。その日のうちにはシレジア国に戻って、さっそく行動を開始していた。

リヒトの〈盾〉になるためにニナが考えた行動——それは、王冠強奪犯を装って騒ぎを起こすことだ。

代理競技で新王がさだまり、シレジアには平穏が訪れるはずだった。リヒトが代騎士団に協力する際の条件としたことで、王兄マクシミリアン公も領地での生活が保障された。しかし王冠が強奪され、立会人は代理競技の結果を保証する役目を果たすために、犯人とされた王兄マクシミリアン公を討伐することが決した。

王兄マクシミリアン公は遺児側の代騎士団に手の者を潜入させるなど、謀略《ぼうりゃく》を駆使してシレジアの王位を望んでいた。敗北したことで自棄《やけ》になり、王冠強奪を目論《もくろ》む可能性もあるが、いま内乱を起こしても勝ち目は薄い。そんな王冠強奪事件で利を得るのは、事件を理由にリヒトとの約束を破棄し、王権を拠り所に各国の協力で王兄を討伐できるようになった新王マルセル——幼少の彼の代わりに施政を担う女宰相パウラだ。

——ごめんね。友だちの看病でしばらく帰れない。出かけるときは、白粉《おしろい》と帽子を忘れないように。

仮に誰かに見られても、手紙を託した相手に害が及ばないようにとの配慮《はいりよ》だろう。

リヒトは謎めいた手紙で女宰相らに注意しろと報せてきて、実際に警兵はニナを見張っていた。そしてリヒトはおそらく城下に潜伏し、警兵は治安維持と〈ラントフリート〉の捜索で——あるいはそれを名目に、港湾地区から漁港まで調査の手をのばしている。

守りたい味方騎士が相手騎士にかこまれて動けないなら、まずはその包囲を崩すこと。わざと目立つ動きをして相手騎士の注意を引きつける——陽動だ。

王冠強奪事件の真相がなんであれ、犯人らしき集団が目撃されたなら、女宰相はそれを放置できない。

先遣部隊を追手に出すのなら多方面に兵を展開することで、行軍路の確保を多少は妨げる結果となる。警兵を派遣するなら王都が手薄になることで、彼らから身を隠しているだろうリヒトが動きやすくなる。

派兵を妨害するのかリヒトの行動を助けるのか。どこに当たるかわからないけれど、明らかに味方に貢献できる一矢だ。

そしてパウラがどう対応するか——誰をどういう形でニナのもとによこすかということは、同時に——

「——……」

ニナは胸元にかけられた矢筒の紐に目を落とした。

競技会開始の銅鑼《どら》が鳴ったような、ざわざわした気配を感じる。

肩越しにふり向くと、冬の夕暮れに染められる西の地平が見えた。

無人の街道にニナがたてた土煙が薄くただよっている。馬上で弓を打つときは足で馬体がかめないと駄目だと、トフェルに言われたことをふと思いだした。

ニナは前方に視線を戻す。

身体《からだ》の芯に力を入れると、背筋をのばして騎馬を駆けさせた。

◇◇◇

——よかったです。ありました。

茂みの裏に荷車を確認したニナは、ほっと肩の力を抜いた。

シレジア国の東の国境に広がる森。

北へと向かう主要街道の右手にある樹林帯は、多くが杉や松などの常緑針葉樹だ。湧水のある水場こそ利用する旅人の足で自然と道が生まれるけれど、ほとんどが視界の悪い木《こ》暗《くら》がりとなっている。

獲物の乏《とぼ》しい冬期なので猟師もまばらだ。またこのあたりの針葉樹は樹脂《じゅし》の質が悪く、乾燥しにくいため沿岸部の薪材には不向きで、売り物にはならない。

したがって主要街道からほど近い場所のわりに、なにかを隠すには便利な場所であった。旅人に持ち去られる可能性もあるが、甲冑《かっちゅう》や賊《ぞく》の痕跡を偽装するのに使った金属靴《ぐつ》など、村娘を装うときに持ち歩けないものもある。

ともかくニナは枯れ枝で火をおこし、三脚式の炉《ろ》に小鍋《こなべ》をかける。

馬をねぎらって水をやり、夜露を避けるために、近くの木と荷車を利用して雨避けの小天幕を張った。

　砕《くだ》いた干し肉や乾燥麦、農婦にもらった木の実を小鍋に入れて粥《かゆ》をつくるニナの手つきはよどみない。山岳地帯の村で育ったニナは、破石王《はせきおう》アルサウの末裔《まつえい》という特殊な状況こそあれ、根本が平民の村娘だ。王城のように煌《きら》びやかな場所では気後れし、王侯貴族の前ではへどもどと緊張する。そんな小さな身体が、獣の吐息が聞こえそうな異国の森にあっては、存外に落ちついて動く。

　ニナは荷車から地図を取りだした。

　下草の上に広げて、今日訪れた場所を確認する。シレジア国の街道や街を記した詳細な地図には、王都ギスバッハから東南あたりを起点に、いくつかの×印が北に向かって描かれている。ニナが実際に、襲撃者になりすまして活動した場所だ。

　――王冠強奪犯のふりをする際に問題となったのは、ニナが小柄で、そして一人だということだった。

　言葉だけで噂《うわさ》を広めるにしても、火だねとなる目撃情報が必要だ。しかし甲冑をまとえば性別は誤魔化《ごまか》せるが、小さなニナが凶悪な賊を単独で気どっても、信憑性《しんぴょうせい》に欠ける。そこでニナは道具と工夫《くふう》と、頼りない外見そのものを利用して、襲撃者が逃げていることを装った。

夕刻の街道を急ぐ隊商に、野盗の不安を訴えて最後尾につかせてもらい、獣の血で汚した外套《がいとう》をまとって移動した。街道ぞいに野営の形跡をつくり、大人用の長靴《ちょうか》で歩いて複数人が使用したように見せかけた。宿場街で購入した曲刀と沿岸部の甘いクイッテンの食べかす、記憶を頼りに描いた〈貝の城〉の見取り図をそれらしく放置した。

王冠を使った偽装工作では、あわや捕縛《ほばく》という事態にも陥《おちい》った。

砦《とりで》に併設された井戸に甲冑姿で立ちより、門を守る兵の前でわざと革袋を落とした。袋からごろりと転がったのは、古道具屋で調達した水色の石を戴《いただ》いた冠。地方の砦兵が実際の王冠を知るはずはない。角笛がけたたましく放たれ、追え、あいつだ、逃がすなと、開門した砦から数十をこえる騎馬が飛びだしてきた。

偽の王冠を拾いあげたニナは一目散に逃げた。真っ青な顔で馬を駆り、砂時計二反転以上も郊外を逃走した。どうにか振りきって森の奥に逃げこんだときには、下馬するなり倒れこみ、背中を馬につつかれながら眠ってしまうほど限界だった。

騎士の格好で目撃情報をつくり、村娘として噂話に加わりつつ主要街道を北上した。ニナのやり方が巧みというより、王冠強奪事件に対して人々の関心が高かったのが奏功したのだろう。十二月初旬から行動を開始して、いまは中旬。東の国境付近ではニナが身に覚えのない風聞もふくめて、作り話は細々ながらも広まっている——

「この調子でつづけるとして、次は……」

ニナは地図を指でたどった。

シレジア国は左に膨らんだ半月のような形で、南と北は、沿岸部から国境までの距離が短い。

現在地はナルダ国への主要街道の途中で、王都ギスバッハからは東北東にあたる。東の国境を越えた先がシュバイン国からガルム国へと変わるあたりで、王都ギスバッハからは馬で二、三日程度の距離だ。

「……まだ大丈夫だとは思いますが、念のために準備はした方がいいかも知れません。短《たん》弓《きゅう》の予備と矢束を二つ……いいえ三つ。用意できれば安心なのですが」

ニナは外套のポケットから金貨袋を取りだした。地図のうえに中身をあけて、金貨や銀貨の数をかぞえる。

偽装工作のためにニナは手持ちの資金を散財した。村娘の服や小物類、曲刀に大きな長靴、顔が完全に隠れる樽形兜《たるがたかぶと》、小型の荷車と模造品の冠、小天幕や携帯用の炉を含めた旅用道具一式と食料——王都では焼き菓子しか買っておらず、中隊長から滞在費は渡されたが、その多くを使うことになった。

審判部役としての随行団員《ずいこうだんいん》のつもりだったので、予備の矢束は一つだけだ。矢筒《やづつ》のなかから代理競技で傷めた矢を抜いて、合わせて六十本弱。兵馬の噂の影響か武具の相場は以前にもまして高騰《こうとう》していて、宿場街の武具屋でも品薄の傾向にある。なによりもニナが扱える長さの短弓と矢は、普段でも流通が少ない。

――できたら少しでもお金を稼《かせ》ぎたいです。獣を狩って売るか……いいえ、短期間で報《ほう》酬《しゅう》が得られるというと、やはり戦闘競技会《せんとうきょうぎかい》でしょうか。賞金のいい地方競技会でもあれば……でなければ小金を賭《か》けたりする、野良競技のようなものでも。

つらつらと考えていると、小鍋がわいた音がする。

西の端に近づきつつある太陽で、森は茜色《あかね》に染まっている。

ニナは地図をしまうと、麦粥で簡素な夕食をすませた。万が一にそなえて鎖帷子《くさりかたびら》と甲冑をまとう。下草を食《は》んでいた馬に冬用馬着をかけて紐を結び、今日もありがとうございました、と腹をなでる。

温かい――たしかに息づいている生き物の感触。

明日のこともさだかでない異国の辺境。温かな馬体は安堵《あんど》と同時に、一人きりの現実を実感させる。

うつむいたニナに馬が鼻面《はなづら》をよせてきた。

団舎《だんしゃ》で兄と騎乗訓練をして以来、手綱《たづな》をにぎることが多い大人しい鹿毛《かげ》。心配そうにのぞきこまれたニナは、黒飴《くろあめ》の目に誘われたように長い鼻面に両腕をのばす。しがみついて頬《ほお》をつけると、去年の春が思いだされた。

村娘仲間と地方競技会に出て、なにもできなかった自分に落ちこみロバに慰められていた。それがあの街でリヒトと出会い、〈少年騎士〉として歓声を受けるようになったが、やはりこうして心細さから馬にすがりついている。

努力しても変われない部分もある。砂時計一反転も走れなかった足は、三反転まで耐えられるようになったけれど、普通の騎士の半分の持久力だ。持ちあげるのがやっとの大剣は上段に掲げられるようになって、だけど武器として振るえる筋力はない。

背丈は少しのびたけれど、いまでも子供にまちがわれる。言葉の強い人には尻込みして、喋《しゃべ》るのもうまくない。

「……だけど、だいじょうぶです」

ニナは己に言い聞かせる。

兄ロルフのような誇り高い騎士には程遠い。団長ゼンメルの知見も、副団長ヴェルナーの経験もない。それでもたとえば一年まえ、〈赤い猛禽《プルート・フォゲル》〉に連れ去られたころのニナと現在のニナは、やはりちがう。

「いまは馬にも乗れるし、道もわかります。武器も食べ物も、旅の道具も持っています。

同じ冬だけど、息が白くなるのは朝と夜だけで、雪がふるほど寒くありません。助けてくれる人はいませんが、荷物袋に押しこめて、目玉を抉《えぐ》ると脅《おど》してくる人もいません」

冬の夕暮れは早い。

太陽が最後の光芒《こうぼう》を投げかけるなか、馬から離れたニナは火の始末をして荷車へあがる。短弓と矢筒は枕元に横たえる。甲冑のまま寝袋にもぐりこむと、木立のあいだから薄暮の空に細い月が見えた。

〈貝の城〉で見たころは満月だった、と考えたニナは、宿舎塔でこっそりと手をふった恋人を思いだす。無事かどうかは考えない。明日ね、と嬉しそうに目を細めた笑顔だけ心に描き、寝袋のなかで、剣帯にはめこんだ書筒《しょづつ》をにぎりしめる。

メルとの連絡に使う硬化銀《ウルリル》の書筒に、ニナは城下で託されたリヒトからの紙片を入れている。出しそびれたメルへの手紙といっしょにしまい込んだ。

大切な二人の〈盾〉。往路のときは希望と将来が詰まっていると思った四女神《デア・ファトス》の書筒は、森の暗闇にのみこまれそうなニナに、たしかなつながりとして力を与えてくれる。

「……そういえばクリスト……クラウスさんに渡した手紙、メルさんはもう読んでいただけたでしょうか」

ぼんやりとつぶやき、ニナは書筒に触れたまま目を閉じる。

近くの枝から夜啼鳥が飛び立った。

大きな羽音に、やがて健《すこ》やかな寝息がかさなる。

細波《さざなみ》のような夜風が小天幕を揺らして、眠るニナの顔を冷たくなでて消えた。

◇◇◇

――冬空に反射する甲冑の灰銀色。

対峙《たいじ》する相手騎士は、すでにニナの意図を知っている。

戦闘競技会では珍しい短弓を使う小柄な騎士に対して、興味本位の一組目と真偽をはかるような二組目は敗北に終わった。

廃街のなかにある競技場は、順番待ちの騎士や見学の隊商らの、感心ともおどろきともつかぬざわめきに満ちている。風の噂で弓を使う少年騎士の存在を聞いたものもいたが、実際にどのような競技会運びをするかまでは伝わっていない。またプラム大の命石《めいせき》を射ぬくという曲芸めいた妙技を披露するのは、素朴《そぼく》な顔立ちの小さな少女だ。

それでも先の競技を参考に、ならばと対策をこらして挑んでくる三組目に対して、もちろんニナはそれを察している。

一組目は無防備な命石を、開始早々立てつづけに射ぬいた。

二組目は命石を凧型盾《たこがたたて》で隠した相手に対して、命石ではなく大剣を標的とし射落とした。武器を奪ったその隙《すき》を、味方の騎士たちに攻撃をしかけてもらった。

手の内をさらしての三戦目。

国家連合のような進行係のいない競技場の大きさは、縦百歩、横八十歩の小競技場程度。木杭《きぐい》ではなく、古びた廃材でかこまれている。

遠距離武器である弓の弱点は近距離に弱いことだ。一気に距離をつめて面倒な射手を仕留めようと考えたか、開始の合図と同時に駆けてくる五人の相手騎士に対して、味方隊はニナを背後に横一列の隊列をつくる。

初めての相手と隊を組むときに、自分の競技会運びの説明や意思疎通《そつう》が大切だと、クロッツ国騎士団と挑んだ親善競技で学んだ。短弓という特殊な武器であるならなおさらに、人任せでなく、積極的に働きかけるべきなのだと。

――大丈夫です。これならいけます。

事前の打ち合わせにしたがい、味方騎士たちは凧型盾を横にかまえて、縦横に振るわれた五人の相手騎士の攻撃をふせぐ。

ニナの弓弦《ゆんづる》が軽快な音をたてた。

狙いは兜に盾に、腕に足。注意をそらすために身体《からだ》すれすれの矢もあえて放った。不規則な弓射の意図が読めず、動揺《どうよう》に構えを崩した相手騎士に、味方隊が襲いかかる。

「！」

命石が弾けて、退場を告げる角笛がつづけて鳴った。

おお、と歓声があがり、土煙のなかに剣風が入り乱れる。

相手隊は地方競技会で上位に入れそうな青年騎士たちで、こちらは近隣の農夫たち。そして、勉強のために諸国を転戦している騎士見習い——を称しているニナ。

実力的に上まわる相手でも、序盤で数の差をつければ勝負は可能だ。一人の味方を落とされたものの、五対五の競技は制限時間を待たずして、相手隊の総退場により終了した。

「東の隊、勝利！」

審判部役が勝敗を告げた。

よし、勝ったぞ、と拳を合わせあうニナたちに、審判部役はあずけられていた金貨を賞金として与える。

野良競技では小金や、ときに酒や農作物などを賭けて勝負の楽しみとすることが多い。またたいていは負けた騎士隊が、次の競技の審判部役になるのが習慣になっている。首をひねったり溜息をついたり、不本意そうに割れた命石の破片を拾っていた青年騎士たちは、審判部役から角笛を渡されて配置についた。

　ニナは落矢を集めると、一礼して競技場の外へと出る。

予備の矢束や汗拭き布を入れた木桶を手にさげると、先に戻っていた味方隊のまとめ役が、ほらよ、お疲れさんと、金貨を差しだしてきた。

　礼を言って受けとったニナだが、取り分よりも多い金貨に、あの、こんなに、と戸惑い顔をする。隊に入れてもらい競技会用の兜も借りたうえで、過分な対応だと思った。

　ニナの父親と変わらぬ年代だろう農夫は、笑って首を横にふった。

「いいって。嬢ちゃんのおかげで勝てたようなもんだからさ。三戦目の相手のまとめ役は、ここいらの領主の息子でね。前日祭で模擬競技をした騎士団に勧誘されたことがあるって、ちょいとお高くとまってたし、すかっとしたよ」

「騎士団に勧誘……あの、もしかして隊列の右端にいた方でしょうか？　踏み込みに無駄がなく、型もすごく正確でした」

　ニナがたずねると、男性は、そうそう、そいつだよ、とうなずいた。

「なんだい、騎士を見る目も肥《こ》えてるんじゃ、あんたも相当な名門騎士団の見習いだね。……しっかし最初は半信半疑だったが、ほんとおどろいたよ。その短弓。もしかしてあれかい？　〈少年騎士〉に憧れて、弓をはじめちまった口かい？」

冗談めかした問いかけに、ニナは曖昧《あいまい》に微笑《ほほえ》んだ。

仮入団で挑んだ裁定競技会以来、リーリエ国の短弓を使う騎士は、なぜだか少年だと思われている。意図的に偽ったわけではないけれど、結果的に素性《すじょう》を隠してくれている点は、いまとなってはありがたい。

次の競技の開始を報せる審判部役の声に、男性とニナを呼ぶ声がかさなった。

荷車が並んだ一角で、仲間の農夫たちが手をあげている。

農作業用の大きな荷車の荷台には、兜や盾のあいだに軽食が広げられている。いっしょにどうだいと誘われ、いいえ、そんなと身を引いたニナの腹が鳴った。ここ十日ほどは簡素な麦粥ばかりで、競技をすればおなかもすく。遠慮《えんりょ》するな、食わないと背丈がのびないぞ、と肩をたたかれ、結局ニナは食事をごちそうになることにした。

主要街道ぞいの廃街のなかにある競技場。

中央広場にある聖堂の鐘はさび付き、打たれなくなって久しい。時の鐘は聞こえないものの、太陽は中天を少し過ぎたころだ。

荷台によじのぼったニナは、厚布で調整した借り物の兜を外す。木皿に並べられているのは、ケールと茹《ゆ》で豚《ぶた》のサンドイッチやニシンと赤カブの酢漬け、採れたてのチコリのサラダなど冬野菜を使った軽食だ。屈強な風体《ふうてい》ながら素朴《そぼく》な雰囲気《ふんいき》の彼らは、付近の村からきた農夫とのことだった。農夫が村の防衛のために大剣を手にし、腕を磨《みが》くために野良競技に参加することは珍しくない。

野良競技とは一般的に、空き地などで自由におこなわれる戦闘競技会をいう。

規則はおおよそ公式競技会に準じていて、集まる騎士を目当てに軽食や武具の屋台が出たり、規模が大きくなれば正式な地方競技会になることもある。また勧誘の場という側面も合わせもち、リーリエ国騎士団のオドも農夫として参加していた野良競技で、通りかかった国家騎士団員に声をかけられたと聞いている。

天気は晴天。

風はなく、心地いい冬の午後に大剣が弾ける金属音が響きわたる。

順番待ちや観戦をしているのは、そろいの軍衣《ぐんい》を着た私設騎士団や真新しい甲冑姿の若者たちに、旅の途中の騎士らしい集団。野と馬と、そして装備品の匂《にお》いに包まれて、ニナは自然と身体の力が抜けるのを感じた。

野良競技に参加したのは偶然だ。主要街道を北上していたところ、古びた石壁にかこまれた街に通りかかった。廃墟のような雰囲気《ふんいき》ながら、騎士風の男たちが街門を出入りしており、のぞいてみたら野良競技がおこなわれていた。

先々のことを考えて路銀を稼《かせ》ぎたかったところだ。急ぎ身支度《みじたく》をととのえて、人数合わせをしている隊を探した。短弓《たんきゅう》を扱う騎士見習い風の小柄な少女。冗談だと笑われたり相手にされず、何隊かに断られたところで、同情した農夫の隊が声をかけてくれたのは幸いだった。

——こんな状況で不謹慎《ふきんしん》ですけど、やっぱり戦闘競技会はほっとします。それに森での的《まと》打ちだけだと、どうしても弓射の感覚が鈍ります。久しぶりの実戦で汗も流せたし、その意味でもよかったです。

心地いい疲労感を感じながら、果実水《かじつすい》でサンドイッチを飲みこんだニナはあらためて周囲を見まわした。

——だけど、こういった場所でも開催されているなんて、思いませんでした。

野良競技には子供のころに参加したことがあり、最近では伝達任務の途中で勧誘のために観戦した。たいていは街から遠くない野原だったが、人が住まなくなった廃街でおこなわれているものは経験がない。

街門の左手に位置する競技場は、もとは隊商が荷車などを置く場所だったのか、複数の井戸をそなえた水場がある。その先の街並みに視線をやれば、壊れた外壁や割れた窓、看板が残された店舗《てんぽ》らしい建物が見えた。路地には廃材などが散乱し、剪定《せんてい》されていない街路樹は青々と茂る。苔《こけ》むした石畳《いしだたみ》のあいだからのびた下草は、ニナの膝丈よりも長い。

活気にあふれた競技場のそばにある、忘れ去られた街の寂寞《せきばく》。

一年ほどまえにガルム国の東部で、団長ゼンメルと見た廃村をなんとなく思いだしていると、まとめ役の農夫が、どうかしたか、とたずねてくる。

ニナは街並みを眺めたまま言った。

「いえ、野良競技には何回か参加しましたが、いつもは野天の競技場でした。こんなふうに廃街の競技場でおこなわれているのは、初めてでしたので」

「ここは主要街道から近いし、井戸も生きてて厩舎《きゆうしや》も残ってる。手ごろな場所だってんで何年かまえから、週末になると野良競技がおこなわれてるんだ。廃屋に野盗がすみついて、通報を受けた砦兵《とりでへい》が討伐《とうばつ》に入ることもあるけどな。こんな廃街はこのあたり――旧フローダ地方じゃ、珍しくないんだけどさ」

「旧フローダ地方……」

ニナはその地名をくり返した。

シレジアに来てからなんどか耳にした、国家連合の制裁で滅ぼされた国の名前。地図を見たかぎりではもう少し北かと思っていたし、やはり制裁で失われた旧ギレンゼン地方を見た経験から、旅人などとおらない寂れた一帯を想像していた。

周囲には参加者と見学人を含めて、三百名ほどの人や馬が集まっている。金属音や歓声が威勢良く飛んでいる競技場を見やって、ニナは戸惑い顔でたずねた。

「でもあの、旧フローダ地方では農民が蜂起《ほうき》して、ナルダ国の国王陛下が鎮圧に行かれるような騒ぎになってるって……」

「そりゃあもっと北東部だな。旧フローダ地方ってもいろいろで、併呑《へいどん》された国によってずいぶん状況がちがうからさ」

農夫はチコリをかじりながら説明する。

制裁で滅ぼされたフローダ国の領地は、生き残った民も含めて隣接するナルダ国とガルム国、シレジア国で分けられた。

しかしいちがいに併呑といっても、苦役《くえき》や重税を科したガルム国に対して穏健な待遇のナルダ国など、扱いは国によって異なる。農民の蜂起があったのはガルム国内の旧フローダ地方で、凶作に苦しむ農民と地方役人の揉《も》め事が発端とのことだった。

「シレジアは両国のあいだみたいな待遇だな。過度な苦役はないが、いわゆる〈存在しない民〉の扱いで、〈公務に就《つ》けないとか土地が所有できないとか、商売するのに金がかかるとかの制約がある。だから若い連中のなかには、郷里を捨てて出ていくものもいる。亡国の名前を背負うより、シレジアの民としての身分を手に入れようってさ」

で、こういう廃街が生まれたってわけ、と農夫は苦笑する。

ニナは言葉を選んで問いかけた。

「それは……あの、なんというか、お金で身分を買う、ということですか？」

「まあ、あんまり褒められた話じゃないけど、そうだな。シレジアの民の養子になるにも結婚して相手の籍に入るにも、相当な金が必要らしいから。じゃなかったら、シレジアじゃ航海に出て帰らない奴も少なくない。死んだ奴の名前を買って別人に成りかわる方法……って！」

食事をしていた農夫の一人が、まとめ役の農夫の頭をこづいた。

子供になに教えてんだ、親御さんに怒られちまうだろう、とたしなめられ、まとめ役の農夫は頭をかく。だいじょうぶです、勉強になりました、と取りなして、ニナは革袋の果実水をふたたび口にした。農夫の話から、リヒトの友人だろう赤金の髪の青年のことを考える。

酒場で暮らしていたリヒトの仲間は、国を失ったり親に捨てられた孤児だと言っていた。あの青年もそうだとしたら、国籍を買うお金を目的に王兄側の計略に加担したとも考えられる。その流れでいけばリヒトを誘い出した理由も、彼の過去について口止め料を得ようとしたとも想像できるけれど、それではリヒトが身を隠して青年を看病している、という行動と矛盾《むじゅん》している。

複雑に入り乱れる情報に、ニナは困惑に眉《まゆ》をしかめる。

――やっぱりわかりません。呼び出しに使われたらしい紙片に記された内容は、当時のリヒトさんを知っていないと書けないようなことでした。王冠強奪事件とリヒトさんのシレジア国時代が関係しているとして、昔の事情がもう少しはっきりするといいのですが。

リヒトの過去に詳しいといえば、王女ベアトリスがまず浮かぶ。けれど外務卿《がいむきょう》である彼女は東方地域を弔意《ちょうい》訪問中で、年末の催事までに帰国できるかどうかだと聞いている。

ほかに誰かいないだろうか、と考えたニナは、そういえばと、代理競技の休憩の際のリヒトの発言を思いだした。

――調べてくれたオラニフ殿下……陛下によると犯人は街から逃げて、仲間は離散したらしいけど――

昔の仲間について語ったあの言葉からすると、ナルダ国のオラニフ国王はリヒトが住んでいた酒場の襲撃事件を知っているということだ。

調査の過程でシレジア国で生活していたころのリヒトについて、なにか聞いているかも知れない。可能であれば話を伺いたいけれど、平民の自分が顔も知らない王族に、そう簡単に謁見できるとは思えない。また国王オラニフはそれこそ旧フローダ地方の農民蜂起で、代理競技の特使代表を辞退するほど多忙とのことだ。

食べる手を止めていたニナの耳に、破石を告げる角笛の音が飛びこんできた。

ニナは思い切るように首をふる。

気にはなるけれど、一度に二個の命石を奪うことはできない。まずは目の前の〈相手騎士〉に集中すべきだと、木皿のサンドイッチにかぶりついた。

ニナはその後食事をしながら、世間話の流れで王冠強奪事件についてたずねてみた。犯人が北へ逃げているとの流言はやはり広まっていて、農夫たちはその噂《うわさ》や王都で兵馬を集めているとの情報から、万が一にそなえた鍛錬のために、野良競技に参加したとのことだった。

そこまでは昨日の農婦の話と変わらなかったが、情報の出所が王都からきた配達人だと知ったニナは表情を変える。

近隣で流れている噂を耳にしたのではなく、王都で流布している噂が配達人経由で届いた、ということは。

――偽の目撃情報が王都ギスバッハまで伝わったということです。わたしが移動した日数を考えても、予想よりも早いです。

競技が終わって落ちついていた胸の鼓動が、にわかにざわめきだす。

あるいは地図に掲載されている街道以外にも、馬足の速い近道があるのかも知れない。

これは準備を急いだ方がいいと、ニナは農夫から大きな武具屋がある付近の街を教えてもらう。隊に加えてくれたことと兜《かぶと》を貸してくれたことにお礼をのべて、まだ競技に参加するという彼らと別れた。

予備の矢束などを入れた木桶《きおけ》をさげて、水場の井戸で顔と手を洗ってから厩舎へと向かう。荷車は今日も主要街道に近い森に隠してある。いったん戻って着替えをすませて、と考えながら歩くニナの足が、不意に止まった。

厩舎の前に——シレジア国の軍衣を着た集団がいる。

「——……」

ニナの黒髪が乾いた風に流れた。

二十名ほどの隊は、野良競技に参加しにきた近隣の砦兵のように見える。けれど頭部の兜は戦闘競技会用のものではない。正体を隠して王冠強奪犯を装う際にニナが使用した、視界をとる穴と通気孔しかあいていない樽型兜だ。

——この人たちは……まさか……。

集団の中心に立つ男の背格好には見覚えがあった。

王都ギスバッハの下の街や水上競技場で、なんとなく向けられた乾いた目がニナを見すえる。石畳《いしだたみ》に映った男の影は頭部がいびつにのびて、三角帽子をかぶったような黒い染みとなっている。

——副警兵長……？

集団はゆっくりと距離を詰めてくる。

国境の森で警兵に遭遇《そうぐう》したときと同じ感覚に、ニナの肌がざっと総毛《そうけ》立《だ》った。戦慄が唾となって喉《のど》を鳴らす。小さな足は一歩、また一歩とあとずさる。

気がつけば街門にはシレジア国の軍衣のものが立ち、競技場から飛んでいた歓声が止んでいた。これより街に逃げこんだ野盗の捕縛《ほぼく》をおこなう、全員ただちに競技を止めて退去するように、との声が遠く聞こえた。

先頭を歩く乾いた目の男が——副警兵長が、手にしていたものを投げてよこす。

石畳に、かちゃん、と金属音がひびいた。

転がったそれは、ニナの馬の補助具だ。

「！」

ニナは身をひるがえす。

いっせいに剣を抜き払った襲撃者の軍衣が、津波のように石畳に広がった。

鎧戸《よろいど》が固く打ちつけられた建物や、外壁が壊れて荒れた室内がむき出しの家屋。住民が離散して久しい廃街の大通りを、ニナは猛然と走る。

――こんなところで……！

背後から長靴《ちょうか》の音が迫ってくるのを感じながら、ニナは眉をきつくよせた。

追手がくるとは思っていた。けれどこんなに早く、そしてこんな形で。

おそらくは街道か人気《ひとけ》のない郊外だと考え、騎乗のまま的打ちを練習していた。厩舎で会った時点で襲撃の段取りをととのえていたのなら、確実に襲える場所を探して追跡していたのだろうか。石壁でかこまれた廃街は都合のいい場所だ。ニナが野良競技をやっているあいだに、まずは逃走の〈足〉である馬を奪って――

――泣き言はあとです。いまやるべきことは、現状の把握《はあく》です。

想定外の場所での遭遇に動揺《どうよう》する頭を、ニナは切り替える。

補助具がなければ馬は使えない。正面の街門はふさがれた。

競技場の騎士に助けを求めようにも、彼らが〈街に逃げこんだ野盗〉にされたニナと、〈シレジア国の軍衣をまとった砦兵《とりでへい》〉のどちらを信じるかは自明の理だ。なによりも、無関係の人を巻きこむわけにはいかない。

ニナは一人で、甲冑《かっちゅう》はまとっているけれど兜はない。矢筒《やづつ》にはおよそ三十本の矢と、木桶に予備の矢束が二十本。おそらくは二十名以上いるだろう警兵を相手にするには、無駄打ちはできない――そして。

――宰相閣下《さいしょうかっか》が警兵を追手に出したということは、やっぱり。

リヒトの〈盾〉となるために王冠強奪犯を装った陽動を決めたニナだが、それは同時に、女宰相パウラの心を知る試みでもあった。

もしも彼女が強奪事件の首謀者《しゅぼうしゃ》なら、己をさしおいて犯人のふりをする賊《ぞく》に警戒するだろう。シレジア国を完全に手中にするために、マクシミリアン公討伐の正当事由をつくって各国の協力を取りつける。そんな思惑を知っていて邪魔しているような相手に対して、正体が不明のまま漫然と、先遣部隊や砦兵に捕縛を命じることはきっとしない、と。

そしてパウラは副警兵長らを差し向け、砦兵に扮させたうえでニナを襲撃した。

そのまま殺すのか、情報を吐かせてから殺すのか。どちらにしてもガルム国の事件で兄王子が、〈赤い猛禽〉と行動をともにしたニナの命を狙ったときと同じだ。強奪事件の真相に触れた疑いのある賊を――ニナを、秘密裏《ひみつり》に消すために。

それはつまり――

――宰相閣下は、やはり事件にかかわっています。かかわっているからこそ王都が手薄になるのを承知で、副警兵長たちをわたしのもとに。

「！」

剣風を背後に感じたニナは、とっさに横へと飛ぶ。

主要街道と同じ道幅くらいの大通り。一瞬まえまで己のいた場所を、警兵の振りおろした片手剣が斜めに薙《な》いだ。

雑草が断たれ、幅広の刀身が石畳に弾ける。

ニナは矢束を入れていた木桶を地面に置くと、低く足を広げて矢を抜きとる。

脚力のない自分が走って振り切れるとは思っていない。すでに手にしていた短弓《たんきゅう》に矢をつがえるなり、耳の後ろで矢羽根を離した。

「！」

弓弦が鳴って鮮血が散る。

内股《うちまた》を射ぬかれた警兵が、くぐもった呻《うめ》き声をあげて片膝をついた。

全身を甲冑でおおった相手を射ぬくなら、腿《もも》を守る草摺《くさず》りと長靴のあいだや、動きによって開閉する関節部分の隙間《すきま》しかない。足を貫いた矢を抜きとる警兵の頭上を飛びこえて、三人の新手が上段から片手剣を閃《ひらめ》かせた。

「！」

青海色《あおうみ》の目が瞬時に状況を読みとる。

次の矢をつがえていたニナは、正面の警兵が掲げた片手剣を射ぬいて落とした。

反動で身をそらした相手の脇の下を、二の矢で貫く。急所に痛撃を受けた男が叫び声をあげるなか、左手から飛びこんできた警兵の樽形兜《たるがたかぶと》の端をかすめ打った。

兜がぐるりとずれて視界が奪われる。な、なんだ、と動揺する相手の背後に隠れたニナは、右手から踏みこんできた警兵の膝の上を射ぬいた。その身体《からだ》が崩れ落ちるのを確認するなり、こんどは〈盾〉にした警兵に矢尻を向ける。得物を扱う右腕の肩当てのつなぎ目を、至近距離から狙った。

——捕まったら終わりです。これで四人。先の先で射ぬかなければ。

怒声と悲鳴が大通りにこだまする。小柄な体格と非力な力。弓射を奪われれば〈出来そこないの案山子《かかし》〉でしかないことは、身にしみてわかっている。

短弓を赤く染めた血潮《ちしお》が石畳に滴《したた》るまえに、ニナは木桶の矢をつかみとる。怒気もあらわに群がってきた警兵の機先を制して、弓弦を鳴らした。二名の警兵が腕と足を射ぬかれ、石畳に片手剣が落ちた音が冬空に飛んだ。

水色の軍衣の警兵らは、打ち寄せる波のように襲いかかってくる。

十五名ほどの屈強な警兵を相手にしながら、ニナの弓筋に怯《おび》えはない。見た目こそ小さな見習いでしかないが、日々の訓練や数々の競技会は血肉となって、騎士としてのニナを形づくっている。考えるまえに手が動く。動けばすかさず次の行動が導きだされる。

――六人……七人、八人……。

ニナは着実に相手を減らしていった。警兵たちの剣技の腕前は、日頃競技をしている騎士団員にはもちろん劣る。しかしながら得物の片手剣は、射程が短い代わりに乱戦での取り回しが素早い。刃を人に向けることにためらいがない、〈騎士〉とはちがう身動きもまた、戦闘競技会に慣れたニナの予測を外れることもある。

「⁉」

土塊《つちくれ》を目に投げられ、のけぞった足元を下段から跳ねあげられた。

「――っ！」

長靴のふくらはぎを強《したた》かに打たれて、呆気《あっけ》なく飛ばされる。

石畳に叩きつけられたところに警兵が殺到してきた。ニナは上段からの一閃《いっせん》を転がって避けると、すでに空《から》になっていた木桶を相手の足元にぶつけた。

転倒した警兵にほかのものが足をとられた隙に身を起こし、ニナはふたたび大通りを走りだす。腕や足を射ぬかれて、累々《るいるい》と残された警兵の数はおよそ十名。

――これで矢は、あと矢筒の三十本です。残りを使い果たすまえに、どうにか逃げなければ。

ニナは返り血にまみれた顔で、息を切らせながら周囲に視線を放った。

正面の門が封鎖されても、街にはたいてい通用門がある。ともかくは別の出口を探そうと、建物の先に屹立《きつりつ》する街壁を見やった。

追われるまま大通りを走りぬけ、中央広場に出たところで左右の路地から警兵があらわれる。

「！」

ニナは長靴を石畳にすべらせて急停止した。新手の登場に驚愕《きょうがく》する顔を、砕《くだ》かれた石畳の破片が打つ。

咄嗟《とっさ》の事態に退路を決しかねたニナを、厩舎《きゅうしゃ》から追ってきていたものをふくめた十数名の警兵が取りかこんだ。いったい何人の警兵がこの廃街に入っているのか。おそらくは最初からそのつもりだったのだろう——挟撃《きょうげき》だ。

「……っ！」

ニナは急いで広場を見まわす。

廃墟となった店舗に朽《く》ちた荷車と、雑草が生い茂る路地。奥の聖堂の前には枯れた噴水があり、噴出口には左腕が割れた女神マーテルの像が立っている。ニナは噴水に駆けのぼると、矢筒から引きぬいた矢をつがえてマーテルの石像を背にした。

警兵たちに視線を飛ばして包囲を突破する方法を考える。しかし弓射に警戒しつつ、連携を取りながら距離を詰めてくる彼らに隙はない。

——退路がありません。このままでは。

焦りの色を濃くするニナの目が、マーテル像の背後に見える聖堂の上階で止まった。時の鐘がぶらさがる鐘楼《しょうろう》を戴《いただ》いた三角屋根。

このあたりではよくある形なのか、屋根のすぐ下には〈貝の城〉で見たような六角形の出窓がある。前方に突き出した大きな出窓は半分ほどが割れ、歳月に白濁《はくだく》した硝子《ガラス》は、鋭利な断面を陽光に輝かせている。

青海色の目が思案に揺れた。

——あれを使って……でもこの位置だと、おそらくわたしも。

けれど相手は十数名でこちらは一人。公式競技会で表現したら、陣所前の旗を倒して棄権を選ぶ状況だ。迫る警兵を威嚇《いかく》するように矢尻を移動させながら、ニナはふと、アルサウの故事を思いだした。

最後の皇帝に仕え、国家連合の設立に生涯をささげた破石王アルサウ。郷里のツヴェルフ村の開祖とされるアルサウは、十倍の敵にかこまれながら軍衣の一片さえ断たせずに、最後の皇帝を守り抜いたと耳にした。

雄々《おお》しい勇者のアルサウと、平凡な農夫のアルサウ。真逆である諸説のどちらが真実かは知らないけれど、ニナはアルサウではない。短弓がなければ出来そこないの案山子《かかし》でしかない自分が、十倍をこえる敵から無傷で切り抜けられるはずがない。視界の隅では雨風の浸食で腕を損《そこ》ない、全身に無数のひび割れを刻んだ女神マーテルが、それでも静かに微笑《ほほえ》んでいる。

ニナはぐっと奥歯を噛《か》みしめる。

警兵に向けていた矢尻を唐突《とうとつ》に聖堂へ移すと、出窓を目がけて矢を放った。

「！」

ばりん、と耳障《みみざわ》りな音が弾ける。

窓硝子が割れて、鋭い破片が驟雨《しゅうう》となって降りそそいだ。

石畳に落下した窓硝子は粉砕《ふんさい》され、煌《きら》めく矢尻と化してふたたび跳ねる。警兵たちから驚愕《きょうがく》の叫びがあがった。上空と下方。想定外の急襲にみまわれ、視界を失って体勢を崩す。

――いまです。

ニナは額を裂いた硝子片にかまわず、混乱した警兵らに矢を打った。

腕を射ぬいて足を貫き、連結部が動いた瞬間にあいだを狙う。そうして包囲の一角を壊すと、噴水から飛びおりて突破をはかった――その正面に、ひときわ大柄な警兵が立ちはだかる。

「！」

息をのんだニナの目は、片手剣を下段にかまえた警兵の横に路地をとらえた。

ニナは警兵に向けかけた短弓をおろす。硝子片で切られた水色の軍衣を血に染めて、激《げっ》昂《こう》のまま振るわれた片手剣を、正面から受け止める姿勢をとった。

「──！」

腹部に強撃を受けたニナの身体は上空へと放り出される。散開した警兵の頭上を越えた──広場の端へ。

石畳に甲冑《かっちゅう》が強く打ちつけられる。

横転したニナは嘔吐《おうと》感にえずきながら立ちあがった。

腹の痛みに顔をしかめつつ、建物のあいだの路地へと走りこむ。いちど立ち止まって追いかけてきた警兵に弓射すると、雑草が生い茂る道の奥へと消えた。

「……っ……はあ、ぐっ……」

腹部をおさえたニナは、薄暗い路地を足早にすすむ。

硝子片に裂かれた額からは血が流れ、いつ斬られていたのか、右手の肘あたりにも大きな太刀傷《たちきず》がある。喉はからからに渇《かわ》いて呼吸は荒く、動くたびに打たれた箇所《かしょ》が悲鳴をあげる。

それでもどうにか追手はまいた。小柄な身体は戦うのには不利だけれど、狭隘《きょうあい》な場所で逃げるのには有利だ。戸板でふさがれた路地の隙間《すきま》を通りぬけ、廃材の洞穴《ほらあな》のような場所をくぐって移動する。雑草のなかに身をひそめ、廃屋に隠れてやり過ごすうちに、どこだ、どこに逃げやがった、との声は遠くなっていった。

角を曲がったところで、路地の向こうに街壁があらわれた。

近づいてみると右手の方に通用門らしきものが見える。大扉は失われており、むき出しとなったアーチ状の通路の先では、冬枯れの野が下草を風になびかせている。

——よかったです。これで出られます。

ニナは安堵《あんど》の息を吐いた。建物と街壁のあいだの通路らしい場所には、幸い人の気配はない。警戒の目を周囲に放ち、はやる気持ちのまま通用門へと急ぐニナの足元に——影がかかった。

——え？

不吉な既視感が忘れていた人物を思いださせる。

厩舎で会ってから見ていない。逃げるのに必死で、意識する余裕はなかったが――

「！」

はっと振りあおぐと背後の建物の軒先《のきさき》に、副警兵長が立っている。

息をのんだニナの脳裏《のうり》に、水上競技場で引ったくりの少年を、出口で待ちかまえていた副警兵長の姿がよぎる。逃走経路を読んでいたのか。呆然《ぼうぜん》とするニナは対処が遅れた。矢《や》筒《づつ》に腕をのばしたときには、相手はもう動いている。

「！」

水色の軍衣が風を切り、片手剣が閃《ひらめ》いた。

ニナの矢筒が中身の矢ごと、背後に飛びおりた副警兵長に切断される。

もぎとられた翼のように矢羽根が散った。反動でつんのめったニナは、それでも無事だった一本の矢を拾う。短弓につがえるなり身がまえたとき、二度目の風音がはしった。

「！」

とうに距離は詰められていた。短弓のにぎりの上あたりを弓弦もろとも断たれ、跳ねた弦が鳥鳴《ちょうめい》のような高音をひびかせる。

それが完全に消えるまえに、三度目の風音が襲いかかった。下段から斜めにすくい斬られたニナの身体が宙を舞う。回転しながら飛ばされたニナは、数歩先の街壁に叩きつけられた。

「う……ぐ……」

甲冑が音をたて、古びた石壁に亀裂がはしる。

ずるずるとさがったニナの唇から、げほ、と鮮血がもれた。

全身を強打して意識が朦朧《もうろう》とするなかで、無残に壊れた短弓が見える。苦痛から涙が滲《にじ》んだニナの視界に、片手剣を軽く振って、こちらに向きなおった副警兵長が映った。

——ここまで……きて……。

雑草のあいだに垣間《かいま》見《み》える獣の頭蓋骨《ずがいこつ》らしいものが、近づいてくる長靴《ちょうか》に踏み砕かれる。歳月に黄ばんだ骨は砂塵に紛れて風に消えた。その光景に、さほど遠くない未来の自分をかさねたニナは、街壁にもたれたまま口を開いていた。

「あなたたちは……なんなんです……か?」

意識が混濁《こんだく》する頭を上向けると、額からの血で濡れた黒髪が頬《ほお》に張りついた。鉄錆《てつさび》に似た己の血の臭《にお》いを感じながら、ニナはつづけた。

「あの王冠強奪事件は、本当にパウラ宰相閣下《さいしょうかっか》ご自身が仕組まれたことなのですか……? だったら王兄側の手先として姿を消した元代騎士団が、どうして、宰相閣下に協力をしたのでしょうか……。いえ、だけど、それだと変です。元代騎士団は、あなたたち警兵と戦闘になって、王の間には遺体が残されて……」

「――ごちゃごちゃうるせーよ。ふざけた真似《まね》で邪魔しやがって。おまえ、ほんと面倒なガキだな」

ぞんざいな言葉が樽型兜《たるがたかぶと》から落とされる。

手間かけさせんな、と舌打ちされ、ニナは緩慢《かんまん》に目をまたたいた。耳にした副警兵長の物言いが、にわかに頭に入らなかった。問うように見あげると、命を奪うのに慣れきっているような、熱のないまなざしが落ちてくる。

ぐったりと壁にもたれているニナは、よけいに小さく弱々しく見えた。甲冑は血と土塊に汚れて全身に傷を負い、すがるべき武器もすでに失った。死に物狂いで抗《あらが》ったとて、たやすく蹴《け》り殺せるだろう。

そんな姿に薄笑いを浮かべて、副警兵長は告げた。

「……本当におどろきました。このようなところでお会いするとは。国に戻られたとばかり、思っていましたので」

とってつけたような慇懃《いんぎん》な言葉は終わりの宣告だ。もう素性《すじょう》を隠す必要がない――反撃の手足をもいで手中におさめた標的への。

ニナはぼんやりと副警兵長を見つめる。

逃げなければと思うのに、不思議なほど手足が動かない。野良競技を終えたところで警兵と遭遇《そうぐう》し、砂時計三反転はゆうに走った。予備の矢束と矢筒の中身をほとんど使い果たし、打撲《だぼく》も太刀傷も無数に受けた。それでも気力のみで抗っていた小さな身体が、生の望みを絶たれて限界を自覚したようだった。

——もう……これで。

片手剣が無造作《むぞうさ》に持ちあげられる。

ニナの全身が、副警兵長のつくる影でおおわれた。

「王冠強奪犯を名乗る賊《ぞく》が東の国境付近に出没しているとの情報が、配達人よりあがってきました。流言にて民を惑わす賊を処分せよと、宰相閣下のご命令です。……おかげさまで、殺すことができました」

上段に掲げられた剣身が空を貫く。

青い空——海のような深い青。

ニナの脳裏に王都ギスバッハの海原《うなばら》が浮かんだ。ニナを海にたとえて、どんな海でも好きだと言ってくれた。いまこの瞬間にそれを見ているかも知れない、リヒトの声が聞こえた気がした。

——諦めても当然の状況なのに、それでも最後まであがける強さ。

石畳《いしだたみ》に投げだされていたニナの指先がぴくりと動く。

無意識のまま、小さな手は剣帯へとのばされていた。本来であれば大剣がさげられているそこには、書筒《しょづつ》が入っている。リヒトとメル。二人の〈盾〉とつながる手紙の入った国家連合の書筒。

四女神の刻まれた――硬化銀の。

「！」

ニナは書筒を剣帯から引き抜いた。

いきおいのまま両端をにぎり、額の上に突き出す。

ほぼ同時に振りおろされた片手剣が起こす風が、黒髪を散らせた。

「……っ！」

両の手のひらに受けた衝撃に、ニナはぎゅっと目をつぶる。

火花が散った。

鋼《はがね》の大剣と硬化銀の書筒。がきん、と嫌な金属音が弾ける。硬度の差で折れた片手剣の先端が、副警兵長に襲いかかった。

「ぎゃあああああ！」

大きく跳ねた剣先は、回転しながら樽形兜の目元へと飛びこんだ。噴き出た鮮血がニナの全身に降りそそぐ。副警兵長は兜の顔部分をおさえると、あああ、と雄叫びをあげながら両膝をついた。

「……は……っ……はっ……」

ニナは放心した顔で荒い呼吸をもらした。にぎったままの書筒を見れば、布袋は絶たれて、四女神を横断するような太刀傷がついている。

──わたしの……〈盾〉が……。

この場にはいない。けれどちゃんといてくれた。

ニナは〈盾〉として守ってくれた書筒を──二人を思い、こみあげる気持ちに唇をきつく噛《か》んだ。潤んでいた目元をぬぐうと、よろめきながら立ちあがった。

数十歩先には通用門が見えている。

目が、あああ、痛え、ちくしょう、とのたうちまわる副警兵長を横目に歩き出したとき、長靴の音がひびいてきた。はっとニナがふり向くと、街壁ぞいにつづく通路の果てに、水色の軍衣の集団が見えた。

副警兵長の叫び声を聞きつけて急行したのか、こちらに気づいた警兵がいっせいに走りだす。息をのんだニナだが、すぐさま書筒を剣帯へと戻した。数歩先に転がっている、折れた片手剣へと歩みよった。

――まだです。まだ戦えます。

半分ほどの長さになった片手剣を拾いあげて、両手でにぎる。

数はおよそ十人。片足を引いて身がまえ、険しい表情で敵を睨《にら》みつけたニナの両脇を、背後から疾風がすり抜けた。

さらわれた黒髪がざっと頬をかすめる。

「――？」

額からの血でぼやける視界に、外套《がいとう》がひるがえった。

風ではなく人だった。

またたくまに通路を駆け抜けた二つの影は、大剣を鞘走《さやばし》らせるなり警兵たちに襲いかかる。

「！」

金属音が弾けたと思ったと同時、急行していた警兵の一人が吹き飛んだ。

狙いすました一閃《いっせん》が片手剣を跳ねあげ、返す刀で腹部を打たれた警兵が膝をおる。獣じみた剣戟《けんげき》が閃《ひらめ》き、強撃を受けた警兵の身体《からだ》が付近の建物に頭から突き刺さった。冷静な刺《し》突《とつ》で甲冑《かっちゅう》の連結部を貫かれた警兵が絶叫する。舞いあがる砂塵をも両断する大剣の軌跡が、雄叫びをあげる二人の警兵を麦穂のごとく刈り倒す。

──この騎士たちは。

突如としてあらわれた援軍の圧倒的な強さに、ニナは啞然《あぜん》と立ちつくす。

警兵に対峙《たいじ》する二人の騎士は外套姿で、頭には命石をつけた兜をかぶっている。野良競技に出ていた騎士は警兵により、街から退避させられたはずだ。ならば誰がと思ったニナだが、兜からのぞく白い髭《ひげ》と、やはり兜の首元から見える浅黒い肌に気づいて、え、と目を見はった。

──待ってください。これって……いえでも、なんで……。

二人の騎士はものの数秒で警兵を打ち倒した。

昏倒《こんとう》するものや呻《うめ》き声をあげるものが、廃街の通路に累々《るいるい》と転がる。白髭を兜から流している騎士が、大剣を剣帯におさめながらニナに近づいた。

呆然《ぼうぜん》としているニナのまえで片膝をつくと、頭から足先までを確認する。とりあえず命は無事のようだな、とうなずいた。しかし返り血も己の血もいっしょくただ、甲冑を外さねば傷の程度がわからぬ、と息を吐いた。

鼻先にのせている丸眼鏡《まるめがね》は見えない。けれど兜からのぞく知的な目元や、博士然とした鼻筋はまちがいようがない。それでも現状が理解できず、ぽかんと口をあけているニナに対して、武具の調整を得意とする老団長は困ったように言った。

「そんな頓狂な顔をせんでもらいたい。諸用の帰りに海が見たくなって、ちょいと回り道をした旅の老騎士だよ」

薄く笑うと、そっちはどういう設定だと、もう一人の騎士に声をかける。

野性的な雰囲気《ふんいき》の偉丈夫《いじょうふ》は、街並みの先に視線を向けている。もう一仕事あると言わんばかりに大剣の血を振って落とすと、そうですね、と顎先《あごさき》に手をやって考えた。

「書類仕事と副団長の小言《こごと》に嫌気がさして、知人の見送りと称して逃げてきた、三十路《みそじ》の独身騎士、でしょうか？」

「……それは設定ではなく事実だろう。経験者として言わせてもらえば、書類の山は逃げても減らん。そして副団長の小言は、倍になって返ってくるだけだ」

覚えのある低い美声に、やはり覚えのある老成した声が答える。

ニナは信じられない思いでつぶやいた。

「ゼンメル団長……イザーク団長……」

路地の方から新たに警兵たちが駆けてくる。

話はあとだな、と、ゼンメルは立ちあがった。

とくに気負うことなく集団に向きなおり、ふたたび大剣に手をかける。並び立つイザークの外套が、獅子の鬣《たてがみ》のように風になびいた。

ほどなくして飛んだ剣戟は、やはり数秒とかからず呻き声へと変わった——

◇◇◇

草を食《は》んでいた馬たちの耳が動く。

数は三頭。なにかをとらえたように長い鼻面《はなづら》を向けた姿に、炉《ろ》のまえに座っていたニナは、すぐさま立ちあがっていた。

シレジア国北東部に広がる森林地帯。調理用の木匙《きさじ》をにぎったまま視線を投げたが、木立の奥からあらわれたのは浅黒い肌の偉丈夫だった。

「……イザーク団長」

ニナはほっと表情をゆるめる。
四、五十名はいただろう警兵を相手に半日近く、廃街で大立ち回りをくり広げた。戦闘の余韻《よいん》は神経のたかぶりとなって、日没頃になってなお、疲労とともに残っている。
普段であれば身構えるまえに、気配の主に気づいていた。荷車のそばで甲冑を確認しているゼンメルは、ちらと揺らぐことなく、連結部に丸眼鏡を向けている。

戻ったぞ、と野営地に入ってきたイザークは、紐でくくった枯れ枝の束を肩に引っかけている。

木立のあいだから射しこむ夕陽が、立たせたような黒髪も雄々《おお》しい、精悍《せいかん》な顔立ちを赤く照らした。

「森の入り口から東の国境付近までまわったが、とくに問題はなさそうだな。主要街道にも追手らしき姿はない。おまえの方も終わったようだが、怪我の状態は？」

「はい。ゼンメル団長に診《み》ていただきましたが、裂傷と打撲《だぼく》だけで骨折はありませんでした。右腕の太刀傷《たちきず》は広範囲ですが浅いので、弓射に支障はなさそうです。見張りをお疲れさまでした。それとあの……いろいろと、ありがとうございました」

ニナはあらためて姿勢をただす。

固定の厚布が袖口《そでぐち》から見えている右腕で、立礼《りつれい》をささげた。

イザークはニナが怪我の手当てを受けるあいだ、枯れ枝を集めがてら哨戒《しょうかい》に出ていた。仮にも国家騎士団長にやらせる役目ではないとニナは恐縮したが、この場にはニナと、リーリエ国騎士団長ゼンメルしかいない。

気にするな、いまのおれはただの三十路の独身騎士だ、と片手をあげて野営地をあとにしたイザークだったが、治療のために下着になったところで、いちおうは女騎士として気をつかってくれたのかと考えた。

またなんどとなく助けられ頼りにしている相手であっても、他国の騎士団長である彼に対しては、無意識に緊張する部分があるらしい。ゼンメルと二人になったとたん、脱力したような感覚がしたことを考えれば、己がいれば疲れている状態で、無為に気を張らせてしまうとの配慮《はいりよ》だったのかも知れない。

〈貸し〉が一つでもいいぞ、兄妹そろって返してもらうのも面白い、と口の端をあげて、イザークは炉のそばに枯れ枝の束を置く。シレジアでも十二月は冷えるな、温かい汁物はありがたいと、炉にかけられた小鍋《こなべ》を見おろした。

小鍋には、茶緑色の粥《かゆ》がどろどろに煮えている。

イザークは琥珀《こはく》の目をまたたいた。

甲冑の蝶番《ちようつがい》を見つめて渋い顔をしているゼンメルと、調理用の長い木匙を持っているニナを交互に見てから、たずねる。

「……子兎《こうさぎ》、この粥はおまえがつくったのか?」

「あ、はい。あの、ありあわせのものですが」

答えたニナは、戸惑ったようなイザークの問いかけに心配になる。

つくった麦粥は幼少時に、薪《まき》作りをする親と山で食べたような、短時間で栄養がとれればいいという程度のごった煮だ。見た目は二の次。石で砕《くだ》いた乾燥肉とチーズ、農婦にもらった干し葡萄《ぶどう》やケールを麦と煮ただけのものだ。

一人で行動するようになり、ずっとこの手の粥ばかり食べている。今回も状況を考慮して簡易な食事を、と思ったが、冷静に考えたら他国の騎士団長――しかも国王の義弟に提供するのは失礼だったかも知れない。

思い返せばイザークは食に対してこだわりがあるのか、火の島杯の食堂でいっしょになったとき、魚料理が乏《とぼ》しいことをぼやいていた。ガルム国の件でキントハイト国騎士団に保護されたときも、炊事班《すいじはん》が提供してくれたのは見た目も栄養価もすぐれた、しかも焼き菓子までついた料理だった。

ニナは決まり悪い顔で木匙をいじる。あの、お口に合わないと思うのですが、とおずおず告げると、イザークは、すまん、そうじゃないと笑った。

己の腹ほどの背丈しかないニナの全身をあらためて眺める。

警兵に襲われたニナの怪我は、幸い、派手な出血のわりには軽傷だった。右腕の太刀傷と硝子片《ガラスへん》で切った額の裂傷、腹部の打撲がやや重い。ただ出血で鎧下《よろいした》が汚れたため、いまは膝丈のベストにスカートという村娘の格好をしている。素朴《そぼく》な愛らしさのある顔立ちに華奢《きやしや》な手足。競技場どころか、激しい剣戟を交わす騎士たちに、観客席で悲鳴をあげていそうな雰囲気だ。

兎の皮をかぶった狼をなんとなく想像して、イザークは楽しそうに目を細める。

額の包帯に気をつけて、ニナの頭を軽くたたいた。

「見目からすると、ちまちまと甘ったるい料理をつくるのかと思っていた。なんたらクーヘンやらトルテやらというような。存外に豪快な野戦料理だと感心した。基本の栄養は入っていて、短時間で食えるのも片付けの手間がかからぬのもいい。ああもちろん、これは褒め言葉だ」

野戦料理、とくり返したニナから、イザークは木匙を受けとる。どれどれ、と炉の脇に屈んで味見をすると、ん、いい塩加減だ、つまみになる、とうなずいた。

甲冑を確認していたゼンメルが深い溜息をついた。

風を避けるために炉はちょうど、小さな崖《がけ》と荷車のあいだにつくられている。荷車の脇に広げられた布には、ニナの甲冑が分解されて置かれている。

ゼンメルは肩当て部分に近づけていた手提灯《てさげとう》を離すと、丸眼鏡を外して目頭《めがしら》をもんだ。

「損傷の方は問題ない。波状の片手剣は建物内など狭隘《きょうあい》な場所での使用に特化した武器で、大剣ほどの打撃力はない。それを加味しても剣戟の流れのなかで、腹の一太刀はよう《う》も上手《ま》い角度で受けたものだ。……しかしニナ、この甲冑は海に落としたな?」

唐突《とうとつ》な問いかけに、ニナはおどろいた。

ゼンメルには治療の過程で、廃街での戦闘の詳細は覚えているかぎりを話したが、王都でのことはまだ伝えていない。

咎《とが》めるようなまなざしを受け、は、はい、と肩をちぢめると、どういう処置をしたのか聞かれる。水上競技場で落水して、係の侍従《じじゅう》から受けた洗浄処置を伝えると、ゼンメルは眉をよせた。

甲冑は硬化銀の薄板から成り、武器や利《き》き手、好みに応じて調整が施されている。矢羽根を抜きやすくするために板を減らしてある、右の肩当てを指の甲でたたき、ゼンメルは首を横にふった。

「洗浄するなら、連結部を外さねば意味がない。蝶番の奥から砂粒が出てきた。これでは厚布を貼りなおしても早晩、錆びる。いまさらだが沿岸部の国へ行くのに、なぜ予備の甲冑を使わなんだ。海水に浸からずとも潮風そのものが硬化銀の劣化を……いや、小姑《こじゅうと》じみた愚痴《ぐち》だな」

自嘲《じちょう》気味につぶやいたゼンメルの白髭には、夕闇が影を落としている。

東の空には早々と星がまたたき、年の瀬も迫る冬の風は冷たい。イザークは荷物袋から蜂蜜酒《はちみつしゅ》の壺《つぼ》や魚の燻製《くんせい》を取り出すと、炉の脇にどっかりと腰掛けて枯れ枝を炎にくべている。

ゼンメルは、すみません、配慮が足りませんでした、と下を向いたニナと、甲冑《かっちゅう》の部品や携帯用の調整道具をあらためて見比べた。

どちらにしても細かな作業は、陽が落ちればできない。武具にかかわると職人のこだわりを優先してしまう傾向のある老団長は、そんな己に微苦笑を浮かべる。

広げた荷物を手早くまとめると、丸眼鏡を鼻へとのせた。

「……ともかくは甲冑を海水にさらす羽目になった経緯をふくめて、この地でなにが起っているのか説明してくれ。わしらは宿場街で会った中隊長から、おおよそのことしか聞いていない。なんぞ不快なことでもあったのか、マルモア国の姫君が帰国を急《せ》いて怒鳴り散らしていてな――」

――警兵の襲撃を受けていたニナを救出したゼンメルらは、ニナの馬と荷物だけ確保して、ただちに廃街を去った。

イザークはシレジア国王の即位式に出席していて、団長歴の長いゼンメルも同国にはなんどか来たことがある。キントハイト国とリーリエ国の騎士団長がいることで想定外の憶測を呼ぶ可能性もあり、兜《かぶと》で顔を隠したのもそのためだ。

目元に折れた剣を受けた副警兵長の、ちくしょう、あのガキ、ガキが、との呻《うめ》き声がひびくなか、ゼンメルがニナを懐《ふところ》に抱え、イザークがニナの馬をあずかって街を出た。

国境の森に荷物があるというニナの言葉を受けて、主要街道から東の樹林帯を目指した。追手を警戒して馬を急がせたので、ゼンメルが自身の事情を説明したのは、野営地に到着してニナの手当てをしながらになった。

バルトラム国での硬化銀鉱脈の調査を終え、キントハイト国に立ちよったところで代理競技の話を聞いた。なんとなく嫌な感じがした。帰国する一行を遠目でも確認してみようかと、見送りがてらついてきたイザークと主要街道を南下し、シュバイン国の宿場町でリーリエ国騎士団員がいない外交特使の一行を見かけた。

中隊長とひそかに接触して事情を聞けば、随行団員《ずいこうだんいん》が遺児側の代騎士団となり勝利した。しかし王冠が強奪されてラントフリートが姿を消し、行軍許可状が出されたとの凶報。出立《しゅったつ》を命じるエリーゼ姫の甲高《かんだか》い声に、委細《いさい》はニナからと頭をさげられて宿場町に急ぐも、しかし療養しているはずのニナの姿がない。荷車に大荷物を積んで西へ向かったとの目撃証言からシレジアに入れば、東の国境付近を件《くだん》の王冠強奪犯が逃げているという。

ともかくはと周辺の様子を探っていると、廃街の近くで深刻な顔をしている農夫たちと行きあった。野良競技の最中に野盗が廃街に侵入して砦兵《とりでへい》が捕縛《ほばく》をおこなっている。隊を組んだ短弓《たんきゅう》を使う黒髪の少女の馬が厩舎《きゅうしゃ》に残されていて、もしかしたら巻きこまれているかも知れない。

短弓を使う黒髪の少女——

ゼンメルは農夫たちから兜を借り受けて、廃街へと向かった。正面の門を砦兵らしき軍衣のものがふさいでいて、通用門にまわったところ、その砦兵に襲われている黒髪の少女——ニナを見かけた。

そうして辛《から》くも危機を脱した森の夜。

ニナのそばでは二人の団長が炉をかこんでいる。

炎で赤く照らされるのは、学者のように知的な風貌《ふうぼう》の老団長と、精悍《せいかん》に引き締まった顔立ちの破石王。戦闘という非日常から、村娘の装いで料理をするという日常に戻ったせいだろうか。馴染《なじ》みのある騎士の存在を肌で感じたニナは、自然と目頭《めがしら》が熱くなるのに気づいた。

どうかしたか、と問いかけてきたゼンメルに首を横にふる。こみあげた感情を目をまたたいて誤魔化《ごまか》すと、小鍋の麦粥を木椀《もくわん》によそいながら口を開いた。

シレジアに来てからのさまざまなこと。前日祭の親善競技から遺児側の代騎士団の失踪《しっそう》。王兄マクシミリアン公の謀略《ぼうりゃく》にエトラ国騎士団の関与、代理競技の結果から王冠強奪事件と、リヒトの行方《ゆくえ》不明に至るまで――

木々に陽をさえぎられる森の夜は早い。

話すうちにとっぷりと更けた夜闇のなかで、梢《こずえ》を飛びたった夜啼鳥の羽音が上空をはしった。茂みの裏にひそむ獣の目が光り、微《かす》かな足音を残して夜陰へと消えた。

肉を狙う獣はすぐそこまで迫っていて、けれど去った。

まるで死の女神モルスの息吹《いぶき》のような夜風が、険しい顔で考えこむゼンメルの白髭《しらひげ》と、目を伏せて蜂蜜酒をかたむけているイザークの外套《がいとう》を、たしかな冷たさでなでた。

おおよその話を聞き終えたゼンメルは、は、と短い息を吐いて空を見あげた。

「……言葉がないな。火の島杯から半年もたたぬうちに。あの水蒸気噴火は大地そのものが鳴らした、火の島《イグニス・インスラ》全土を競技場とする、競技開始の銅鑼《どら》だとでもいうのか」

麦粥を食べ終えた木椀を、傍であぐらをかくイザークへと差しむける。

ゼンメルの意を察したイザークが、手酌《てじゃく》をしていた酒壺から蜂蜜酒をそそぎ入れた。

若い時分と異なりいまのゼンメルは、付き合いや礼節としてたしなむ静かな飲酒がもっぱらだ。それでも内なる感情が欲したように一息であおると、苦い声で告げた。

「現状もまた難しい事態であることにちがいはない。しかしそれにしても代理競技だよ。同じちょうどそのころ、わしは北方地域と西方地域を隔《へだ》てるウィギル山脈を越えていた。

ときに西方地域自体が、将来を分ける山場を越えていたとは思わなんだ。ガルム国が〈赤い猛禽〉で近隣諸国を食らうのとはわけがちがう。よもや、エトラ国が介入してくるとは」

「……首の皮一枚でしたね。もしも王兄側が勝利していれば、いま見ている西方地域の光景は一変していた。とくにうちとナルダ国にとっては致命的でした。おれも花遊びを楽しむどころか、軍衣を脱ぐ暇もなくなる。この先ずっと、首に曲刀を突きつけられて生きねばなりませんでした」

三度お代わりをした麦粥を平らげ、二つ目の酒壺《さかつぼ》を木椀にかたむけていたイザークが応じた。話しながらの食事となったニナはいまだ木匙《きさじ》を手にしたまま、頼りない表情で両団長を見やった。

——地域の将来を分ける山場……西方諸国の光景が一変する……って。

王兄側が勝てばエトラ国がシレジア国に介入してくることについては、ニナ自身も危機を抱いた。けれどその〈介入〉とは、王兄がエトラ国の協力を得て遺児側と武力で衝突し、国が荒廃した結果として周辺諸国に悪影響を及ぼすなど、あくまでもシレジア国を起点としていた。

ニナの困惑を察した両団長は視線を交わす。

ゼンメルは疲れた苦笑いを浮かべた。

「……これもまた言葉がないな。競技会運びを聞けば、エトラ国騎士団長の失石が勝敗をさだめる分岐点《ぶんきてん》だったろう。己の一矢で西方地域の未来をたしかに変えながら、とうの本人は無自覚ときている」

「しかしながらゼンメル団長。無自覚だからこそ、空中から破石王の命石を射ぬくなどという離れ業《わざ》をしてのけたのかも知れません。結果がもたらす意味を理解していたら、おれとて流石《さすが》に肝《きも》が冷える。剣先が小獅子のごとく戦《おのの》くでしょう」

怯《おび》えなど無縁だろう不敵な表情で告げると、イザークは一本の枯れ枝を手にとった。

炉の脇の地面に大きな火の島を描く。

南方地域である下方の沿岸にエトラ国、西方地域である左上の沿岸にキントハイト国、そのすぐ下にシレジア国と記した。

なにをするつもりかと、身を乗りだして地図を見おろしたニナに問いかける。

「子兎《こうさぎ》、もしもエトラ国がキントハイト国を攻めようとしたら、どうすればいい？」

唐突な質問にニナは面食らう。

それでもエトラ国とキントハイト国に視線をやった。

南の沿岸部と北西の沿岸部。ここには描かれていないが、実際には両国のあいだには十数カ国の国がある。そこを軍隊がとおるなら、進軍するすべての国に行軍許可状をもらう必要があるが、許可状をもらうには正当事由がいる。したがってエトラ国がキントハイト国を攻めるのは、いまの火の島の制度上では、ほぼ不可能だ。

——でも両国は海に面しています。陸路は駄目でも海路なら。

顎先《あごさき》に指をかけて考えて、ニナは、あれ、という顔をする。

いままで想像もしなかったそのことを、初めて疑問に思った。胸がおかしな具合にざわめくのを感じながら、答えではなく質問を、イザークに返した。

「あの、軍隊が国境をこえることは他国への侵略とみなされる可能性があります。ですが海は……海には国境がありません。軍隊が船団を組んで航海した場合、国家連合はどのように判断するのでしょうか?」

イザークは琥珀《こはく》の目を軽く見はった。

ニナの質問は、彼にとっては満足できる解答であったらしい。お利口な子兎だったな、と笑うと、枯れ枝でエトラ国を指した。

「おまえの言うとおり、海には国境がない。誰の領土でもない海を、仮に侵攻の意図をもった船団がうろついていても、国家連合が咎めることは制度上できない。行軍許可状を得ていない他国の港に足を踏み入れて初めて、侵略の構成要件を満たすことになる」

説明しながら枝の先を、海を航海するようにぐるりとキントハイト国へと動かした。

「その理屈でいけば、エトラ国が海路でキントハイト国に侵攻することは可能だ。だが実際には運用面で問題が生じる」

「運用面で問題？」

「彼《か》の国からキントハイト国までは、船で十日。補給もなく航海することはできないし、戦争は一日、二日で終わるものでもない。水に食料。負傷した兵士の手当てや武具と馬の確保。行軍許可状を出して協力してくれる、近隣の国が必要となる」

「待ってくださいイザーク団長。で、ではエトラ国は補給港としての協力を条件に、王兄側に国家騎士団を貸しだし代理競技をさせた、ということですか？」

ニナは信じられない思いで地面に描かれたシレジア国を見おろす。

ここで補給が可能なら、たしかに南方地域のエトラ国でも、ナルダ国やキントハイト国に侵攻することができる。おそらくはな、と、イザークは大きくうなずいた。

「エトラ国とてなまなかな対価で、破石王を擁《よう》する国家騎士団を貸与はすまい。おれ個人としてはエトラ国が国家連合に見切りをつけ、近い将来の西方地域侵略のための布石の一歩にするつもりだったろうと、補給用の領地として移譲《いじょう》さえ交渉の机に乗せたのではと、そう思っている」

イザークは南シレジアの沿岸部を、木の枝で軽くつついた。

「街道から遠いこのあたりの小さな港程度、シレジア国の王冠の代金にしても惜しくはないだろう。エトラ国はその港にせっせと兵士を送りこむ。万をこえる軍隊が駐留しても、自国なのだから誰に責められるいわれもない。そしてそれは、地域の軍事的均衡を壊す」

「軍事的均衡を壊す……」

「キントハイト国であれば沿岸部の防御を厚くする必要が生じ、北や東が手薄となるだろう。手薄になればその間隙《かんげき》をつく輩《やから》が必ず生まれる。エトラ国と組んでキントハイト国を追い落とし、地域の雄たらんとする国も出てこよう。本当に戦争を起こす必要はない。エトラ国という獅子身中《しししんちゆう》の虫を西方地域が抱えることが、地域を揺るがす脅威《きようい》となる可能性があった……という意味での、首の皮一枚、だ」

イザークは地図を描いた木枝を炉に放りこんだ。枝先についていた枯葉が一瞬で、赤々と燃える炎に包まれて消える。

戦火に倒れる人々を連想させた姿に、ニナの喉《のど》は戦慄に鳴っていた。格子柄《こうしがら》の帆をなびかせた大船団が大海原《おおうなばら》を埋めつくし、無数の矢が港町へ射かけられる光景が浮かんだ。

代理競技で対峙したエトラ国騎士団長を思いだす。鬱屈《うつくつ》と怒りを込めた剣をふるっていたエトラ国騎士団長は、自身がその船団の船首に立たねばならぬと、きっと知っていたのだろう。

知っていて勝利のために死力をつくし、そして負けた。競技終了後、仲間騎士と回廊《かいろう》に消える直前に振りかえり、競技場を長いあいだ眺めていた姿はいまも印象に残っている。

知らず痛んだ胸をニナがおさえたとき、イザークが独り言のようにつぶやいた。

「……案外と、あいつは負けて本望かも知れんな」

「え？」

「敗北は子兎の慈悲《じひ》深い引導だ。エトラ国の騎士団長、南方地域の遠征で競技をしたことがあるが、初夏の太陽のような男だった。馴染《なじ》みの娼館《しょうかん》に誘ったら、恋人に怒られると嬉しそうに首を横にふっていた。国のために泥を浴びる覚悟がないのなら、騎士団長は重荷だろう。おそらくは二度と、破石王としてシルワの肩布をひるがえすことはないやも知れぬ」

憐《あわ》れみと、どこか諦めを帯びた言葉に、ニナはなんとなくイザークを見つめる。

ゼンメルが白髭をふるわせて息を吐いた。

十二月も中旬となり、雪のほとんど降らないシレジア国でも、朝晩は息が白くなり霜《しも》がおりることもある。

炉に枯れ枝をくべたゼンメルは、背後の荷車をちらりと見やった。

ニナに向きなおると、少し声の調子を変えてたずねた。

「話がそれたな。……行軍許可状とともに各国使節団が帰国の途についた。あとはおまえだ。宿場町で療養しているはずのおまえが、いったいここでなにをしている？」

「は、はい。わたしは――」

そこまで言って、ニナは口ごもる。

リヒトが姿を消している理由も女宰相《おんなさいしょう》パウラへの疑念も、現時点ではあくまでもニナの推測だ。リヒトや彼の友人が、シレジア国の平穏を損《そこ》なうことはしないはずだという、ニナのリヒトへの信頼のみを根拠とした。

だからこそ兄ロルフやトフェルには黙って王都を出たし、リーリエ国騎士団員として行動するわけにもいかなかった。王冠強奪事件を裏付ける物証とされたのは、代騎士団の潜入者の遺体やリヒトが関与していることを示す紙片、王城から落下した遺留物のみだ。警兵が砦兵《とりでへい》に扮してニナを襲ったことも、副警兵長の発言も、パウラが事件にかかわっている明確な証拠とは言えない。

――ましてお二人は。

ゼンメルとイザークは行軍許可状を受けとった本国の命により、国家騎士団長として動く立場だ。

救われたことは本当にありがたかった。気持ちとしてはすべてをあかして、助けと協力を請いたい。だけど己の行動が、王兄マクシミリアン公を討伐《とうばつ》するという各国の合意に背くものである以上、国家騎士団長である彼らに話せることではきっとない。

わたしは、その、とスカートをにぎって言葉を濁《にご》していると、おい、なにがおかしいと、ゼンメルの低い声がした。

炉をかこんで腰をおろしている三人。うつむいて広い肩をふるわせていたイザークは、すみません、つい、と、己を睨みつけるゼンメルに向かって口角をあげた。

「あなたがなんだか嬉しそうだったので。……少しまえの子兎ならば一も二もなく、洗いざらいを白状して敬愛する祖父殿にすべてを委《ゆだ》ねていたでしょう。なるほど、荒療治《あらりょうじ》はたしかに人を育てる。うちも〈連中〉のおかげで、火の島杯で引率《いんそつ》した控えの騎士から、陣所入りした団員が出ましたので」

悪戯《いたずら》っぽく告げられ、ゼンメルは軽く鼻を鳴らした。

困惑しているニナに向きなおる。白髭《しらひげ》をすくと、少し考えてから口を開いた。

「ニナ、国家騎士団が優先すべきはなによりも、軍衣に戴《いただ》きし紋章の主人だ。国の土台である王家の身命と意思は、なににもまして守らねばならぬ。しかしその団員としての責務が、騎士である己の心と常に一致するわけではない。……先のエトラ国騎士団長が、おそらくはそうであったろう」

ゼンメルは、苦いなにかを噛《か》みしめる声で言った。

「〈連中〉の手先である人形を育てた〈先生〉とやら。ユミルに深手を負わせた手練《てだ》れには、わし個人として引っかかりを覚えている。しかし国家騎士団長として、生死がわからぬ幻のような存在を探すために、時間や人員を〈公務〉として割《さ》くわけにはやはりいかぬ。そこな花遊びに耽溺《たんでき》する破石王も、団長としての己が最優先だ。キントハイト国王家が命じれば、わしやおぬしの首とて、この場で掻《か》き切り老王への土産《みやげ》とするほどにな」

不穏な比喩《ひゆ》におどろくニナだが、イザークは、そうですね、とあっさり肯定した。

小さく嘆息《たんそく》し、ゼンメルは言葉をつづける。

「そして火の島杯の災禍《さいか》にて、国家騎士団の立場は今後、最後の皇帝が望んだ道から逸《そ》れるような変転を迎えるやも知れぬ。道行はおそらく平坦ではない。それがわかっていておまえの祖父よろしく、足元の石ころを転びそうだからと注意してやるわけにいかぬのだ。ゆえにわしは〈先生〉とやらの捜索を、許可は出せるが協力はできぬ、とした」

国家騎士団の立ち位置について競技場でのことしか考えていなかった、困るまえに差しのべられていた年長者の手を、無意識に甘受《かんじゅ》していた自分。はい、と神妙な顔でうなずいたニナに薄く笑い、ゼンメルは近くに停められている荷車を見やった。

旅の途中だったゼンメルは、応急手当の道具も簡易のものしか持っていなかった。ニナの治療をする際に当て布が足りず、荷車の手荷物から使えそうなものを探した。そのときに見た物品の数々で、東の国境沿いを逃げている王冠強奪犯の正体やニナの行動には、おおよそあたりはつけている。

「……それらを踏まえて、おまえが宿場町で療養していない理由につき、騎士団長のわしはおそらくおまえを止める立場にある。しかし最初に伝えたとおり、いまのわしは〈所用の帰りに海が見たくなって回り道をした老騎士〉だ。騎士と騎士。助力が必要ならば、その手を自らのばすがいい」

「あの、それは、団長ではなく騎士としてなら力を貸してくださる、という意味ですか？」

「納得できる理由ならばな。納得できねばおまえを置いてここを去り、さっさと帰国して派兵の準備にとりかかる。……請《こ》わずとも与えられるお客さんは終わりだ、ニナ。必要ならば己の意思で手をのばせ。魅惑的な報酬《ほうしゅう》を提示し、子兎の手練手管《てれんてくだ》を使って我らを傘下《さんか》におさめてみせよ。じじいとおっさん程度たぶらかせねば、哀れな人形の少女も、情が深いゆえに面倒になったおまえの男も、おそらく救えぬ」

ゼンメルは静かなまなざしをニナに向けた。

イザークは面白そうな顔で、目の前のやりとりを眺めている。

廃街から戻ってきたときには沈みかけていた太陽は、すでに細い月へと変わっている。流れる雲が頼りない月光をさえぎった。世界を覆《おお》い隠そうとする夜陰のなかで、炉の炎は胸に秘めた思いのように、小さいけれどたしかに燃えている。

夜風に倒れてもふたたび炎を立てさせる、そんな炎熱に煌々《こうこう》と顔を輝かせて、ニナは口を開いた。

「わたしがここにいるのは、明確な根拠があってのことではありません。シレジア国の平和のために絶対に勝ちたいと言っていた、騎士としてのリヒトさんへの信頼からです」

信頼、とつぶやいたゼンメルに、ニナはうなずく。

知恵と武勇の象徴のような騎士団長を――二人の騎士をあらためて見た。

ニナの返答次第では本当に、二人はここを立ち去るだろう。団長ではなく騎士としての彼らの覚悟がなんなのかニナは知らない。でもそれがなんであっても、戦闘競技会に生きる騎士の根本を形づくる姿勢は、ただ一つであるべきだ。そのために国家騎士団員は矛盾《むじゅん》や鬱屈《うっくつ》を胸に抱えても、軍衣をひるがえして競技場を駆けるのだ。

ニナは居住まいをただして膝の上の手をにぎる。

その青海《あおうみ》の瞳に強い光を浮かべて、はっきりと告げた。

「パウラ宰相閣下《さいしょうかっか》は自ら王冠強奪事件を起こし、それを正当事由として各国の協力を取りつけ、王兄マクシミリアン公を討伐しようとしています。立会人を利用した無益な戦火を防ぐために、リヒトさんは行動しています。シレジアの民や兵の命を無辜《むこ》に散らせないために、騎士としてのお二人の力を、どうぞお貸しください」

4

「いやあ本当に、先日は助かりましたよ。マルモアの特使さまの要請で、宰相閣下が相場の三倍額で扁桃油《へんとうゆ》の調達をしてたんですが。ちょうど在庫を売り切ったあとでしてね」

店主はそう言って苦笑いをする。

壮年の店主はトフェルが入店するなり、会計机の奥からすっ飛んで出てきた。今日はちょっと顔を出しにな、と告げた彼に、帽子を脱いで禿《は》げた頭をなんどもさげると、あらためてお礼を口にした。

「うちの商品を根こそぎ買い占《し》めたのは、東から来た隊商の徒弟《とてい》だったんですが、同じ日に別の同業者からも買っていたようですし、内陸でここまで扁桃油の需要《じゅよう》があるとは思いませんでした。お客さんから仕入れさせていただいて、おかげさまでいい商売になりました。しかしいったいどこで、あれだけの数の扁桃油をそろえたんですか?」

「どこって、まあなんつうか、この店をふくめた港湾地区の店ぜんぶ?」

「え？」

「いや、あーと、美味《おい》しい仕入れ先は明かさねえのが普通だろ。大事な飯の種を、同業者に真似《まね》されても困るしよ。それよりおれこそ、いい商売をさせてもらったわ。仕入れの倍額で売れて、おかげで二カ月分の悪戯《いたずら》道具が土産《みやげ》にできた。本人はどこをほっつき歩いてるか知らねーけど、まあ、帰国したらのお楽しみだからさ。恐怖と仰天《ぎょうてん》、悲鳴と失神の海にようこそってか」

「なるほど、化粧品《けしょうひん》から雑貨まで、危険な荒波をこえて手広く扱ってるんですね！」

感心したようにうなずいた店主に、トフェルはなんともいえない表情で頬《ほお》をかいた。

外套《がいとう》姿で軍衣《ぐんい》を隠し、身元が知られる騎士の指輪も外している。この街に来て半月が過ぎた。旅慣れている彼はすでに港湾地区にすっかりと馴染《なじ》み、もともとが商人ということもあって、目端《めはし》のききそうな商家の若旦那《わかだんな》に見える。

王都ギスバッハの下の街。

大通りに面した小綺麗《こぎれい》なつくりの店は、高級織物や化粧品など、富裕層を相手にした奢《しゃ》侈品《しひん》の店舗《てんぽ》だ。

催事の多い年度末は商人にとっての掻《か》き入れどきだ。陳列棚《ちんれつだな》にはナルダ国産の花染毛織物からラトマール国産の爪紅《つめべに》、真珠《しんじゅ》を育てる白蝶貝《しろちょうがい》の粉を練《ね》りこんだシレジア国産の白《おし》粉《ろい》など、王都の貴婦人が好む品でぎっしりと埋まっている。しかしながら小春日和《こはるびより》の冬の午後。店内は閑散《かんさん》とし、トフェルのほかに客はない。

若い徒弟が所在なげに陳列硝子《ちんれつガラス》を磨《みが》く音が、やけに大きく聞こえた。

ちらりと視線をやったトフェルに気づいた店主は、薄い眉尻《まゆじり》を情けなくさげた。

「本当なら新年祭の用意なんかで、いまごろは賑わうんですけどね。代理競技の勝利を予想して仕入れを多くして、おかげさまでマルセル殿下が勝って、一時期は徒弟を増やすほど客足がよかったんですが……」

「あーそうだな。奢侈品なんかはどうしても、平時に動く品だからな。王冠強奪事件が起こって、討伐軍の噂《うわさ》が出ちまってるしよ」

「はい。同業者連中は新王の即位式を見込んで、強気の価格で売り渋ってたのが仇《あだ》になりました。宰相閣下だけは婦人用羽扇子《はねせんす》も黒貂《くろてん》の毛皮も、装飾ボタンに使う琥珀《こはく》まで、事件のまえに売り切っていたそうですがね。いつもながら見事な案配といいますか、宰相位についてからも、商機をはかる嗅覚《きゅうかく》の鋭さにはまったく感服ですよ」

「……そうなんだよな。まるで事件が起こるのを予期してたみたいな鋭さなんだよな」

事件を予期、とくり返した店主に、トフェルは、いや、なんでもねえ、と曖昧《あいまい》に誤魔化《ごまか》した。

商品の相場は需要と供給、天候などに左右されるが、情報もまた価格を変動させる要因の一つである。

競合相手に先んじて相場に影響しそうな情報を入手することが利益につながるが、商売人のなかには立場や地位を利用して、非公開の情報を入手して利益を取りにいくものもいる。商才一つで生きる商売人には〈外道《げどう》〉と眉をひそめられる類《たぐい》のことだが、トフェルが扁桃油の転売で手持ち金を倍にしたのも、その方法に近いやり方だった。

マルモア国特使エリーゼ姫が王太子妃に頼まれた扁桃油を大量購入する予定だと耳にしていたトフェルは、荷下ろしの日雇い人夫を〈東からきた隊商の徒弟〉として雇用し、港湾地区の扁桃油を買い占《し》めた。

仕入れに失敗したエリーゼ姫は女宰相に手配をねだり、女宰相は特使のご機嫌をとるために、法外な高値であっても扁桃油を集めるだろうと計算した。そうして女宰相が城下の店に侍従《じじゅう》たちを使わしたところに、なにも知らぬ異国の商人の顔で、買い占めていた扁桃油を仕入れの二倍値で卸《おろ》すことに成功した。

そういう〈外道〉は本来であればトフェルの避けるところだが、今回ばかりは無駄なお茶会で行軍を遅滞させ、お楽しみの時間を奪ったエリーゼ姫への嫌がらせもかねていた。なにより誰も損はしていない。トフェルと店は大儲けして、エリーゼは高値であっても約束の品物を手に入れ、女宰相はマルモア国にいい顔ができた。

本当の商売人はかかわるすべてのものに利益をもたらすものだ。いまのトフェルは商売人ではないので、二カ月は遊べるだろう悪戯《いたずら》道具で、ニナが少しばかり損をするのも仕方ないだろう。

それにしてもやはり気になるのは。

「いくら読みが鋭くたって、こうも毎回当たりを引けるはずがねえ。仕入れ先からの輸送時間を考えりゃ、売り時に合わせるために、近場にどでかい倉庫を持ってるって考える方が理屈にあう。だけど〈おーじでんか〉の捜索ついでにのぞいた倉庫街くれえの規模じゃ、数十数百の交易品を常時保管しておくなんて無理だろうしよ」

ぼそりとしたつぶやきに、剃髪《ていはつ》の店主が口の横に手を立てて声をひそめた。

「……ひょっとしてお客さんも、宰相閣下の仕入れ先が気になる口で?」

トフェルは丸皿に似た目を軽くみはる。

「も……ってことは、やっぱりほかの商売人も知りたがってるのか?」

「そりゃあそうです。ですがお客さんが仰《おつしや》ったとおり、仕入れは商売人の財産ですからね。地域や国はともかく、港や商会名、航路なんかは伏せるでしょう。宰相閣下もそのあたりは用心して、素性《すじよう》の知れない日雇いの人足《にんそく》は使わないですし、航海中は追跡してる船がいないか見張りを立てることもあるそうです。……竜爪諸島のどっかの島に、宰相閣下の秘密の保管庫があるんじゃないか、なんて噂もありますが」

「竜爪諸島って……だけどあの近海は、海賊《かいぞく》被害が多発してるんだろ。んなとこにお宝を隠すとか、危険すぎねえか？」

「まあ与太話《よたばなし》の類です。ほかにも夫を海にささげて商才を得たとか、警兵は全員が情夫だとか。宰相位を〈贈り物〉で買ったってことで、譜代《ふだい》の名門貴族はいまだに、あることないこと吹聴《ふいちょう》する方々もいるらしいんで」

積荷をあらためる入港手続きを簡略化したり、城下の商売人にとってはありがたいお人なんですがね、と、店主は肩で息を吐く。

先遣部隊として王都を発《た》ったロルフに対して、トフェルはここ数日ずっと、行方《ゆくえ》不明のラントフリート捜索を名目に宰相パウラの情報を集めている。

集める、といってもとかく注目されている人物なので、真偽の不確かなものを含めて情報は自然と耳に入った。

元は南シレジアの地方貴族夫人だったが、海商だった夫が海で亡くなった。いまは警兵長となっている護衛たちを商船ごと受け継ぎ、恵まれた商才で事業を拡大。奢侈品交易でまだ王子だった先王に気に入られ、王家の相談役である内務卿《ないむきょう》に抜擢《ばってき》された。

ガルム国の〈赤い猛禽《ブルート・フォグル》〉にシレジア国騎士団が壊滅させられた際は、異相の騎士を味方につける利を諸侯《しょこう》に説《と》き、兄である王太子を追いおとすことに成功。その功をもって施政《しせい》をあずかる宰相位に任じられる出世を果たした。王兄についている老軍務卿が失職した暁《あかつき》には、警兵長を後任にあてて、懇意にしている貴族の私設騎士団員からなる、新生シレジア国騎士団をつくるつもりらしい――

陳列硝子《ちんれつガラス》を拭いていた徒弟が不意に頭を動かした。

大通りを、数台の荷車が石畳《いしだたみ》を弾むようにのぼっていく。

積まれているのは大量の薪材だ。木材の類は代理競技のまえから値があがっていたが、貧民街への慈善《じぜん》施策に使用したことと討伐軍《とうばつぐん》の噂が流れたことで、品薄状態がつづいている。荷車とすれちがうように大通りを急ぐ商人風の男たちの、宰相閣下の船だ、薪材らしい、との声が店内に飛びこんできた。

店主が、いやはや、噂をすればですねと、感嘆《かんたん》の吐息をもらした。

トフェルは少し考えると、おれもちょっと参加してくるわ、と外套の襟元《えりもと》をととのえる。いい商《あきな》いを、またなにかお話があれば、と頭をさげた店主に片手をあげると、大通りを船着き場へと向かった。

中央桟橋《さんばし》は寄港した船から荷下ろしをする人足や、買いつけをする仲買《なかがい》の商人、あるいは出港する船に交易品を運ぶ荷車でいっぱいだった。木製の桟橋は靴音《くつおと》や荷車の車輪で軋《きし》み、喧騒《けんそう》と活気は公式競技会の会場付近とそう変わらない。

陸と海の交わる交易街らしい人混みのなかで、トフェルは雑踏から半分ほど出ている頭をきょろきょろと動かし、目的の船を探した。

代騎士団の船を捜索したときも思ったが、帆柱《ほばしら》の数や船首像に船尾の高さ、細かな造形の差こそあれ、基本の形状は白帆に半月型の船体だ。馴染《なじ》みのないものに船を見分けることは難しい。また町の厩舎《きゅうしや》のように、停泊する場所がいつも同じとはかぎらない。

それでもひときわ人だかりができている帆船《はんせん》を見つけた。

木材などの重いものは、運搬や売買の利便性のために加工されてから輸送されることが多い。品薄状態がつづいているとあってか、接岸した船から人夫が陸に運び入れるそばから、商談を成立させた買い付け人が己の荷車に積みこんでいく。

金貨袋がそこここでやり取りされるなか、トフェルは、すでに商品が積まれている荷車に近づいた。

沿岸部の薪はキントハイト国産の良質の広葉樹が大半だと聞いている。しかし触れてみた薪材は長距離航海をしてきたように湿気《しけ》ていて、顔をよせると少し黴臭《かびくさ》いにおいもした。品質はあまりよくない。そのためか飛び交う金額の値を聞けば、品薄だというわりに高値ではないように思えた。

「〈贈り物〉で成り上がった宰相にしては良心的っつうか、手ごろなさじ加減じゃん。これなら砂時計一反転ともたずに完売だ。おまえもそう思うだろ、オド？」

薪材に視線をそそいだまま、すぐそばで同じように荷車をのぞきこんでいる人物に問いかける。

けれど声をだしてから、待て待て、んなわけねえってあいつは東方地域じゃん、と、トフェルは隣の人物を見あげた。

「あ、あんたは――」

慣れ親しんだ巨体が持つ存在感に、つい勘違いしたらしい。

トフェルの横にはいつのまにか、ナルダ国騎士団員が並んでいた。まちがえたことにばつの悪い気持ちになり、トフェルは、少し歯切れの悪い挨拶《あいさつ》をする。

「なんつうか、あーとその……ど、どうも？」

外套《がいとう》姿のナルダ国騎士団員はじっとトフェルを見おろした。

羊毛のような長い髪は半乾きで、巨人族のごとき身体《からだ》からは潮の香りがする。

ナルダ国騎士団は事件の日から港湾地区の海に潜って、王城から落ちたとされるリヒトを探してくれている。ナルダ国とリーリエ国は古い縁戚《えんせき》関係で、リヒトの姉である王女ベアトリスが、ナルダ国王に嫁《とつ》ぐとの噂も聞いている。

そのあたりに関係した友好国としての協力だろうが、本物のオドと変わらぬ無口な連中だ。代理競技のときに不思議なほどニナを守ろうとした理由もふくめて、本当のところはわからない。敵ではなく味方だとは、トフェルは思っているが。

冷たい冬の海に潜水して捜索するにあたり、陸では箱形ストーブが焚《た》かれるのが常である。捜索の途中で薪材が足りなくなり用立てるところかと考えたトフェルに、ナルダ国騎士団員は一本の薪材を差しだした。

「ん？　……見ろって？」

わけがわからぬまま受けとったトフェルは、縦に割られた切断面にある黒い模様に眉をよせる。一見すると木の節に見えるそれは、よく見ると花冠のように——

「……ナルダ国の紋章……」

トフェルは怪訝《けげん》な声でつぶやいた。

ナルダ国騎士団員は桟橋の隅を視線で示す。

人垣から少し離れたところにある荷車には、購入したらしい薪材が山をつくっていて、そばには二人のナルダ国騎士団員が立っている。トフェルは荷車に近づくと、紐が解かれている薪材を手にとった。いくつか確認していくうちに、やはりふたたび、花冠の描かれた薪材が出てくる。

「おい、こいつあいったい……」

女宰相が仕入れてきた薪材に、なぜ、ナルダ国の紋章が描かれているのか。薪のような消耗品《しょうもうひん》に国章を入れるなど聞いたことがないし、ましてこのあたりの薪材はキントハイト国からの輸入がほとんどだと――

そこまで考えて、雑貨屋の店主から聞いた話を思いだした。

竜爪諸島近海を荒らしている海賊の話。たしか十一月の初旬ごろ、キントハイト国から木材を仕入れたシレジア国やナルダ国の商船が被害にあったと。沿岸の三カ国が協力して検問を張っているが、空振《からぶ》りつづきだとぼやいていた。

トフェルは三人のナルダ国騎士団員を見わたした。

胸がざわめくのを感じながら、声をひそめて問いかける。

「この薪材はあんたらが……ナルダ国の商人がキントハイト国から仕入れた交易品なのか？」

ナルダ国騎士団員はうなずく。

トフェルは丸皿に似た目を見ひらいた。

すでに感覚は、競技場のそれへと変わっている。理由は不明だがこのところ、港湾地区から警兵の姿は減っている。油断なく視線を放ったが、自分たちを見ているものは幸いにない。

トフェルは買いつけ人が次々に運んでいく薪材や、賑わう桟橋の向こうにそびえる女宰相の商船を見やった。

ナルダ国の商人が仕入れたが海賊被害にあった薪材を、女宰相が売っている。けれど一カ月以上はまえに奪ったものをなんだっていま。収奪した交易品を船に積んで、売り時まで航海していたはずがない。だとしたら――

「倉庫――……」

トフェルは確信をもってつぶやいた。

多方面の知識があり目端《めはし》がきくとされる彼は、入手した情報と現在の状況、すべてを総合して自身が起こすべき適切な行動を導きだす。ナルダ国が国章を交易品に刻んだ理由と、ナルダ国騎士団員がそれをトフェルへと見せた意味。そして彼らが薪材を発見したのが、リヒトを捜索した過程での偶然の産物だとしたら――

「やべーな。あいつやっぱ時々は、正義の味方のおーじでんか、かも知れねえ」

トフェルは口の端をあげて笑った。

ナルダ国騎士団員は競技場で下知《げち》を待つように、じっとトフェルを見おろしている。外道《げどう》のやり方をする相手に対抗するには、やはり外道のやり方だ。巨人族のような大男と組むのも慣れている。これもなんかの縁なのかね、と肩をすくめて、トフェルは三人の騎士を見すえた。

「ナルダ国章の花冠には白百合《しらゆり》も入ってる。戦火で大地が荒れたら、花は咲かねえ。同じ方向を見てる騎士だと信じて、至急、本国に確認してもらいたいことがある。でもって悪いけどちょっとばかし……いや、あんたらが持ってる金貨をぜんぶ、貸してくんねえ？」

とっておきの悪戯《いたずら》を思いついたように目を輝かせると、ずいと手を差しだした。

◇◇◇

「ん、いい感じ。さっすがおれ。貧民街暮らしは伊達《だて》じゃない、ってね」

リヒトは鼻歌まじりに手を動かす。

輪状にした針金のあいだに別の針金を入れて、くるりとねじって固くとめる。長さが合わなければ手ごろな針金をつぎたして、兄弟が港で拾ってきた網《あみ》の切れ端も、結び目をほぐしてひょいひょいと編みこんでいく。

つくっているのは魚を捕るための筒《つつ》状の仕掛けだ。

剣だこの目立つリヒトの手は体格に応じて大きいけれど、手先は意外なほど器用だ。美《び》麗《れい》だのなんだのと貴族令嬢に褒められる顔よりも、ずっと役に立つと思っている。

頭脳労働は苦手だけれど、持久力に恵まれた身体をいかした肉体労働は大得意。ことに海に関する技能ならば、国家騎士団を放りだされた次の日から漁師として出航し、国旗ならぬ大漁旗を掲げて帰港する自信がある。

そんなことを考えながら作業をすすめ、リヒトは、ほう、と熱っぽい吐息をもらした。

「……漁師の奥さんのニナ、すんごい可愛《かわい》いかも。桟橋でぴょんぴょん跳ねて、がんばってくださいって手をふってくれるの。おれはやっほー行ってくるねーって鼻の下をのばして、おまえ真面目《まじめ》にやれよ奥さんじゃなくて魚を釣れよって同僚に殴《なぐ》られて……って、いまと同じだし。ああでもニナ、海の魚はさばけるのかな？」

リヒトはうーんと首をかしげた。

ニナの料理はハンナが娘の出産で団舎《だんしゃ》を離れたとき、酒場生まれで炊事《すいじ》に慣れた副団長ヴェルナーの補助をした関係で、食べたことがある。

強面《こわもて》に反してちまちました焼き菓子までつくったヴェルナーに対して、体格のわりに大《だい》胆《たん》な肉料理だったけれど、普通に美味《おい》しかった。可愛くてちっちゃくて強くて料理もできたら、ニナを狙う要注意人物だらけになるかもって青ざめた。トフェルには、んな物好きはおまえの破石数より少ねーよと肩をたたかれて、いろいろな意味で複雑な気持ちになった。だけど内陸のリーリエ国はそもそも魚料理が乏《とぼ》しい。

海辺の街育ちのリヒトはもちろん、魚に関しては捕獲から調理まですべてできる。飢えた子供にとって、魚介類は手っとり早い栄養補給源だ。その手の技術はすべて、同じ酒場に住んでいた兄貴分の少年に教えられた。年長者から年少者へ。誰が決めたわけでもない、マーテルに恵まれなかった存在が生きるための協力だ。

そして兄貴分だった少年は――兄貴分のはずの青年は、窓際の寝台で眠っている。

元は倉庫だというこの住居には個室がなく、だだっぴろい空間を廃材や布で区切っている。青年の胸の喘鳴《ぜんめい》は、ストーブの周りで作業しているリヒトの耳まで届く。薄くあけられた鎧戸《よろいど》からもれる午後の陽光が、療養中に一回りは痩《や》せた青年の顔を照らしている。

――足音が聞こえた。

は、と思わず立ちあがりかけたリヒトだが、近づいてくる足音は耳に馴染《なじ》んだ兄弟のものだ。

この倉庫で寝起きするようになった当初は、引っ切りなしにひびいていた警兵の足音も、ここ数日ほどで極端に減っている。港湾地区での水中捜索はまだつづいているけれど、規模は縮小され、見回りの警兵の姿もかなり少なくなったと兄弟から聞いた。先遣部隊が出立《しゅったつ》した影響なのか、頻発《ひんぱつ》しているという海賊《かいぞく》被害で、海上警備に人員が割かれているのか理由は知らないけれど。

倉庫の特徴として、建物の間口は広く天井は高く、両開きの扉も大きい。

その大きな扉の片方が小さな手であけられた。

男の子が、冬の風とともに飛びこんでくる。

「おかえり――っと。待って待って、あとは端っこの始末だけだから」

リヒトは胸元に男の子をへばりつかせたまま、最後の針金をねじって止めた。

完成した仕掛けを床に置くと、お船いたよ、錨《いかり》のお船もいた、三つも並んでた、と嬉しそうに笑う男の子を、むぎゅう、と抱きしめる。

この倉庫に住んでいる兄弟は国家連合《リントヴルム》の制裁を受けた国の民で、両親とは死別したらしかった。けれど弟は両親が船で遠方に行っていると思っている。兄はそんな弟になにも言わず、船着き場に出ては、弟と手をつないで帰港する船を眺めている。

リヒトは、そっか、お船がいたんだ、と優しく目を細めて、弟の頭をなでてやった。

買い物かごをさげて帰宅してきた兄の少年は、土間に横たわる筒型の仕掛け網に目をとめる。

リヒトに頼まれ、船着き場や路地を歩いて材料を拾い集めたのは彼だ。針金で形作られた筒型の網の入り口部分は、角笛をはめ込んだような形になっている。少年は怪訝《けげん》そうに、弟の外套《がいとう》を脱がせてやっているリヒトに問いかけた。

「これで魚が捕れるのか？」

「そ。魚って、角笛の太い部分からは入れるけど、細い部分からは入れないような行動習性があるみたいで……理屈はまあいいよね、おれもわからないしね、うん。これなら潜るには辛《つら》い冬でも小さな子供でもできるからさ。ともかく夜になったら置きにいこう？」

場所は用水路と港が混じるところがいいかな。あ、壊れてた天井の屋根はあまった針金で固定して、ひしゃげてた排気口も直して掃除しておいたから――

よどみなく告げたリヒトを、兄の少年はじっと眺める。

頭のてっぺんから足先まで。真偽をはかるような目で見られ、リヒトは、言いたいことはわかるよ、と苦笑いをした。

半月以上も潜伏生活をしているリヒトは、路上で生活をする若者と変わらぬ風体《ふうてい》になっている。髪飾りや靴《くつ》は落水したときになくしたし、身につけていた上等な服は裁断して青年の包帯代わりにしてしまった。少年が古着屋で調達してきたチュニックは年代物で、中古の革長靴も傷だらけだ。用水路に浸かったままの頭髪はぼさぼさで、薄汚れた手足は汗《あせ》臭《くさ》い。

美麗な貴公子然と女宰相《おんなさいしょう》に対応した、前日祭での姿とはあまりにちがう。のび放題の髭《ひげ》のせいか年齢も上に見えるし、これなら路地で警兵とすれちがっても、素通りされるのではと思うくらいだ。

兄弟は市場に買い物がてら、船を見に桟橋《さんばし》にも立ちよってきていた。海風にあたって冷えたのだろう、弟は箱形ストーブに赤らんだ手をかざしている。

少年はうろんな表情で問いかけた。

「……あんた本当に、あのときにおれを捕まえた王子さま、だよな？」

「それは散々説明したでしょ。あれはでっかい猫をかぶってただけで、実際は貧民街育ちの偽物王子さまなんだって」

リヒトは眉尻《まゆじり》を情けなくさげる。

「おまえと同じくらいの年のころは毎日のように強欲な親父《おやじ》に殴《なぐ》られて、空《す》きっ腹を抱えて必死に働いてた。いまは陰険な兄宰相にこきつかわれて、そうですね、なるほど、それはすごい、って表情筋が痙攣《けいれん》するほど笑って……いやこれも基本的に同じだし。なんかおれってそういう星の下に……やめよ。これ以上は悲しくなるから」

ぶるぶると首を横にふったリヒトが、鼻をひくつかせた。

少年のさげている籠《かご》からは、アーモンドと砂糖の甘い匂《にお》いがただよっている。少年は、ああという表情で、野菜やパンのあいだから紙袋を取りだした。

あんた食べたがってたから、と紙袋を手渡されたリヒトは、あけるなり、クレプフェンだ、と目を輝かせる。

膝立ちの姿勢で、すごい、最高と、紙袋ごと少年に抱きついた。やめろって、食いもんがつぶれるだろ、と身をよじられ、ごめんごめん、と腕をゆるめる。

幸せそうに紙袋のなかを見おろすと、リヒトはうかがうように少年を見た。

「嬉しいけど、でも悪くない？　ずっとお世話になってるうえに、こんなふうにしてもらってさ。服も薬も食べ物も。……はっきりいって、お金、だいじょうぶ？」

「平気。泥棒の冤罪《えんざい》をかけられた少年にお詫《わ》びの金貨をあげたらどうか——って、あんたのおかげでもらった金、まだあるし。……そもそも水上競技場であんたが金貨袋を抜きとってくれなかったら、おれ、たぶんここにいないから」

声を落として告げると、少年はストーブで暖まっている弟を見やる。

自分が帰れなかったら弟はどうなるのか。それを理解していても観覧台に忍びこまざるを得なかった少年の身体は、弟よりも痩せている。その意味を知っているリヒトは腕をのばして、少年の頭をわしわしとなでた。

「……あれはいいの。ただのおれの自己満足だから。助けられなかった命と、いま助けてあげられてない存在へのね。それにおれこそ、おまえのおかげ、でしょ。用水路の橋の下に隠れてたおれたちに気づきながら、警兵に知らないって嘘ついてくれた。あそこで見つかってたら、かなり厳しい状況になってたと思うから」

小さく笑って、リヒトは隅の寝台に目をやった。

午後の陽光に照らされるのは、眠る青年の赤金の髪だ。

あの夜は雨だった。おそらくは雨のせいで、頭髪を染めていた焦茶の染色料が落ちていたのだろう。

雨夜が夢幻のように映しだした懐かしい髪の主は、やはり、冬の岬で聞いた風音に似た寝息をたてている――

――発端は些細《ささい》なことだった。少なくともそのときのリヒトは、まさかこういう事態になるとは思わなかった。

帰国を目前に気が緩《ゆる》んでいたせいもあったし、涙ながらに別れを惜しむシレジア国貴族令嬢の集団と、まるで恋人よろしく薬湯《やくとう》を用意させて、王子殿下はご体調がすぐれませんの、ですので皆さまお話は短めにお願いしますわね、とでしゃばるエリーゼ姫が面倒だったのもある。

だから、女宰相パウラが内密に相談がある、という小姓《こしょう》の耳打ちに飛びついた。牽制《けんせい》しあう令嬢たちからこっそりと逃げて、王の間に近い執務室へと向かった。

女宰相の用事はリヒトにとってはご令嬢の相手以上に気の重い内容だった。新王マルセルが長じた暁《あかつき》には、リーリエ国の兄宰相の娘を妃として迎え入れたいとの打診《だしん》。

お茶とお菓子をふるまわれ、マルセルの利発さや素直さ、両国の友好関係の重要さを延々と説《と》かれたが、王族の婚姻事情や政略的な駆け引きなど、興味もなければ対応する力もない。曖昧《あいまい》な微笑《ほほえ》みでどうにか濁し、外務卿《がいむきょう》あての正式文書をもらうということで無理やりまとめた。

執務室から王の間の前の廊下《ろうか》をとおって――最初に気づいたのは血の匂い。そして壁灯が侍従《じじゅう》の遺体と王冠の消えた玉座を薄闇に照らすなか、樽形兜《たるがたかぶと》で顔を隠した賊に襲撃された。遠くで夜会の宴曲が聞こえ、雨風が窓硝子《まどガラス》をたたくなかでの急襲だった。

わけがわからぬまま応戦したけれど、相手は二十名はこえていて、動きづらい礼服のうえ腰には装飾用の短剣が一振り。手傷を負ってバルコニーへと追いつめられ、咄嗟《とっさ》に手すりを飛びこえた。

落下したと見せかけて、バルコニーの裏側へと身をひそめた。執務室には女宰相がいるし、奥にある王妃の私室には幼少の新王マルセルもいる。襲撃者のことを一刻も早く誰かに——そんなふうに考えたのだが。

——落ちたか。……まずいな。確実に死体にしろと言われていたのに。

——ここから落下すれば同じだろ。宰相閣下《かっか》に指示をあおいで。

バルコニーから身を乗りだした襲撃者らが、手提灯《てさげとう》で周囲を照らしながら告げた言葉。

宰相閣下に指示……——

意味がわからなかった。けれど騎士としての嗅覚が、得体の知れないなにかが起こったことを告げていた。

ニナの部屋に忍び込むときに〈貝の城《ムル・シエル》〉の構造はだいたい確認している。ともかくは宿舎塔のリーリエ国騎士団と合流しようと、出窓の屋根伝いに岸壁をおりて——そこで見た。

降りしきる雨のなか、〈貝の城〉の灯に照らされた水上競技場への空中回廊《かいろう》。風は強く、流された雲にときおり満月が姿を見せる。雨に月光が乱反射する空中回廊の屋根で、警兵らしき帽子の集団と剣戟《けんげき》を交わしているのは、赤金の髪の男。

赤と金。

ひときわ大柄な警兵に斬られてのけぞったその顔は、代理競技で昔の仲間に似ていると感じた青年騎士。髪色が焦茶ならちがうと思って――だけど月光に輝くのは、夕陽を溶かした海のような赤と金の髪。

集団から次々に剣を受けて、崩れ落ちた青年騎士は下方の海中に落下した。リヒトは気がついたら、そのあとを追って海に飛びこんでいた。

視界のきかぬ雨の海で、甲冑姿の青年騎士をどうにか引きあげたときには、呼吸も腕の力も限界に近かった。崖上の王城では火の手があがり、警戒の鐘が打たれて人々の悲鳴が聞こえていた。

事情はわからないながら、女宰相も警兵も味方ではないだろうと思った。だから意識を失っていた青年騎士を抱えて泳ぎ、用水路をとおって港湾から逃れた。

橋の下で夜を明かし、気がついたら朝靄《あさもや》のなかに引ったくりの少年がいた。付近を捜索していた警兵に、少年はリヒトのことを明かさなかった。適当な目撃証言でその場を去らせると、ずぶ濡れのリヒトと深手を負った青年騎士を、倉庫街にある自宅へと連れ帰ってくれた――


箱形ストーブに薪が爆《は》ぜる音が聞こえる。

手を温めていた弟はいつのまにか、ストーブのそばで丸くなり眠っている。

寝台の青年に向けられたリヒトの横顔を見やり、兄の少年もまた寝台へと目をやった。

青年は一週間ほど危篤《きとく》状態だった。腹に受けた太刀傷《たちきず》による出血と、おそらくは感染症からの高熱。冬の海に浸かったことで体力が落ち、また嫌な咳《せき》をする胸の病が悪化した影響もあったろう。

それでも警兵の見回りが減った三日ほどまえにようやく、医薬品の店で薬を買うことができた。おかげで熱も徐々にさがり、昨日あたりから薄く目をあけるようになった。このままなら明日、明後日くらいには、きちんと意識が戻るかも知れないが——

傷の治療のために青年の服は裂いた。むき出しの両腕に巻かれた布のあいだからは、黒々とした焼印が見えている。

少年は少し考えてから口を開いた。

「……その人さ。その人の、その……左肩の……」

「うん。罪人の焼印だね。最近のものじゃなくて、六、七年くらいは経ってるかな」

口ごもった少年の言わんとしていることを察して、リヒトは告げた。焼印をおされるのは強盗や殺人などの重罪を犯したものだ。人さらいから助けたことと前日祭のこと。恩を感じて匿《かくま》ってくれただろう少年が、同時に、リヒトや青年を警戒しているのも知っている
——それでも。

リヒトは穏やかな目で少年を見おろした。

「理由も明かせないのに信じて……っていうのも虫がいいけど、でも信じて。こいつはちゃんと、〈騎士〉だから」

少年は怪訝《けげん》そうな顔をする。

騎士とは普通、戦闘競技会《せんとうきょうぎかい》で戦うもののことをさす。

最後の皇帝が願った平和を実現するために、命を命石《めいせき》に置きかえた戦いで、偽りのない誠心を競技場にささげる尊《とうと》い存在。その至高の地位にいるのが、国章を胸に戴《いただ》く国家騎士団員だ。

罪人の焼印をおされる男とは、相容《あいい》れるように思えない。正直にそう告げると、リヒトは小さく笑ってうなずいた。

「おれもずっと同じように考えてたんだけど、でも最近、ちょっとちがうかもって。騎士は立場や身分じゃなくて、心の姿勢そのものを言うんじゃないかなって、そんなふうに思うんだ」

「心の姿勢」

くり返した少年のまえで、リヒトは膝をつく。目線の高さを合わせると、新緑色の瞳を真っ直ぐに向けて口を開いた。

「だからおまえも、騎士だよ」

「おれが……騎士？」

「うん。弟に食べさせるために自分は我慢して、帰ってこないってわかってる両親を、弟といっしょに待ってやってる。警兵に嘘ついてまで助けてくれて、見つかる危険もあったのに、おれの恋人に連絡をつけてくれた。優しくて我慢強い、小さな騎士」

はっきりと告げられ、んなわけねーじゃん、と少年は首を横にふった。

笑おうとして失敗し、そばかすの目立つ顔をゆがめる。

うつむいて唇を結んだ少年の頭を、リヒトは優しくなでた。

ふたたび寝台を向くと、しんみりした声で言った。

「……こいつもね、おまえと同じだったの。自分がお腹を鳴らしても、小さな仲間には満腹だって嘘ついて、食事を譲《ゆず》るような兄貴分。顔中痣《あざ》だらけにして金貨を持ち帰ったことも、おれの母さんが熱出したとき、薬代を稼《かせ》ぐために嵐の海に出たこともあった。……だからぜんぶ、理由があるって思ってる。肩の焼印も代騎士団の潜入者になったことも、あの夜に空中回廊にいたこともね」

ストーブの横で寝ていた男の子が、不意に身じろいだ。

欠伸《あくび》をもらして身を起こした男の子の姿に、リヒトは焼き菓子の紙袋を掲げる。せっかくだから温かいうちに食べよっか、と少年を誘ったとき、寝台がわずかに軋《きし》んだ。

リヒトに背を向ける形で、青年は静かに寝返りをした。


冬の朝靄がただよう港湾地区。

桟橋《さんばし》に飛び散った海水が凍りつきそうな寒い朝。古びた倉庫の扉がひっそりとあき、慎重に頭をのぞかせた青年の赤金の髪が、東の崖上から射しこむ朝陽に輝いた。

人気《ひとけ》のない路地と小舟が揺らめく用水路と、空をさえぎるようにそびえる大きな倉庫。

兄弟とリヒトは早朝の鐘ごろ、昨夜しかけた筒型網を引きあげに家を出た。

巡回の警兵らが少なくなり、ほとんど外に出ていなかったリヒトも、人気のない朝ならば大丈夫だと判断したらしい。倉庫には寝台が青年の使っていた一つしかない。兄弟と並んで布や外套《がいとう》にくるまり、捕れた魚は汁物にしよう、大漁だったら市場の露店に卸《おろ》してもいいね、と相談するリヒトの声を耳にして、昨夜のうちから機会をうかがっていた。

「――……っ」

立てつけの悪い扉を閉めるのに力をこめたところで、腹部の太刀傷に痛みがはしった。

身体《からだ》を折ると、ごほ、と重い咳がもれる。

半月以上も寝台で療養した身体は、げっそりと肉が落ちて、なによりも胸の奥には嫌な鈍痛がある。治癒《ちゆ》していく太刀傷に比例して黒雲のように広がるそれは、いままでと同じでいて少しちがうような気もしていた。

それでも青年は深呼吸をして苦痛をやりすごす。

静かに身を蝕《むしば》んでいる鉱山病。仮に病状の段階が変わったのだとしたら、なおさら行動をするべきだと思った。ぼろぼろに切られた外套は落水の際に流されたらしいが、甲冑《かっちゅう》も曲刀も、装備品は幸いぜんぶそろっている。

青年はあらためて周囲を見まわした。倉庫街にはなんどか来たことがあるが、意識を失った状態で運ばれたので現在地はわからない。似たような建物の先に崖上の〈貝の城〉を見つけた青年の表情は険しくなる。剣帯《けんおび》に自然と手がのびていた。

青年は唇をきつく結んできびすを返す。

路地を歩きだしたところで、唐突《とうとつ》に声をかけられた。

「――どこいくの？」

「！」

青年は、は、とふり向いた。

金髪の青年が――リヒトが、腕を組んで立っている。

おどろきに固まる青年に、リヒトは、肩で大きく息を吐いた。兄弟の住んでいる倉庫と隣の倉庫のあいだから、路地へと出る。えらに縄をとおしてくくった数匹の魚を、ずい、と差しだした。

「とりあえずこれ。あんたが教えてくれた仕掛けで、おかげさまで大漁でした。鱸《すずき》と鱈《たら》となんとびっくり鰻《うなぎ》までとれた。あれなら買いたたかれても、銀貨一枚にはなるね。あの子たちは市場で魚を売って、船を眺めてから戻るってさ」

くくった魚を倉庫の前に置くと、リヒトは青年を睨《にら》みつける。

「……ていうか、こんなことじゃないかなーって思ってたんだよね。動けるようになったら、こっそり姿を消すだろうって。だからわざと留守にするよって話してたの。だってあんたやっぱりこんな朝靄の日に、おれに嘘をついたから」

白い靄に潮の匂《にお》いがただよう路地。遠くには波音や海鳥の声が聞こえているけれど、街はまだ夜と朝との境にいる。

懐かしくあまりに思い出深い。そんな空気に痛みを感じたように眉《まゆ》をよせて、リヒトはつづけた。

「あの船が好きな男の子みたいに純真だったおれを、騎士の任務だなんて騙《だま》してさ。リーリエ国の迎えの馬車に、まるで人買いに売るみたいに放りこんでさ。……そうだよこれだけは言わなきゃ。おれ、ぜんっぜん気に入られなかったから。親父《おやじ》にも兄貴にも。気に入られるどころか〈鼠《ねずみ》〉扱いで、臭《くさ》い汚いって池に落とされたから初対面で。でもっていまもこきつかわれてるからむかつくことに。みんなあんたのせいだよ？　わかってんの？　あんたがおれを馬車にのせたから――」

リヒトは声を大きくする。

やはり立ちつくしている青年に、射ぬくような視線を向けた。

新緑色の瞳は波打つ感情に潤んでいる。こみあげるものに目をしばたいて、くそ、と、リヒトは拳をにぎった。

「あんたがおれを……あそこから救うために、嘘をついたから……」

振りしぼられた声はふるえている。

リヒトは、きつく目をとじた。

ごめん、と謝った。ごめん、本当にごめん、とかさねて、頭をさげた。

「……おれ、約束どおりにお金を送れなかった。ただの一度も。届いてないことにすぐに気づいてたら、少しでもなにかができたかも知れないのに。おれは馬鹿で、あのときと……調子にのって変な男に騙されて、みんなに辛《つら》い思いをさせたときみたいに、本当に馬鹿でさ。おれは……おれはいつも」

首を横にふって、リヒトは顔をあげる。

記憶のなかの見あげた少年とはちがう。自分よりも背が低くなった青年を見おろした。

薄い火傷《やけど》の痕や甲冑に隠された左肩の焼印。嫌な咳《せき》をする病気になったのも、約束を守れなかったせいかも知れない。過去の自分の愚かさの象徴のような、そんな青年を見つめて告げた。

「だからあんたがおれに怒ってても、当然なんだ。謝ったからって、なかったことにできるとは思ってない。だけど……ちがう、言い訳したいんじゃなくて……ああごめん、なに言ってんだろ。うまく出てこない。……だってこんなことってほんとに？　あの岬で、もう無理だって思ったんだ。探してもらったけど見つからなくて、それがいま、いまこうして」

口が達者なはずのリヒトが、伝えるべき言葉が見つからずに顔をゆがめる。

それでも思い切って歩みよった。手をのばせば届く場所にいる青年に、リヒトはおそるおそる、祈るような思いをこめて問いかけた。

「あんた……あんたは、おまえ」

「なに言ってんだ、レ――……」

青年は強い声で、リヒトの発言をさえぎった。

ゆっくりと後退する。髪をかきあげて、指に絡んだ赤金の頭髪を見つめてくるリヒトから、目をそむけた。

「悪いけどわけわかんねーよ。朝っぱらから、夢でも見てんのかよ。あいにくと、〈王子さま〉に知り合いなんていねえし。……拾ってもらったことには感謝してる。あの兄弟には落ちついたら、あらためて礼をする。……それでいいだろ」

言い捨てるなり身をひるがえす。歩きだした青年の腕を、リヒトがつかんだ。

咄嗟《とっさ》のことで力が入りすぎた。顔をしかめた青年に、リヒトは、ごめん、とあわてて謝る。けれど腕は離さない。青年の左腕。甲冑の左肩のあたりを見おろすと、眉をよせて問いかける。

「これのせい？」

寝台でなんども見た、罪人の証《あかし》。

「これのせいで、他人のふりしてるの？　あんたに焼印があったって、それがなんなんだよ。そんなんで、おれが態度を変えると思ってんのかよ。ふざけんなよ。馬鹿じゃないの。おれたちは、そんな関係じゃ――」

「馬鹿はおまえだろ」

腕をつかまれたまま、青年は苦い声で吐き捨てる。

朝靄《あさもや》のなかで寂しいと泣いていた小さな男の子と、ぼろぼろの身なりでも髪と髭《ひげ》をととのえていなくとも、高貴な血筋を感じさせる大人の男。それでもたしかに合わさる二つの面影《おもかげ》に向かって、訴えかける。

「馬車にのった奴のことは忘れるべきなんだ。仲間が子供のいない街民に引きとられたときは、忘れることが応援だって、そう教えたろ。ましておまえは身分も立場も、おれなんかが関わっちゃいけねー存在になったんだ。いまが大事なら、分かれた道をいっしょにしちゃ駄目だ。そのためにおれは――」

――けたたましい長靴《ちょうか》の音がする。

は、と肩を跳ねさせた青年は、リヒトを背に庇《かば》う姿勢で剣帯に手をかけた。

建物のあいだに見えるいくつもの路地に視線をやるが、足音の主は見えない。けれど数十はこえるだろう無数の足音が、遠く石畳《いしだたみ》を打つ音がする。甲冑が鳴っている金属音も聞こえる。それは一時期、時の鐘よりも引っ切りなしに港湾地区にひびいていた警兵らのものに似ていた。

兄弟の家は倉庫街の奥まった場所にある。路地の出口を防がれたら、それこそ網に捕らわれた魚のように逃げようがない。

青年は油断なくあたりを見まわすと、背後のリヒトにたずねた。

「おまえ、港湾で仕掛けを引きあげるとき、ちゃんと見張りを立てたんだろうな？」

「え？　……まあいちおうは交代で。あんまり大漁だったから、喜んだ弟の子が持ち場を離れて、見にきちゃったりもあったけど」

「あったけど、じゃねえ！　年少者には、年長者じゃわかんねえ行動傾向があるから、そこも考慮《こうりょ》して持ち場を割りふれって、あれだけ――……」

声を強めかけて、青年は、くそ、と舌打ちした。

鳴りわたっている長靴の音に注意しながらつづけた。

「倉庫街の奥からは北の街道に出られる。王冠強奪事件のせいで注意の目が南に向いてるなら、北は手薄だろう。小さな漁港がいくつかあるから、日雇い人夫でもなんでも船に乗せてもらって、ともかくおまえはシレジア国を出ろ。国さえ出ちまえば、あいつらも簡単に手出しができねえ」

「なに勝手に決めてんの。シレジアの平穏が揺らいでるのに、ここで逃げられるわけないでしょ。ていうか、あいつらもって、警兵と女宰相《おんなさいしょう》のこと？」

抜き放った曲刀の先で路地の奥を指ししめされ、リヒトは眉をひそめた。

「ねえ、おれやっぱいまだにわかんないんだけど。仮に女宰相が代理競技での約束を反故《ほご》にして、マクシミリアン公討伐の正当事由をつくるために事件を仕組んだとしても、どうして〈おれ〉なんだよ。生贄《いけにえ》にするならお菓子なお姫さまとか、もっと手ごろな相手がいたじゃん。兵馬が集まってきてるとか兄弟から聞いたし、このままじゃ本当に戦火が起こっちゃう。止めるにはやっぱり事件の真相を……って、そうだよ、あんたは空中回廊でいったい——」

「説明できる段階ならとっくに行動してた。〈女宰相パウラ〉がなんなのか、あたりだけで竿《さお》をあげて、ばらすわけにいかなかった。確証が欲しくて調べてて、結局は見つからずに代理競技になっちまった。しかもおまえは変なとこでふらふらあらわれるし、〈王子さま〉らしく観覧台から見てりゃいいのに、代騎士団にまで絡んできやがるし」

忌々《いまいま》しげにぼやかれて、リヒトは声を荒らげる。

「ふらふらってなんだよ！　おれだって好きでシレジアに来たわけじゃないって！　こき使われてるって言ったでしょ。そうですね、なるほど、それはすごいを、何百回使ったと思ってんのさ。おまけに冬の海に一晩も浸かる羽目になるし。まあ風邪《かぜ》は引かなかったけどね元気いっぱいだけどね！」

「……特異体質はなおらねーのか。そんなんでよく、競技会規則が覚えられたな」

「ここで、この状況で嫌みとか真剣に最低！　ていうか誰のせいで、ニナとこんなに離れ離れの最悪の状況になってると思ってるわけ？　ああもうそうだよニナ。ニナに会いたい！　雨のなかで鼻水たらしてクレプフェンを貪《むさぼ》り食べてたっていう、ときめきしか感じないニナに会いたい畜生《ちくしょう》！」

脱線する言い合いに、呆れたようなつぶやきがもらされた。

「……王子さまの趣味って、やっぱ庶民《しょみん》とはちがうんだな」

もみ合う形となっていたリヒトと青年が、は、と顔を向けると、買い物かごや紙袋を抱えた兄弟がすぐ近くに立っていた。

引き気味にリヒトを見あげた少年は、青年に視線を移すと安堵《あんど》の吐息をもらした。

にーちゃん意識が戻ったんだな、だけどなんで揉《も》めてんだ、とたずねられ、青年とリヒトは呆気《あっけ》にとられた表情で港湾方向を見やる。捜索している警兵のものだと思った、けたたましい長靴の音やざわめきは、いまだに聞こえている。

青年とリヒトの心情を察したように、少年は、ああ、と路地の先をふり向いた。

「なんか武具を積んだ船が荷下ろしをはじめたみたいでさ。硬化銀《ウルリル》製の甲冑《かっちゅう》と大剣。討伐《とうばつ》軍《ぐん》の噂《うわさ》で品薄がつづいてたから、城下に滞在してる騎士連中が我先にって確保に走ってる。買いつけの商人たちの話によると、どうも女宰相の商船らしいんだけど……」

少年は手を引いている弟を見た。弟は唇をぐっと結んで、涙目で下を向いている。

倉庫で世話になっているあいだ、兄弟が喧嘩をしたところを見たことはない。またつい先ほど用水路の流れ込む港湾で、数十匹もの魚を捕まえたときは、大はしゃぎで木桶《きおけ》に魚を入れていた。

少年は困ったように説明する。

「妙なことを言いやがるから、んなわけねーだろって笑ったら、嘘じゃないって、すねちまって。だけどあれだけ似たような船が数百隻《せき》って停泊してて、他地域の船ならともかくシレジアの造船所でつくられるのはたいてい、三本の帆柱《ほばしら》とマーテルの船頭像の船だしよ。おれも正直、そこまでよく見てねーし」

リヒトと青年は顔を見あわせる。

妙なことってなに、とリヒトがたずねると、少年は口元をへの字にしている弟を見おろして答えた。

「武具を荷下ろししてるのは、女宰相の商船じゃなくて、警兵の御用船だっていうんだよ。昨日桟橋《さんばし》で見たとき、白帆の商船と国章を戴《いただ》いた御用船。たまたま近くに停泊してた。その二隻の船の、帆だけが入れ代わってるんだって――」

5

——目まぐるしく交差する外套《がいとう》と剣戟《けんげき》。

一瞬でも気を抜けば疾風とまごう動きを見失い、戦いの流れからはじき出される。場違いな不協和音は、急流をせき止める巌《いわお》のようなものだ。

——右斜め前と左横に、いえもう、イザーク団長は集団のなかまで移動しています。ゼンメル団長のお姿は左手から前方……いない？　ああ待ってください、また左横に。

位置どりは早すぎて表現ができない。

右なのか左なのか、はたまた前か後ろなのか。

ともかくは盾を持たないニナを守る位置で大剣を閃《ひらめ》かせる二人の騎士に対して、ニナはようやく馴染《なじ》んだ新しい短弓《たんきゅう》に、やっと感覚がつかめた少し長めの矢をつがえてときを待つ。

シレジア国からナルダ国へとつながる主要街道。歴史的には旧フローダ地方となる、風そのものに亡国の息吹《いぶき》が香るような街道沿いの野原。

冬枯れの野に黒い獅子のように躍動するイザークは、四方から群がる襲撃者を二人まとめて、大剣の一閃《いっせん》にて宙へと飛ばした。つづいて襲いかかってきた三人の相手と次々に切り結ぶと、やはり数合と剣身を合わすことなく、呻《うめ》き声をあげる負傷者へと変えていく。

硬化銀《ウルリル》製甲冑に対して鋼《はがね》の大剣。しかしながら〈黒い狩人《シュバルツ・イェーガー》〉と呼ばれる競技場の雄《ゆう》なれば、硬度で勝る硬化銀とて暴風のごとき剣圧に耐えきれず、強撃は内部へと伝わり骨をも砕《くだ》く。

「子兎《こうさぎ》、いったぞ。右手からだ」

背中に目というよりは上空から多角的に、およそ百人はいる襲撃者らの行動を把握《はあく》しているのだろう。振り返りもせず声をかけた彼の言葉どおり、右手から切りかかってきた男を目がけ、ニナは矢尻をさだめた。

「！」

弓弦《ゆんづる》が鳴る。

甲冑と籠手《こて》のあいだを射ぬかれた男が、ぎゃ、と悲鳴をあげて膝をつく。滴血《てっけつ》が乾いた下草をまだらに染めた。

左手ではゼンメルが、老体をおぎなって余りある熟達した技量で、襲撃者を確実に大地へと沈めている。

競技場でなんどか目にしたイザークとちがい、ニナがゼンメルの剣技をじっくり見たのは、あの廃街が初めてだった。視力の低下を理由に実戦を退いたゼンメルは、頭部の命石《めいせき》を狙うのは安全性の保証ができないと、模擬競技の人数合わせで参加したときも、流れに合わせる程度の剣しか使わなかった。

あらためて見た〈騎士〉としてのゼンメルの剣は、六十歳という年齢をこえたことで、瑞々《みずみず》しい躍動感にはもちろん欠ける。けれど数度の制裁と数百もの競技会を経験し、達観の域に入っただろう腕前は危なげがない。武具の専門家としての〈目〉の所以《ゆえん》か、得物の構え方や甲冑に刻まれた傷の状態からも、動きの傾向まで読みとっているようだった。

「左手から三名だ。真ん中の一人の甲冑は正面からは装甲が厚い。残りの二人は草摺《くさず》りが短くて、連結部もぐずぐずだ。……杜撰《ずさん》な職人だな。弓の的打《まとう》ちにちょうどよかろう」

イザークと同じく背中を見せたまま告げられた言葉に、ニナは、はい、と弓弦を引いた。

靴音も猛々《たけだけ》しく群がってきた襲撃者たち。両脇の男らの草摺りが跳ねたところで、まずは立てつづけに足を射ぬく。

「！」

真ん中の一人は肩に弓射して体勢を崩してから、あらわになった脇腹の隙間《すきま》に二の矢を放った。鮮血が散る。倒れた男の甲冑が大地を打ち、土煙がシレジア国の北の辺境に舞った。

襲撃者のまとめ役らしい男が、駄目だ、こいつら化物だ、と撤退を指示する。

おそらくは高額な報酬《ほうしゅう》で雇われただろう無頼の輩《やから》だが、すべては命あっての物種だ。負傷者に手を貸し動けぬものは抱えあげて、襲撃者は去った。新年をまえに澄みわたった冬空のもと、剣戟と怒号は、砂時計一反転とかからずに聞こえなくなった。

イザークとゼンメルは剣帯《けんおび》に大剣を戻す。

瀕死の重傷を負わせることは造作《ぞうさ》もないが、事前の取り決めで、追手はあえて逃すことにしている。主要街道を北進中に不穏な気配を察して、休憩を装って野原まで移動したのも、通行人に迷惑がかからないよう、また襲いやすくするためだ。

やれやれ、とイザークは樽型兜《たるがたかぶと》を脱いだ。

この程度の戦闘は彼にとっては準備運動にもならない。それでもおおう部分の多い樽型兜は、競技用兜と比べて通気性が悪い。

普段は立ちぎみの前髪は汗ばんで垂れている。イザークは浅黒い肌に浮いた汗を、外套の袖《そで》で拭《ぬぐ》って言った。

「奴ら、飽きもせず新手を出してきますね。一週間のあいだに、これで十回目だ。警兵が手分けをして、付近の無頼者をかき集めているのでしょうが、なりふりかまわぬ執心ぶりだ。金髪並みのしつこさで、子兎の尻尾《しっぽ》を追いかけている」

　おれは効率的に遊べてありがたいですが、なにしろ書類仕事で鈍っているので、と肩を鳴らしたイザークに、やはりゼンメルも樽型兜を取りはずす。

　戦闘でずれていた丸眼鏡《まるめがね》を、鼻の上にかけなおした。

「副警兵長は廃街での襲撃を経て、ニナが王冠強奪事件について疑惑を持っていることを知った。そして状況証拠のみではあるが、腹心の副警兵長らを差しむけた女宰相《おんなさいしょう》が、事件に関与している可能性は高い。南に逃げたとされる侵入者も王冠もいまだ発見の報はない——いや、女宰相が犯人ならば、王冠はおそらく〈貝の城《ムル・シエル》〉に隠されているだろうが」

　ゼンメルは南北にのびる主要街道の南の方へと顔を向けた。

　薄茶色の野に広がる石畳《いしだたみ》の遥《はる》かな先を見すえ、知性をたたえた目を細める。

「わしが女宰相なれば王兄側に協力する南シレジアの貴族の城をまずは落とし、ひそかに持ちこんだ王冠を〈発見〉して、王冠強奪事件のたしかな証拠とする。その絵を壊しかねぬニナの存在は、噂が大きくなり、事件の犯人像に疑惑を持つものが出るまえに消したいだろう。ましてわしらはシレジア国の北の国境付近にいる。この先の街をこえてナルダ国に入られれば、いまは女宰相の威を借る警兵とて自由に動けなくなる」

達観した口調で告げたゼンメルだが、ニナから求められた協力を〈騎士〉として承諾《しょうだく》し、ニナがおこなっていた偽装工作を、より効果的にしたのは彼だ。

——戦いで相手に先んじたければ、その武器を奪うのは常道。リヒトの〈盾〉になるために女宰相の力を削《そ》ぐことを目的とするのなら、巨財を糧《かて》に地位についた女人の得物たる、金貨を狙うべきだろう。

深手を負った副警兵長らはニナと〈二人の騎士〉を警戒し、付近の無頼者や野盗団、名の売れた私設騎士団をも捕縛《ほばく》の手として雇用した。それらすべてを殲滅《せんめつ》するのは容易だが、〈赤い猛禽《プルート・フォゲル》〉のような暴虐《ぼうぎゃく》が噂となれば、依頼を受けるものが尻込みしてしまう恐れもある。

したがって適度なさじ加減であしらい、次なる襲撃者を呼びこむ方を選んだ。底のない木桶《きおけ》に水のようにそそがれた人員は、すでに千名に近い。昨今の情勢で騎士の雇用費は右肩あがりだ。一人あたり金貨五十枚としても、五万枚に届こうかという高額だ。

そしてニナだけのときと、ゼンメルとイザークが加わっての活動は、道具や工夫《くふう》で襲撃者を装うしかなかった状況とまったくちがった。

正体を隠すために三人ともが、樽型兜に甲冑という、いかにも〈賊《ぞく》〉な風体《ふうてい》。警兵との戦闘で血を浴びた外套をあえて着たまま、昼中の街道を堂々と闊歩《かっぽ》する。

通報を受けて駆けつけた砦兵《とりでへい》を蹴散《けち》らし、王冠を返してほしくば一個中隊を連れてこいと呵呵《かか》として言い放つ。街では王冠強奪事件の顚末《てんまつ》を得意げに語り、自らは王兄側の手先などではなく、シレジア国を憂慮《ゆうりょ》する義賊だと吹聴《ふいちょう》して酒を飲んだ。目についた野良競技に参加し、ニナが用意した偽の王冠を小金の代わりに賭《か》けて、半信半疑で競技を申し込んできたものたちを、累々《るいるい》たる昏倒者《こんとうしゃ》の山とした。

国家騎士団長という枷《かせ》はニナの予想以上に重く、あるいはこれが彼らの、ただの騎士としての本質なのだろうか。

やりたい放題、という言葉がふさわしい偽装工作に、協力を求めたニナ自身が振りまわされた。対等な騎士として炊事《すいじ》や見張りをしてもらうことも、むしろ神経を使った。必死でついていく毎日に疲れ果てたか、激しい戦闘のあと、腰痛は大丈夫ですか、とニヤついてたずねたイザークに、無言で蹴りを入れたゼンメルの幻覚が見えるほどだった。

北の辺境である旧フローダ地方を荒らしまわり、十二月も末ごろになった。本来であれば出征《しゅっせい》の準備をしていただろうゼンメルとイザークは、旅の途中だったのをいいことに、『久しぶりに海を見てから帰る』と『南の国境警備の視察をしてくる』との手紙を、国元の副団長に送ってはいる。

それでも事件から三週間以上が経過し、本国や王都ギスバッハの動向は気にかかる。

ナルダ国への国境沿いにある街は、すぐ近くで南北、東西の主要街道がまじわる交通の要所だ。そこで食料の調達がてら、情報収集に立ちよる直前で襲撃者に遭《あ》った三人だったが——

「……またか。いくら主要街道とて、今日はずいぶんと南に向かう隊商が多いな」

甲冑姿の相手と斬り結べば、鋼《はがね》の大剣も刃こぼれする。賊が放置していった武器から使えそうなものを探していたゼンメルが、訝《いぶか》しげにつぶやいた。

落矢を拾っていたニナが視線を向けると、野原の先の主要街道をゆく隊商が見える。

ゼンメルの言葉どおり馬首の先は南だ。

また北に遠望できる街壁に視線をやれば、ほかにも数隊、街門から出てくる隊商らしき影がある。

——なんでしょう。王都から東の国境付近で活動しているとき、ギスバッハ方面に向かう騎馬隊はなんども見ましたが。

不思議に思っていたニナの身体《からだ》が不意に揺れた。きゃ、とよろめいたニナの首根っこをイザークがつまみあげる。

地響きに似た馬蹄《ばてい》の轟《とどろ》きが迫ってきた。

激しく回転する車輪の音が騒然とあたりを満たし、街道を通行していた隊商たちが道をあける。東からの主要街道を見やったイザークは、あの国旗は、と琥珀《こはく》の目を細めた。外套のフードで顔を隠すと、主要街道からは死角となるように、つまみあげていたニナを己の背後におろした。

「クロッツ国の軍隊だ」

「――え？」

「数は千五百……いや二千。討伐軍《とうばつぐん》に参加する本国からの兵だろうが、おまえから聞いた特使の帰国日から換算すると、想定より三日は早い。それにこの東の主要街道の先は、ガルム国の旧フローダ地方となる。農民蜂起《ほうき》の影響で封鎖され、通行者は迂回《うかい》を余儀《よぎ》なくされているはずだったが」

紡錘型《ぼうすい》にのびた一群の軍装はすべて紫。旗持ちの騎士が掲げた国旗の天馬に率《ひき》いられるごとく、騎馬と馬車からなる集団は十字路で左に曲がると、主要街道をそのまま南下していく。

「クロッツ国の……軍隊……」

戦闘競技会《せんとうきょうぎかい》に出るための旅路とも、外交特使として馬を駆った行路ともちがう。騎士ではない〈兵士〉の一群。

イザークの背後からそっと頭をのぞかせ、ニナは土煙を巻き起こして遠ざかる集団を見やった。

代理競技と各国との関係について、リヒトから聞いたことを思いだす。審判部長が反乱との関与を疑われて失職したクロッツ国は、シレジア国の一件で国威を取り戻そうとしているると。ならば使者が帰国したと同時に出征したような迅速《じんそく》な対応は、マクシミリアン公討伐にて大功を立てんとする、彼《か》の国の戦意のあらわれだろうか。

――ここから王都まで馬で四日ほどです。このまま各国の軍隊が次々に参集したら、南シレジアへの派兵の流れが決定的になってしまいます。副警兵長たちの足止めには成功していますが、王都にいるだろうリヒトさんが、どうしているのかもわかりません。

事態の段階が変わったことで、イザークとニナはただちに出立《しゅったつ》の準備を開始する。そのあいだにゼンメルは、主要街道に出て旅人らから情報を収集した。

クロッツ国の軍隊がガルム国を通過してシレジア国に入れたのは、旧フローダ地方での農民蜂起が解決したからだった。足止めを余儀《よぎ》なくされていた隊商が移動をはじめたことで、往来も盛んになった。鎮圧に尽力したナルダ国王オラニフの一行は、街役人と今後の対応を協議するために、現在、街に駐留しているのだという。

「ナルダ国のオラニフ陛下……」

ニナはその名前をくり返す。

義姉ベアトリス以外で、リヒトのシレジア国時代を知っていそうな人物。けれどオラニフは旧フローダ地方の農民蜂起の鎮圧で、代理競技の特使代表を辞退するほど多忙だと聞いた。なにより面識もない他国の王族に会えるはずはないと諦めて――

「王族……」

地図を手にゼンメルと相談しているイザークを、ニナは見あげた。キントハイト国騎士団長にして、姉が王太子の母だという同国王の義弟。

視線に気づき、どうした、とのぞきこんできたイザークに、ニナは青海《あおうみ》の瞳に迷いを浮かべる。

大それた行動だとの自覚はある。礼法に自信などない。それでもにぎった拳で胸をおさえると、イザークを見つめて問いかけた。

「あ、あの、イザーク団長は、ナルダ国のオラニフ陛下と面識がおありですか……？」

◇◇◇

「――お、いいぞ、似合うじゃないか」

広場前でニナとゼンメルを迎えたイザークは、開口一番そう言った。

やはり黒兎《くろうさぎ》も悪くなかったな、と感心したようにうなずく。甲冑《かっちゅう》の上に飾り襟《えり》のついたケープをまとったニナは、はあ、どうもと、落ちつかない様子で肩をちぢめた。

銀糸の縁取りが美しいケープは漆黒《しっこく》で、頭には羊毛の筒《つつ》型帽子。野外生活で汚れた甲冑は、イザークと貴人用の店で衣装を選んでいるあいだに、ゼンメルが完璧《かんぺき》に磨《みが》きあげてくれた。黒髪にはナルダ国産の花香をまとわせ、手首には帽子と同じ黒銀色の防寒具をつけている。背中からは真新しい矢筒《やづつ》と短弓《たんきゅう》が、凛《りん》と顔をのぞかせている。

リーリエ国騎士団員の礼装は濃紺《のうこん》の軍衣《ぐんい》に白百合《しらゆり》模様を透かせたケープであるが、いまのニナは騎士団員ではなく、ニナ個人として行動している。それでも一国の王に拝謁《はいえつ》するのに体裁《ていさい》は必要だと、イザークに助言された。

シレジア国の北の国境に接した街。

ナルダ国王オラニフの天幕は、街壁を入ってすぐの広場に設営されている。約束はニナが身支度《みじたく》をしているうちに、キントハイト国王の義弟としてオラニフと面識のあるイザークが、先触れとなってとりつけてくれた。

謁見《えっけん》の目的はオラニフから、リヒトのシレジア国時代の情報を得ることだ。

ニナは推測ながら、今回の事件にはリヒトのシレジア国時代のことが関与している可能性があると思っている。離散したリヒトの仲間を捜索したという国王オラニフなら、当時のことをなにか聞いていないかと考えた。顔も知らない異国の国王で、まして平民のニナが対面を求めるには分不相応な相手だ。

それでもクロッツ国の軍隊が予想より早く王都へ向かったことで、状況は変わっている。自分にできることは駄目元でもやってみたい、とのニナの言葉に、ゼンメルとイザークは顔を見あわせた。いまは旅の老騎士と三十路《みそじ》の独身騎士である二人は、小さく笑ってうなずいた。

並んでいる天幕の周囲には、どこか懐かしい気もする花冠紋章の軍衣をまとった兵たちの姿がある。先方の都合で対面できるのはニナだけとされ、ゼンメルとイザークはそのあいだ、配達人などから本国や王都ギスバッハの情報を集める予定だ。

オラニフ国王の待つ天幕を教えられたニナは、あらためてイザークに頭をさげた。平民のニナは王侯貴族の常識には疎《うと》い。謁見の手配から衣装までととのえてくれた彼に、あの、本当にありがとうございましたと、感謝をのべる。

イザークは漆黒に馴染《なじ》むニナの黒髪を眺めると、意味ありげに口角をあげた。

「そうだな。おれへの〈貸し〉として、おまえの気が向いたときに食わせてくれてもいいぞ。美味《うま》くはなさそうだが、意外と面白いかも知れん」

「あ、は、はい。わたしでよければ、僭越《せんえつ》ながら」

軽口をあっさり承諾で返されて、イザークは片眉《かたまゆ》を跳ねさせた。

ニナはおずおずとイザークを見あげた。

「いえ、ですからあれですよね？　野営地で食べた麦粥《むぎがゆ》。イザーク団長はわりと……わたしが言うのも恐縮ですが、毎回、お代わりをしてくださっていたので」

渋い顔で成り行きを見ていたゼンメルが溜息をついた。

素直な目で見つめてくるニナをしばらく眺めて、イザークは、ぶ、と噴きだした。いやすまん、そうだ、そうそう、あの雄々《おお》しい野戦料理だ、とニナの背中をたたいた。ずれた飾り襟に気づいて、もういちどすまん、と笑いながらなおした。

イザークとゼンメルは大通りへと立ち去った。

旧フローダ地方の騒動が収まったことで、街は人と活気に満ちている。賑やかな雑踏へと消えていく直前、まだ肩をふるわせているイザークの脇腹に、ゼンメルが拳を入れる姿が見えたような気がした。

残されたニナは、ふう、と短い息を吐く。

――では、わたしも。

早鐘を打ちはじめている心臓の音を感じながら、天幕のある広場に視線をやった。

リヒトではないが〈貴人〉については、忌避《きひ》とまではいかなくても、苦手意識がやはり勝る。ナルダ国王オラニフの為人《ひととなり》については謙虚な好人物との話だが、そうは言っても一国を統《す》べる国王だ。ニナが知るリーリエ国王オストカールも気安い印象ながら、高くそびえる〈銀花の城《ランジャン・フルル》〉を見あげたときのような圧迫感を覚えた。イザークからも、ナルダ国は礼節を重んじる格式張った王家なので、くれぐれも粗相《そそう》のないようにと言われている。

イザークの顔を立てて受け入れてくれたものの、平民ながら国王に謁見を求めたことで不興をかっていない保証はない。ニナは姿勢をただすと、天幕の一群へぎごちなく歩みよった。

緊張の面持《おもも》ちで見張りの兵士に声をかけると、お待ちしていました、と恭《うやうや》しく奥の天幕へ案内される。すれちがう花冠の軍衣の騎士たちは、ニナを見ると微笑《ほほえ》んで立礼《りつれい》をささげてくる。聞いていた話と印象がちがうなと思いつつ、やはり戸口の立番に深々と頭をさげられて、天幕へと入った。

年の瀬を迎え、シレジア国でも最北の地は冷えこみも厳しい。

天幕の布地は厚く外気をさえぎり、上部の排気口から微《かす》かに陽の光が射しこんでいる。折りたたみ式の丸卓や椅子《いす》、花柄の敷布が広げられた中央には箱型ストーブが焚《た》かれ、小太りの男性がふくよかな手を温めていた。

天幕には取次役の侍従《じじゅう》がいると、イザークから説明されている。

入室してきたニナを見て、にこ、と笑いかけてきた侍従は、簡素な外套《がいとう》に身を包み、首には草で染めたような深緑色の襟巻《えりま》きをしている。小太りな身体《からだ》は小柄で、優しげな顔立ちは、騎士団仲間のオドにどこか似ていた。

エリーゼ姫が連れていた、とりすました侍従を想像していたニナは、内心で安堵《あんど》する。

立礼をささげてから口を開いた。

「あの、謁見を承諾していただいた、ニナ、と申します。オラニフ陛下への取次を、お願いいたします」

小太りの侍従はじっとニナを見つめる。

不自然に長い沈黙が流れた。

返らない言葉に、なにか粗相《そそう》をしたかとニナが心配になったころ、小太りの侍従は、すみません、つい、と肩の力を抜いた。団栗《どんぐり》のような目を嬉しそうに細めて、戸惑うニナに告げた。

「……見入ってしまいました。ベアトリス王女から手紙で伝えられていたお姿と、あまりに同じだったので。黒髪に青海色《あおうみ》の目。愛らしいお顔立ちに華奢《きやしや》な手足と、なによりも背中の短弓と矢筒。……ああニナ、想像したとおりの騎士でした」

「ベアトリス王女から、手紙で伝えられた……？」

ニナは困惑の声でくり返す。

なぜ王女であるベアトリスが侍従に手紙を——と思い、あ、と思いだした。

南方地域の遠征でベアトリスから聞いたこと。ナルダ国の新王オラニフは、オドを小太りで小柄にしたような外見をしていると言っていた。まさかと目をみはったニナに、果たしてその〈侍従〉は、胸元に手をあてて一礼した。

「ご挨拶が遅れました。ナルダ国王オラニフと申します。お目にかかれて本当に光栄です。リーリエ国の〈少年騎士〉……ニナ」

「——！」

ニナは両手で口元をおおった。

唐突《とうとつ》な対面と無礼なかんちがいをしてしまった自分に、一気に青ざめる。あの、その、と混乱し、用意してきた挨拶《あいさつ》の文言はすべて消えた。し、失礼しました、といきおいよく頭をさげると、羊毛の帽子がずり落ちる。

ふるえる指で帽子をととのえるニナに、オラニフは、肉付きのいい手を胸の前で立てた。大丈夫です、と眉尻をさげる。庭師にまちがわれたこともあります、ナルダ国王家はのんびりしていて、礼節も衣装も堅苦しくない感じなので、と言いそえる。

この状況においても〈遊び心〉とやらなのだろうか。ニヤリと口角をあげたイザークを想像しながら、ニナは情けない顔でオラニフを見あげる。

オラニフは安心させるようにうなずいた。

「おおよその話はアルヴィス侯爵から聞きました。このたびの事態は、もとはわたしが提案した代理競技に端を発すること。農民蜂起《ほうき》の鎮圧に手間取り、対応が遅れた責任を痛感しています。恐ろしい変事に見舞われ、リヒトどのは姿を消された。さぞや、ご苦労をされたことでしょう」

「い、いえ、とんでもない。あの、アルヴィス侯爵とは……?」

「キントハイト国騎士団長イザークどののことです。さすがは女神マーテルの寵愛《ちょうあい》を受ける破石王《はせきおう》でしょうか。まさに今日、このときに、あなたをわたしの元に導いてくださるとは。……ああ、伝言をあずかっています。『おれと老騎士はもう少し遊んでから帰る。次に会ったときは騎士団長だ』と」

まるでこの街で別れるような伝言にニナが面食らっていると、天幕の戸口から入室を告げる声が聞こえてくる。

一礼とともに入ってきたブリオー姿の男性は、こんどこそ本物の侍従だろうか。街役人からの書類を手渡されたオラニフは軽く目をとおすと、出立《しゅったつ》の準備を指示する。

ふたたび頭をさげた男性が去るのを待って、ニナに向きなおって告げた。

「本来であればナルダ国の王城にお招きし、精一杯の歓待をさせていただきたいところですが、許される状況ではないでしょう。おそらく時間もありません。あなたのご質問には道々、お答えさせていただきます。わたしとともに行きましょう、ニナ」

「行く、あの、ど、どこへですか」

「竜爪諸島の近海へ。ギスバッハに残留させているナルダ国騎士団員から、連絡が入りました。パウラ宰相《さいしょう》が海賊《かいぞく》被害の収奪品売買に関わっている疑いが濃厚となったこと。収奪品の保管場所を確実におさえるために、リーリエ国騎士団員の方と協力して、〈罠《わな》〉をしかけたとのこと」

「パウラ宰相閣下《かっか》が収奪品の売買に……リーリエ国騎士団員って」

目まぐるしい展開に戸惑うニナを、オラニフは丸卓へと誘った。

丸卓には〈貝の城〉で見たような、シレジア国近海の航海図が広げられている。火の島の最西端である灯台岬から北西の位置には、炎竜の爪だとされる無数の島々が描かれている。

地図の上には携帯用のインク壺《つぼ》と羽根ペンがあり、海上には王都ギスバッハから竜爪諸島への航路がいくつか引かれている。

思案のあとのような道筋の一つを見おろして、オラニフは言葉をつづけた。

「おそらくはその行動が王兄マクシミリアン公の討伐《とうばつ》を阻止し、リヒトどのを助ける道へとつながりましょう。ナルダ国は造船と花によって立つ国。小国なれど、海戦ならばいささか自負がございます。地域の安寧《あんねい》のため、知己《ちき》であるリヒトどののため、そしてあなたのため。微力ながら、ご協力させてください」

「わたしのため……？」

初対面であるはずの他国の国王からの、思いもよらぬ言葉。

困惑するニナに、オラニフはまなざしを和《やわ》らげた。失礼します、と断って、見あげてくるニナの右手をすくいとった。

小さくて柔らかい。けれど弓弦を引く部分は固く、指先はすり切れている。

国章を胸に戴《いただ》いて競技場を駆け、相手騎士の命石を果敢《かかん》に射ぬいてきただろう。まちがいなく騎士の手を畏敬《いけい》のまなざしで見つめ、オラニフは思いを込めて言った。

「……恋しい御方を救ってくださった騎士に、感謝しない男などおりません」

「恋しい御方……」

「リーリエ国の金の百合《ゴルト・リーリエ》。ベアトリス王女はずっと、わたしの女神マーテルでした。……ガルム国との裁定競技会にて〈赤い猛禽〉の命石を射ぬいた〈少年騎士〉。あの勝利がなかったら、王女はおそらくいまごろ、猛禽の妃となっていたでしょう」

眉根《まゆね》をよせたオラニフは、つかんだ手を押しいただくように己の額につけた。

あの、へ、陛下、とニナは首をすくめる。

オラニフは掲げた手をゆっくりと戻した。団栗のような目に静かな光をたたえて、ニナを見すえて告げた。

「わたしはナルダ国王です。国と民のために生きる責務があります。それに優先するものは、この地上のどこにもありません。ですがただのオラニフとして、恩人である〈少年騎士〉に、できるだけの助力はさせていただきたい。お困りのことがあればなんなりと。……お味方いたします、ニナ」

◇◇◇

「――ええ、そうなのです。砦兵《とりでへい》らに調べさせたところ、どうやらその三人組の賊は、王兄マクシミリアン公が我らを攪乱《かくらん》させるために雇いいれた無頼の輩《やから》だと。……もちろんですわ、王冠強奪事件の犯人は王兄殿下の手の者にまちがいありません。代騎士団の潜入者の遺体がなによりの証拠。先遣部隊の不首尾《ふしゅび》でいまだ南シレジアに到達できていませんが、持ち去られた王冠も早晩、取り戻してご覧に入れます」

ですのでどうぞ、落ちついて派兵の準備にあたられますように、と微笑《ほほえ》んで、パウラは頭をさげた。

長机の前に集まる貴族たちは顔を見あわせる。ひとまずは納得した様子で執務室をあとにした。扉が閉まり足音が遠ざかるなり、パウラは腕を振りあげる。

「――！」

拳が長机を打った。シレジア国では軍務卿《ぐんむきょう》などの高位貴族にしか許されない、孔雀《くじゃく》羽根を襟にあしらった外套が舞った。

指先に塗られた爪紅《つめべに》と、打たれた机面にひびが入る。このような貴族の訪問が、ここ数日のあいだつづいている。それもこれもあの〈少年騎士〉の――いいや、すべてはリーリエ国騎士団員のせいだった。

パウラは机上に散乱する書類を睨《にら》みつける。

読みかえすのも腹立たしい、各地からの報告書と、資金や人員を求める要望書。追手とした副警兵長の手を逃れた〈少年騎士〉は、凄腕《すごうで》の騎士を護衛とし、北シレジアで強奪犯を装い活動している。パウラに疑念を抱いているだろう〈少年騎士〉は、一刻も早く葬《ほうむ》り去りたい。副警兵長の要求に応じて湯水のごとく金貨を送っているが、どれだけ襲撃者を雇っても、忌々《いまいま》しい少女の首を取ることができない。

妹だけでなく兄もまた、想定外の能無しでパウラの思惑を妨げている。

クロッツ国に恩を売るために、もっとも重要な沿岸街道を騎士団長レオポルドの隊に任せた。口先だけで実力のともなわないレオポルドの穴は、〈隻眼の狼《アイン・ヴォルフ》〉に埋めさせるつもりだった。

ところがレオポルドからの報告書によると、〈隻眼の狼〉は戦場では、存外に臆病な子犬だとのことだった。中隊長であるレオポルドのそばを片時も離れず、雑草のあいだにさえ敵がいるやもと索敵に時間をかけ、人馬の足跡を発見しては味方部隊に救援要請を出す惰弱《だじゃく》ぶり。

遅々《ちち》たる行軍はマクシミリアン公の知るところとなり、川の先に橋頭堡《きょうとうほ》を獲得するより先に南シレジアへの大橋を破壊された。わたしは犠牲《ぎせい》を覚悟しても進軍をすべきだと主張したが、小隊長ロルフが強固に慎重論をとなえて譲《ゆず》らず――とは、中隊長レオポルドの弁明であった。

沿岸街道の大橋は南シレジアへの最短行路であり、キントハイト国ら海路で参戦する沿岸国との連携のために重要な施設だ。大橋の修繕《しゅうぜん》には資材と職人が必要だが、シレジア国の国庫は代理競技にまつわる支出で減少している。譜代の貴族にはパウラを敬遠するものもいる。幼年の王を戴いた施政は専門卿の合意をもって成り立つが、その合意を〈買う〉

必要もときにある。

〈少年騎士〉の抹殺《まっさつ》にしても宰相の権限を発揮するにしても、やはり金だ。その武器たる資金がじわじわと削《けず》られている。

〈ラントフリート〉の偽善的な救済施策で、貧民街の鼠《ねずみ》相手に無駄な出費を強《し》いられた。丸皿のような目の平騎士の主張で戦費の負担が増えたうえに、国家連合《リントヴルム》のご機嫌をうかがう必要まで生まれた。おまけに討伐軍の主力となるキントハイト国は、肝心《かんじん》の騎士団長が国境砦の視察中で連絡がとれない。農民蜂起の鎮圧に国王が出ているナルダ国ともども、派兵の準備が遅れているのだという。

「どいつもこいつも……！」

低い声の罵声《ばせい》が思わずもれた。

パウラは憤《いきどお》りのまま、卓上の書類を腕でないだ。

紙音が弾けて書類が飛び散り、最後の一枚が床に落ちたときに扉がたたかれる。

入室してきた警兵長は、荒れた執務室の様子にぎょっとする。白粉《おしろい》と同じでうまく隠してはいるが、壁を飾る西方地域の地図の下には、代騎士団が消えたときに彼女があけた大穴がある。〈よろめいて〉倒してしまった女神マーテル像も、〈うっかり〉手を滑らせて割ってしまった硝子《ガラス》製の茶器も、思うに任せぬときに激昂《げっこう》の犠牲となったものだった。

それでも警兵長は立礼《りつれい》をささげると、城下の商会長から託されてきた相場表をパウラに渡した。

半月ほどまえに仕入れをしたのに、ふたたび金策の必要が生じている。扱う交易品はなるべく巨利を得るために、王都ギスバッハの相場動向により選定される。ご苦労さまです、と片眼鏡《かためがね》をはめなおして相場表に目を落としたパウラに対して、警兵長は廊下《ろうか》に人の気配がないことを確認した。

「……なあ、大丈夫か？」

海獣のように屈強な身体《からだ》を少し屈めて、ぞんざいな口調で問いかける。

「手下のなかには、雲行きが怪しいって警戒してる奴らもいる。時化《しけ》のまえの生温かい空気を感じるってよ。副警兵長はまだ戻らねえし、代騎士団の遺体を運びこむところを見られた赤金の男の死体も、結局はあがらねえ。王子が呼び出された〈証拠〉の紙片を、じろじろ見てた平騎士も気にかかる。……もともとおれは、こんな大事になるなんて思ってなかったんだ。王都に各国の軍が入ってきてからじゃ、身動きがとれなくなっちまう。いっそいまのうちに宝物庫の財宝を根こそぎ奪って――」

警兵長の首元に剣先があった。

「――……！」

長机から身を乗りだしたパウラが腕を突き出している。警兵長に向けた得物は、彼自身が腰に帯びていた片手剣だ。

南方地域の曲刀に対して、西方地域で海の仕事をするものの多くは片手剣を使う。大剣よりも短くて軽い。狭隘《きょうあい》な船上での取りまわしがきく片手剣は、切断よりも刺突《しとつ》に向くとされる。そして粗暴な海に生きる輩の優劣を決めるのは、分配できる金貨の数と剣技だった。

「〝宰相閣下《かっか》、本当に大丈夫なのでしょうか？〟」

「え……？」

「言葉づかいに気をつけなさい、警兵長。マクシミリアン公らを討伐した暁にはあなたに軍務卿を任せ、シレジア国騎士団を管轄《かんかつ》してもらうつもりなのですから」

パウラは柔らかい声で訂正《ていせい》する。

至近距離で笑んだ彼女の白粉の匂《にお》いが、警兵長の皮膚《ひふ》をねっとりと触った。

首筋に鋭い剣先を当てられたまま、警兵長は小刻みにうなずいた。

息を吸うように嘘をつくパウラは、やはり呼吸するように間合いを詰めてくる。奸智《かんち》に長《た》けた行動と流れる弁舌《べんぜつ》だけではない。人の隙《すき》を目ざとくとらえる狡猾《こうかつ》さもまた、彼女の武器の一つであった。

警兵長は野太い首に脂汗《あぶらあせ》を流し、すまねえ、いや、申し訳ありませんでした、と謝った。パウラは目を弓なりにする。奪った片手剣をていねいに、警兵長の剣帯に返した。

パウラは何事もなかったように相場表に視線を戻す。

片眼鏡の下の目は卑《いや》しく輝いていた。派手やかな美貌《びぼう》の主ではない。油断を誘う優しげな美婦人の顔でとりつくろっても、交易品を前にした――獲物を前にしたときだけは、パウラの目は本来の色を帯びる。

品目をたどっていた指がふと止まった。

討伐軍の噂《うわさ》が流れて以来、動かなくなっていた奢侈品《しゃしひん》の一つ。

先ごろ大量に手に入れたが、当分は倉庫で保管しなければならないと思っていたものだ。備考には国家連合の依頼を受けたらしい内陸国の隊商が、城下の在庫を相場の五倍値で買い集めているようだとある。見える神の威をかさに、金に糸目をつけず数をそろえていると。

やはりマーテルは味方しましたと、パウラは艶然と口の端をあげた。

6

――遠慮《えんりょ》するなよ、道案内のお礼だからよ。

籠《かご》に盛られているのは甘い焼き菓子。アーモンド油の香りが食欲をそそる、クーヘンにトルテ、ビスケット。

金髪の少年の喉《のど》がごくりと鳴る。

彼のお腹はペコペコだった。ここ数日、薄いスープしか口にしていない。食べたくて食べたくて、心のどこかが警鐘を鳴らした気もするけれど、痩《や》せた手は自然と、差しだされた焼き菓子を受けとっていた。

――そうだ。……いいぞ。ああほら、そんなに急ぐなよ。喉に詰まらせちまう。なんだ、もしかしておまえ、食ってねえのか？

男の顔は不思議なほど覚えていない。

少年にそんな余裕はなかった。

——おれが戻るまで、みんなを頼むな。……大丈夫だって。絶対にうまく売ってくる。そしたらおまえの母ちゃんの薬も買えるし、好物のクレプフェンだってたらふく食える。だからそんな、情けねえ顔でびーびー泣くなって、なあリヒト？

酒場に住む子供たちの兄貴分が、そう言って船に乗りこんだのは初秋のこと。

そろそろ目的地を出航するころになって、シレジア近海を嵐が襲った。

滅多《めった》にないような秋の大時化《おおしけ》だった。

海は荒れて船は沖合に出られず、火の島《イグニス・インスラ》最西端の補給港だった街は閑散《かんさん》とした。寄港する商船を相手にしていた少年が働く酒場も、客足が減った。

しわ寄せは慈善《じぜん》活動と称して引きとり、無給で働かせていた子供たちにきた。親に捨てられたり国を失った子供たち。港町には漂着物のように、身寄りのない子供が頻繁《ひんぱん》に流れつく。

店主は苛立《いらだ》ち怒鳴り声が大きくなり、食事は日に日に少なくなる。お腹が減って誰かが死ぬのと、誰かが売られるののどちらが早いのか、という状況にまで陥《おちい》った。

——おれが戻るまで、みんなを頼むな。

酒場に住む子供のなかで、少年は二番目の年長者だった。

兄貴分は自分たちのために航海に出た。貝を拾いにいった灯台岬に近い河口。引き潮のときに偶然に見つけた木箱の中身は、バルトラム国産の琥珀《こはく》。灯台岬付近では寒流の影響で、難破した船の残骸《ざんがい》や交易品が漂着することがあった。酒場の亭主に見つからないように、また少しでもたくさんの金貨に替えるために、兄貴分は船へと乗りこんだ。

——いないあいだは、おれがみんなを助けなきゃ。

だから少年は兄貴分が帰るまで、仲間の子供たちを必死で守った。自分の食事をわけあたえ、街へ出て仕事を探し、見つからなければ金持ちそうな旅行者の金貨袋を盗んだ。失敗して従者に追われたり、うまくいったのに街の無頼者に横取りされたこともあった。

けれど兄貴分は、帰港予定日を過ぎても帰らない。

船が嵐で沈没したのか、現地でなにかあったのか。それとも——まさか、お宝を独り占めして、そのまま逃げてしまったのか。

不安と空腹でそんなことを言うようになった仲間を、少年は励《はげ》ます。大丈夫だよ、必ず帰ってくる、きっとあんまり高く売れすぎて、金貨が重くて困ってるんだよ——

季節が変わり、時化が去っても兄貴分は帰らない。そうして知り合ったのが屋台の青年店主だった。

別の港町から来たという青年は、道案内のお礼にと焼き菓子を差し出してきた。親切面《づら》した奴らほど気をつけろと、兄貴分の忠告が遠くで聞こえた。これは親切じゃなくて道案内のお礼だと、心のなかで言い返した。

恐る恐る一口食べて、二口目からは止まらなかった。一つが二つ、二つが三つ、三つが――


――また腹が減ったら来なよ。ああ、仲間も連れてきていいぜ。ただし大人には内緒でな。おれは出店許可をもらってねえからさ。街役人にバレると、ちょっとな。

青年店主は優しかった。

自分も貧民街で育ったのだと、少年の境遇に同情してくれた。青年の親は彼が小さいころに、貴人の馬車に轢《ひ》き殺されたのだという。役人は取り合ってくれなかったと聞いて、可哀想《かわいそう》に思った。母がつけてくれた〈リヒト〉は、古い言葉で光を意味すると教えられて嬉しくなった。

少年は青年店主を信頼し、お腹を空かせる子供を見かけては屋台に案内した。菓子を分けてくれる屋台はやがて、貧民街の子供たちのあいだで有名になった。

青年店主が街を離れたのは、およそ一カ月後のことだった。

それと同時に、少年の仲間である少女や、街に住む見目のいい子供たちが姿を消した。屋台のあった場所には、食べかけの焼き菓子と小さな靴《くつ》が片方、残されていた。

入れ替わるように兄貴分が戻ってきた。

時化で船が難破して帰れなかった、と頭をさげた兄貴分に、金髪の少年は痩せた顔をくしゃくしゃにゆがめた。

青年店主は消えた。そして仲間の少女は帰らない。

兄貴分と親しくて、手をつないで歩いていたのを知っている。街の子供たちも、みんな自分のせいで。

おれは守れなかった——騎士になれなかったと、泣いて謝った。

「そんなことが……」

——オラニフの話を聞き終えたニナは、きつく眉《まゆ》を寄せていた。

引き結ばれた唇を、潮風に躍る黒髪が撫《な》でる。

空は曇天《どんてん》。時化を予感させる水の匂いの風を受けて、花冠紋章を帆《ほ》に戴《いただ》いたナルダ国の御用船は海原《うなばら》を走る。

階段であがれる船尾の一角。木柵《もくさく》にかこまれた後甲板に腰をおろし、襟巻《えりま》きをなびかせた国王オラニフは、はい、と柔和《にゅうわ》な顔に憂《うれ》いを浮かべた。

「その一件でリヒトどのは、おまえのせいで仲間が奪われたと、街の子供たちに非難されたそうです。人さらいの手先だと疑われて、石を投げられたこともあったとか」

「非難って、で、でもリヒトさんは……」

反射的に擁護《ようご》の言葉を口にしようとしたニナだが、リヒトは善意のつもりでも、結果として被害者を増やす行動をしていたのは事実だ。

なにも言えず、漆黒《しっこく》の外套《がいとう》の裾《すそ》をにぎったニナの心情を察したのだろう。オラニフは静かにうなずいてつづける。

「優しい顔で手なずけてから、薬を混ぜた菓子を与えて連れ去る。子供の窮乏《きゅうぼう》につけこんだ卑怯《ひきょう》なやり口です。同時に〈存在しない民〉が被害を受けても、役人は動かないことを利用した。奪われた子供の仲間にとっては、彼を責めるしかなかったのでしょう。また記録によると同時期に沿岸部の港で、同じような事件が頻発《ひんぱつ》していたことが確認されています」

オラニフが語るのはおよそ十年前、リーリエ国を飛びだしてシレジア国に来たリヒトを、灯台岬で保護したときに聞いたという話だ。

代官を傷つけて国を出たことは、リヒト本人から教えられていた。住んでいた酒場が野盗の襲撃を受けて消失し、仲間も行方《ゆくえ》不明になったと語っていたが、出奔《しゅっぽん》した彼を助けたのがオラニフだとは初耳だった。以前ベアトリスは、リヒトはオラニフに世話になったこ

とがあると話していたが、そのときのこと
を指していたのだろうか。

季節は真冬。発見されたリヒトは低体温症により危ない状態で、このナルダ国の御用船に運ばれ治療を受けた。意識が混濁した影響で、枕元のオラニフを誰かとかんちがいして語ったらしく、ごめん、ごめんね、また守れなかったと、ずっと謝っていたそうだ。

一度目は、留守居をあずかって失敗した。

二度目は、お金を送れなかった。

「そのこともあって、わたしは離散したリヒトどののお仲間を探したいと思いました。ですが襲撃されてから、すでに一年が経過していました。街から逃亡した賊《ぞく》には大火傷《おおやけど》を負ったものがいたそうですが、以降の行方は不明です。王子の出奔《しゅっぽん》自体を伏せたいだろうリーリエ国への手前もあり、大々的に捜索することもできません」

「……はい」

「確認できたのは襲撃による火災で亡くなり、教会に埋葬された子供の名前だけ。残りの仲間については、港から船に乗ったという証言や、馬車に連れこまれるのを見たという証言が得られた程度です。結局は誰一人、発見できませんでした」

オラニフは灯台岬があるだろう船首方向の水平線に視線を向ける。当時のことを思いだしているのか、小さな目を細めた。

国境の街でニナと合流したオラニフは、そのまま騎馬にて西進し、夜のうちにナルダ国南端の港から出航した。陽が昇って船足が落ちついたところで、己の知るかぎりのリヒトの過去をニナに伝えた。

街中であればそろそろ昼の鐘が鳴ろうかという頃合いだ。ニナとオラニフのあいだには木盆があり、揺れる船上用に蓋《ふた》のついた木杯や、油紙で包まれた揚げパンなどの軽食が置かれている。朝には薄曇りだった空には厚い雲が流れ、風は強くなってきている。

船体が水面を切る音が大きく弾けた。

オラニフと同じように海原に向いたニナの頰《ほお》を、激しく散った水滴が濡らした。

――もしかして、その青年店主の一件がリヒトさんの話していた、取り返せない失敗、だったのでしょうか。

代理競技の日の夜。〈貝の城《ムル・シエル》〉の宿舎でリヒトが告げた言葉を思いだす。明朗さのなかに見え隠れする暗さや自己否定感。あるいはいま耳にした内容が、それらを形づくった一因でもあるのだろうか。

どうでしょうか、なにか今回の事件に関係するようなことがありましたか、と問いかけられ、うつむいていたニナは、は、と顔をあげた。

感傷的になっている場合ではないと、花を浮かべたハーブ茶を口にする。ニナの知らないリヒトのシレジア国時代が、王冠強奪事件と関係しているのではと考えた。そのためにイザークの協力を得てオラニフに謁見《えつけん》し、こうして時間を割《さ》いてもらっているのだ。

ニナは耳にしたばかりの話から、なにかつながることはないかと思案する。リヒトの仲間、人さらい、兄貴分、と思い返して、ふと気づいた。

リヒトの兄貴分だったろう赤金の髪の青年騎士。王都の倉庫街で助けてもらったとき、彼は人さらいが子供を誘う菓子について語っていた。北方地域の鎮静剤《ちんせいざい》だという吉草《きつそう》。引ったくりの少年に、近隣の港街で同種のことがないか、質問もしていた。

――リヒトさんを騙《だま》した青年店主が、その吉草を使って街の子供をさらったのなら、兄貴分の方はそれを手がかりに犯人を捜していた、とも考えられますが。

だけどそれが今回の一件とどう関わっているかはわからない。十年はまえの話で逃げたのも青年店主であり、女宰相《おんなさいしょう》パウラと関係しているはずもない。吉草を使った人さらいも近隣では珍しくないと、引ったくりの少年は言っていた。内陸国に住むニナには不思議な気もするけれど、北方地域の薬草が比較的流通していることも、港町では普通のことかも知れない。

木杯を両手で包み眉をよせているニナに、オラニフは丸みをおびた肩を落とした。

見込みが外れたらしいと判断したのか、残念です、お力になれず申しわけありません、と嘆息《たんそく》する。船上でも倒れにくいように工夫《くふう》された底の広い陶製《とうせい》の壺《つぼ》を、ニナの木杯にかたむけた。

「リヒトどのは古い知己であり、わたしにとっては恩人でもあります。お話しした事件と今回の件が関連しているのなら、あるいは、過去の犯人への道筋となるやもと考えたのですが」

恐縮してハーブ茶をそそいでもらい、ニナは恩人、と怪訝《けげん》な顔でくり返す。二人の出会いや経緯を聞くかぎり、むしろ恩人は出奔したリヒトを保護したり、仲間の捜索に協力したオラニフの方ではないかと思った。

不思議そうな目をしたニナの漆黒《しっこく》の外套が舞い、海風をはらんで黒髪と溶けた。

オラニフは、少し考えてから言った。

「ニナ、代理競技に参加した、ナルダ国の三騎士を覚えていますか？」

「あ、はい。もちろんです。すごくお世話になりました。無口な方々で、最初はちょっと怖いかなと思ったのですが、競技では不思議なほど助けていただきました」

その返答に、オラニフは困ったように笑う。

「無口になってしまったのは、訛《なま》りを気にしてのことでしょう。旧フローダ地方でも山岳部の民は、少し発音に特徴があるのです。ナルダ国騎士団に入る過程で潜水と、船上での剣の使い方は習得したのですが、発音だけはなかなか。あなたを助けたのは、わたしが頻《ひん》繁《ぱん》に〈少年騎士〉への感謝を口にするせいかも知れません。新人団員として騎士の姿勢も、学んでいる最中なので」

「旧フローダ地方の民……？」

ニナは目を見はった。ならばあの方たちは、と問いかける。オラニフは、亡国の民の子として生まれた青年たちです、とうなずいた。

制裁で滅んだ国の民は領地ごと近隣諸国に併呑《へいどん》される。その待遇はまちまちで、ナルダ国は比較的に穏やかな対応だと、野良競技で隊を組んだ農夫から聞いてはいた。それでも国の騎士の代表ともいえる国家騎士団にまでなれるとは、思っていなかった。

おどろきをあらわにするニナに、オラニフは、言わんとしていることを察して微笑んだ。

「……わたしがそういう考えに至ったのは、リヒトどののおかげです」

「リヒトさんの」

「はい。あの冬の岬でリヒトどのと出会ったことで、わたしは女神マーテルに見放された民の存在を知りました。話や本や、報告書に記されているのではなく、王城の外にある事実として。そして自身を恥じました」

ニナはじっとオラニフを見つめる。

オラニフの首元を飾る襟巻《えりま》きが、潮風に流れた。

「国家連合《リントヴルム》が見える神として在るために、制度に背く国を滅ぼす制裁は必要悪です。けれど現在の火の島では、国を失った民は困苦を余儀《よぎ》なくされます。飢えに倒れるものも、社会を見限って犯罪に手を染めるものもおりましょう。平和のためにつくられた制度が皮肉にも、新たに苦しむ民を生みだすのです」

国家連合への非難でも戦闘競技会制度への諦めでもない。オラニフはそこにある現実として、静かな声でつづける。

「わたしはナルダ国王です。亡国の民を哀れみ、無分別《むふんべつ》に保護すれば、自国の利益を損《そこ》なう場合もあります。今回の旧フローダ地方の農民蜂起《ほうき》とて、ガルム国で労苦に喘《あえ》ぐ民を引き取ることも、ガルム国の内政に干渉することもできません。双方の橋渡し役となり対話をかさね、最善の妥協点《だきょうてん》を探ること。それでせいいっぱいでした」

「オラニフ陛下……」

「それでもわたしはリヒトどのの住んでいた酒場を探しに、ベアトリス王女と貧民街に出たときの衝撃を、ただの衝撃で終わらせたくないのです。国を亡くした民でも、別の国で生きなおすことができる。農地が得られて店も構えられる。役人にも国家騎士団にもなれる。その道を考えるにいたったのは、リヒトどのがあってこそ。ですのでわたしは、彼に深く感謝しています」

オラニフは胸に手をあてると、謝意を示すように目を伏せた。

——この御方は。

謙虚な好人物とは聞いていた。争いを好まぬ国の心優しい王だと。世評どおりの姿に、ニナはなぜだか心が熱くなるのを感じた。

なにも考えずに慈悲《じひ》を与えるのではない。国王としての責務を優先したうえで、己にできる最善を考える。それはただ人でありながら懸命に抗《あらが》ったという、兄から聞いた最後の皇帝の姿を不思議と連想させた。テララの丘を初めて目にしたときの、奇妙な既視感に近い気持ちだった。

船体が大きく揺れて水滴が散る。

輝いたそれはオラニフの簡素な外套を銀砂《ぎんしゃ》のように飾った。

あわてて木柵《もくさく》をつかんだオラニフの姿に、最後の皇帝の銅像と似ていながら少しちがう、穏やかに微笑む長身の男性がかさなって見えたような気がした。

波が高くなってきたことで、オラニフは近くの兵士に軽食をさげさせる。その代わりに航路を書きこんだ航海図を、後甲板に広げた。

王都ギスバッハからの急使によると、女宰相の商船は昨日の早朝には出航し、竜爪諸島方面へと向かったとの報告だった。

王都から北西の海域に広がる竜爪諸島には、二百をこえる島がある。収奪品が保管できそうな大きな島にはあたりをつけて、ナルダ国騎士団長らが船団を組み、すでに所定の海域に向かっている。

目的は女宰相の商船が、竜爪諸島にあると思われる保管場所から収奪品を運ぶ現場をおさえることだ。オラニフの乗る旗船は中隊長ら護衛の兵に守られ、少し離れたところで、情報の伝達と指示をおこなうことになっている。

「ともかくいまは、パウラ宰相が収奪品の売買と関わっている疑惑の解明です。ここ数年、竜爪諸島近海の海賊被害には悩まされてきました。拿捕《だほ》した船を船員ごと沈めるなど手口は荒く、いくら検問を仕掛けても捕らえられない。情報漏洩《ろうえい》を疑いナルダ国の海商と協議して、積荷の交易品に花冠紋章を記し――」

船影確認、との声が帆柱《ほばしら》から飛んだ。

ニナが見あげるとナルダ国兵士が、帆柱の途中にある見張り台のような場所で、遠望《えんぼう》鏡《きょう》を前方に向けている。

船上がにわかにざわめき、長靴《ちょうか》の音が響きわたった。

ややあって後甲板の階段を中隊長が駆けあがってくる。右舷前方に二隻《せき》のシレジア国御用船を見たとの報告を受けて、オラニフは眉《まゆ》を寄せた。

「妙ですね。シレジア国の哨戒《しょうかい》海域はここより沿岸部だと、キントハイト国との協議で決まったはずですが……」

それでも各国の御用船が海上を警備し、海賊の捕縛《ほばく》や商船を検問すること自体は普通のことだ。しかしまたニナが副警兵長の一行に襲撃されたことも、すでに彼の耳に入っている。ここは不審をもたれぬよう、哨戒中の船同士としてやり過ごすようにと、オラニフは中隊長に指示を出した。

ニナはオラニフにうながされ、後甲板の階段の陰に二人で隠れる。

御用船は角笛と旗で互いの状況を伝えあう。まもなく異状のないことを知らせる角笛が互いに放たれ、船体が波を切る音が近づいてきた。シレジア国の船は二隻。南下するナルダ国の船に対して、灯台岬方面から北上してくる。

――副警兵長はまだ、旧フローダ地方あたりにいるはずです。ならば操船しているのは、警兵長でしょうか。

海獣のような風体《ふうてい》の警兵長を思い浮かべて、ニナはなんとなく唾《つば》を飲む。副警兵長らに廃街で襲われたのは、ほんの十日ほどまえのことだ。

オラニフの隣で身をちぢめていると、空が不意に暗くなった。

西からの風が強く吹き、遠くで雷鳴が聞こえる。

シレジアの冬は滅多《めった》に雪が降らないが、海は時化《しけ》ることが多いと教えられた。そっと西の空を振りあおいだとき、少し先の海上を二隻の船が通過する。

水色に三つの錨《いかり》を戴《いただ》いた帆を掲げたシレジア国の御用船。その後尾の船上にあらわれた人物に、ニナの目が釘付けになる。

船倉からいきおいよく甲板に躍りでた。

輝いたのは懐かしい金色。

「リヒトさん……？」

唖然《あぜん》とつぶやき、ニナはあわてて立ちあがった。

階段の裏から飛びだして船べりに駆けよる。

側壁をつかんで後尾の船に視線をやれば、角笛を持った警兵に飛びかかったリヒトと、赤金の髪の青年が見えた。警兵の集団が剣を抜き払いながら彼らのもとに走りよる。船足は速く、視界はあっという間に流れていく。

遠ざかる船影を放心して見送っていると、やがて後尾の船から角笛が鳴った。

角笛は断続的に三回。

なんだいまのは、救援要請の合図だな、まさか海賊《かいぞく》に乗り込まれているのか——ナルダ国兵のざわめきのなかで、オラニフがまろぶように側壁に走ってきた。

いったいどうしたのです、とのぞきこんできたオラニフに、ニナは振りかえるなり言い放った。

「オラニフ陛下、リヒトさんです！」

「え？」

「リヒトさんと友人の方が、シレジア国の御用船にのってます。後尾の船。警兵にかこまれています！」

帆柱の見張り台で遠望鏡を掲げる兵から、後尾の船上で戦闘がおこなわれているとの報告が入る。

遠ざかる船を見やり、オラニフは表情を厳しくした。ならば先ほどの救援要請の角笛は、リヒトがこちらに向けて放ったのかと、船を指さしているニナにうなずく。

オラニフはただちに追跡を命じた。立礼《りつれい》で応じた中隊長が声を張りあげると、兵たちが走りだす。操舵手《そうだしゅ》らが旋回をはじめ、甲板が大きくかたむき船体が軋《きし》んだ。

「！」

水しぶきが側壁をこえて甲板を濡らすなか、御用船に向けて停船を合図する角笛が飛ぶ。

しかしシレジア国の御用船はとまらない。帆船は風を受けて速度にのるまでに時間がかかる。回頭したことで船足を鈍らせたナルダ国の船と、シレジア国の船との距離は、すでに大競技場の幅程度まで広がっている。

――リヒトさんが、あそこにいるのに。

停船を求める角笛がふたたび鳴りひびき、近海の味方船へ救援要請の狼煙《のろし》があがる。

船首へと移動したニナは舳先《へさき》に身を乗りだして、逃げていく船に目を凝《こ》らした。うねる海原《うなばら》の先。警兵と剣を交わしながら、船尾付近まで追い詰められたリヒトが見える。負傷したのか、膝をついた赤金の髪の青年に警兵が群がるのが見える。

「……っ！」

ニナは短弓《たんきゆう》に手をのばしていた。

矢をつがえて矢尻を向ける。どうにかして船をとめられないかと、素早く動いた目が風を受けて膨らむ帆に――船足に力を与える動力源にそそがれる。

――あれを。

「！」

弓弦《ゆんづる》が鳴り、放たれた矢は御用船の帆を貫いた。

しかし船足に変化はない。鋭い刺突《しとつ》を、膨らんだ厚布の帆は柔らかく受け止める。一矢で駄目なら二矢、三矢だと、ニナはふたたび矢筒《やづつ》に手をのばした。一連の行動からニナの意図を察したオラニフが、少し考えてから言った。

「ニナ、帆ではなくロープです」

「ロープ?」

「シレジアの船は三本柱に五枚の帆。切り裂けぬ矢ですべての帆を奪うには時間がかかります。最も大きい国章を描いた帆を支えるロープ。あれを落とせば、確実に船足に影響します」

はい、と力強くうなずき、低い姿勢で足を広げる。

距離は八十歩。船体は揺れていて、的《まと》は腕ほどの太さの綱《つな》。

ニナは弓射を妨げる外套《がいとう》の紐を解き、帽子とともに脱ぎ捨てた。

灰銀色の甲冑《かっちゅう》が輝く。漆黒《しっこく》の一揃えが黒雲に向かって舞いあがったと同時に、すでに狙いをさだめていた矢羽根を離した。

「!」

飛び魚より速い軌跡が海上をはしる。

重いなにかが断たれる破裂音が弾け、錨を描いた帆の端が風にひるがえった。

急襲の飛矢は立てつづけに数度。甲板からのびるものも、隣の帆柱とつながるものも。

にようにぶらさがる。

支えのロープはたがうことなく切断され、国章を戴《いただ》いた帆が、帆柱の横棒から肩布のようにぶらさがる。

船足が目に見えて鈍り、先行する船との距離があいた。

オラニフはすかさず接舷《せつげん》の準備を指示する。海上警備に慣れている兵たちは操船術にすぐれ、航行している船に乗りこむことも造作《ぞうさ》ない。

ほどなくして後尾の船とナルダ国船が並び、係留ロープが次々に放たれた。側壁に先端の鉤《かぎ》がかかる。船体が近づき白波が立ち、舳先を擦り合うようにして、二船は完全に接舷した。

中隊長に率《ひき》いられた兵たちが、渡し板から相手船へと乗りこんでいく。

応じるように、片手剣を掲げた警兵たちが集まってきた。

剣戟《けんげき》が鳴る。海上戦闘のはじまりだった。

「！」

逃走から攻撃へ。ナルダ国の御用船だと知りながらの強硬な対応は、逃げきれぬのなら相手を打ち倒し、〈ラントフリート〉もろとも海中に沈めようとの判断だろう。

人数は互いに数十名ほど。けれど警兵側は仲間船を有し、接舷された味方を助けようと旋回している。救援の狼煙は先ほどあげたが、近くの海域にいるナルダ国の船影はまだ見えない。空はますます暗くなり、風に雨粒が混じるようになってきた。

そんな状況で、ニナはナルダ国兵に混じってシレジアの御用船に飛びこんだ。水色の軍衣《ぐんい》と白の軍衣が荒波のようにうねる甲板を走り、リヒトを確認した船尾へと急ぐ。

接岸用の小舟が並ぶ一角を過ぎると、大柄な警兵に——警兵長に率いられた集団の先に、うずくまった青年を背後に剣を構えるリヒトが見えた。

「リヒトさん！」

名前を呼んだときにはもう、ニナは短弓に矢をつがえている。

矢音が走り、向かってきた警兵が足を貫かれて倒れこんだ。

甲板に転がった相手に一瞥《いちべつ》さえくれず、ニナはつづけて矢を放つ。腕と肩口を射ぬかれた警兵が、悲鳴をあげて膝をついた。

「ニナ⁉」

おどろきに目を見はったリヒトが、呼応するように剣を振るった。

腕をしならせ、短い射程で剣身を閃《ひらめ》かせる彼の得物は、警兵から奪ったのか片手剣だ。

ぼさぼさの金髪に口元には髭《ひげ》をたくわえ、街民のような薄汚れた服を着ている。

唐突《とうとつ》な射手の登場に、リヒトたちを追い詰めていた警兵は動揺《どうよう》した。正確な弓射と加勢に勢いづいたリヒトの剣で、包囲はじりじりと削《けず》られていく。海戦の雄《ゆう》たるナルダ国兵に接舷され、渡し板付近からは仲間の悲鳴も聞こえてくる。

不利を悟ったのか、警兵長は大きな一撃でリヒトを後退させると、踏み込むと見せかけて身をひるがえした。数名の警兵が、長靴《ちょうか》を鳴らして警兵長の後を追った。

リヒトとニナは互いに駆けよる。

短弓と片手剣が甲板に落ちた。

腕をのばしたリヒトはニナの頭をとらえるなり、嚙《か》みつくようなキスをする。水音を鳴らして、およそ一カ月ぶりとなる愛《いと》しい体温をたしかめた。両手でニナの頬を包んだまま、唇を少し離して問いかける。

「無事？」

至近距離で強く見すえられ、ニナは即座に答えた。

「無事です！」

「……無事だね？」

「はい！　リヒトさんも！」

「うん、おれも無事！」

リヒトは破顔《はがん》した。

よかった、と眉尻《まゆじり》をさげると、あらためてニナを抱きしめる。

リヒトの背中にまわったニナの手が、古びたチュニックを強くにぎった。怒号の飛びかう船上で、足元には呻《うめ》き声をあげる警兵が横たわっていて、リヒトからは汗と魚の臭《にお》いがする。情緒《じょうちょ》も甘さもなにもない。それでもニナは腕をせいいっぱいにのばすと、たしかに温かいリヒトの身体《からだ》を抱きかえした。

船体が大きく揺れて、側壁をこえた波が甲板を流れた。

ニナの黒髪から顔を離したリヒトは空を見あげる。黒雲は急流のように渦《うず》をまいて移動し、西風に混じる雨粒は強くなってくる。

リヒトは新緑色の目を細めて言った。

「ニナがなんで〈王子さまを助ける人魚〉になったのかとか、互いの事情はあとでまとめて。急いで船倉をおさえた方がいいね。嵐で船が沈んだら、せっかくの証拠品まで流されちゃう」

「証拠品？」

「ナルダ国の商船から収奪された交易品が、船倉に入ってる。花冠紋章と出港日を縫《ぬ》いこんだ〈花染毛織物〉。それと警兵長の身柄があれば、警兵が御用船で海賊行為を働いてたって立証できる」

「御用船で……海賊行為……」

「検問のふりして目ぼしい船を物色して、交易品を収奪する。すぐに売れば足がつくから別の場所に保管して、相場のいいときに引き出して王都へと持ちこむ。だけど御用船では交易品を売れない。だから夜のうちに国章を描いた帆を付け替えて、翌日に女宰相の商船を装って交易品を売る……だって。考えたのはおれじゃないよ。そこのおれの兄貴分？」

首をかしげて告げると、リヒトは船尾で座りこんでいる青年に歩みよった。

甲冑の脇腹部分をおさえる青年の手からは薄く血が滲《にじ》んでいる。リヒトは眉をよせると、青年に腕をのばした。

「やっぱり傷口があいちゃったじゃん。縫合《ほうごう》したわけじゃないし、まだ戦闘は無理だって言ったのに」

「しょうがねえだろ。おれはおまえみたいな特異体質じゃねーんだからさ」

「……ねえ、こういう状況でも軽口とか真剣に止めてくれる？　ていうか特異体質と太刀《たち》傷《きず》は関係ないからね？」

むっとしながらも、リヒトは青年に肩を貸して立ちあがらせる。

団舎《だんしゃ》で騎士団員と交わすような気安いやりとりに、ニナは目を見はった。やはり彼がリヒトの昔の友人なのだと見やれば、赤金の髪の青年は察したようにうなずいた。そういうことだ、ちょっと訳ありでなと、どこか面目なさそうに苦笑した。

——船体が不意にかたむいた。

「！」

たたらを踏んだ三人は、低い姿勢で転倒をこらえる。

波を受けたわけではない。けれど主力の帆を奪われ、ナルダ国船に曳航《えいこう》される形だった御用船の船足が完全にとまった。

なにごとかとニナが周囲を見まわすと、浸水だ、船底が破壊された、との声が聞こえてきた。

ナルダ国の中隊長が兵士を連れて船倉への階段を駆けおりていく。いつ脱出していたのか、付近の海上では接岸用の小舟にのった警兵長らが、先行していた船に救助されていた。

「くそ、奴ら、証拠品もろとも船を沈めるつもりか！」

脇腹をおさえている青年が忌々《いまいま》しげに言った。

よほどの大穴をあけたのか、船はすでに船首と船尾の高さが変わっている。船倉を見にいった中隊長らは、いくらも経たずにびしょ濡れで甲板に戻ってきた。

このまま沈没すれば、ナルダ国の御用船まで道連れにされてしまう。オラニフが中隊長に自国兵の退船と、係留ロープの切断を指示した。

「リヒトどの、早くこちらへ！」

退避を求めるオラニフの声に、青年に肩を貸したリヒトとニナは、沈みゆく御用船からの脱出を急ぐ。ロープが切られる音が次々にひびいた。渡し板が海中に落下し、船べりに引っかかっていた鈎が甲板に落ちて跳ねる。

帆を広げたナルダ国の御用船と、帆を失い船倉から浸水しているシレジア国の御用船。結びつきを失った二つの船体は離れはじめている。それでもまだ乗り移れると、甲板を移動するニナの視界で海が盛りあがった。

不意の大波が、青い大地がうねるように襲いかかる。

「！」

ざん、と水しぶきがはじけた。

船体が大きく軋《きし》み、船首が持ちあがるほど甲板がかたむく。

船尾の壁まで転がされ、そのまま波にさらわれかけたニナの身体に、やはり横転していたリヒトが腕をのばした。いまの大波が嵐の到来を知らせる合図だったか、黒雲から降ってきた雨が、帆柱をつかんでいる青年の顔を激しく打つ。荒れた波の向こうに見えるナルダ国船の帆は、すでにかなり離されている。

沈没に巻きこまれれば渦巻く潮で、海の底まで引きずられてしまう。船具が散乱する甲板で、リヒトは船底を見せている接岸用の小舟に這《は》いよった。

傷がないのを確認すると力任せにひっくり返し、ニナと青年を呼びよせる。

空は暗く、冷たい雨が頰を打つ。

そんななかで三人は小舟にのると、沈みゆく船から退避した――

◇◇◇

晴れわたった空に満月が浮かんでいる。

船べりに手をかけたニナは、月の光が乱反射する海面を不思議そうに見やった。

昼間の嵐が嘘のような、おどろくほど明るい月夜だ。街の灯りなど届くはずもない沖合で、けれど視界は、陸地の影が濃紺《のうこん》の夜空に黒々とした稜線《りょうせん》を見せるほどだ。

ニナは遠くの海面と、小舟が浮かぶ周囲の海面を交互に見る。

昼間ならば海水の色そのものがちがうと青年に教わった。北方地域から竜爪諸島周辺をとおって灯台岬まで到達する寒流。のったときには木の葉のように揺れていた船体が、不意にがくんと奇妙な力を受けたのを感じた。けれどなんど見比べても、ニナには同じ海に見える。

波音だけがひびく夜だ。

ともすればこのまま、闇にのみこまれそうな気さえする。

「あの、本当に流されていって、大丈夫なのですか？」

不安な気持ちでたずねると、すぐそばに座っている赤金の髪の青年が、ああ、とうなずいた。

「この寒流は竜爪諸島から灯台岬を回りこむように流れてる。北の船が南方地域にいくときに、往路と復路で日数が変わるのはこれのせいだ。途中で分岐《ぶんき》してるから、目的地からは外れる可能性もあるが、岬に近い沿岸にはたどりつく。朝になれば漁船も出るし、だからそんな、心配そうな顔するなって」

「はい。ありがとうございま……くしゅん」

ニナが大きなくしゃみをした。寒流、と呼ばれるだけあって、水温の低い水の上は、予想以上に寒い。

ましていまは冬の最中だ。目まぐるしい日々で意識する余裕もなかったが、今日はちょうど年の暮れにあたる。

嵐の海で沈没する御用船から、接岸用の小舟に乗りこんだ。荷物や人を運ぶ用途の船に、濡れた身体を温めるものなどない。また全員が着の身着のままで、剣帯《けんおび》に曲刀を入れていた青年以外は、短弓《たんきゅう》も片手剣も大波にさらわれていた。

青年はそれでも、ニナに少しでも風があたらないように、風上となる舳先《へさき》へと座りなおした。そんな、駄目です、とあわてたニナに、笑って首を横にふった青年だが、不意にごほ、と咳《せ》きこんだ。

倉庫街で出会ったときから、青年は胸を患《わずら》っているような咳をしていた。警兵長から受けた太刀傷が、船上での戦闘で開いてしまったとも聞いている。あの、わたしがそちらに、と眉をよせたニナに、青年は、呼吸をととのえながら答える。

「本当に平気だって。この咳は長い付き合いで、すぐにどうこうってものじゃねーから。さんざん迷惑かけてるのに、なんか気をつかってもらって悪いな。あんたこそ寒いだろ？　もっとおれの陰に隠れて——」

「——ねえ、なんでさっきから、二人の世界をつくっちゃってるの？」

不満そうなぼやき声がニナの背後からもれた。

両足のあいだに恋人を座らせて、小さな身体を懐《ふところ》にしっかりと抱きこんだリヒトは、絡めた腕に力を入れた。

新緑色の目を細めて、青年を睨《にら》みつける。

「おれ、思いっきりここに存在してるんだけど？　めちゃくちゃしっかりでかい図体《ずうたい》を丸めてるのに空気扱いってどういうこと？　寒流のことだって御用船に乗ってた経緯だって、おれでも答えられるのに。なのにニナ、ぜんぜんおれに聞いてくれないし」

　青年は苦笑する。ニナの頭に顎《あご》をのせているリヒトに、呆《あき》れた声で告げた。

「んなこと言ったっておまえはどうせ、波がぐるっととか船がびゃーとかしか言えねえだろ。そもそもでっけえ猫みたいにへばりついてる奴が、人間みたいな口をきくなよ」

「ひっど！　これは猫の真似《まね》じゃなくて、暖をとるって口実で恥ずかしがり屋の恋人を誤《ご》魔化《まか》して、正々堂々と人前でいちゃいちゃできる高等戦術だし！」

「……それ、口に出した時点で高等戦術じゃねーからな。やっぱ〈特異体質〉は死ぬまで治らねーのか」

　ごめんな馬鹿で、知恵を背丈に使っちまったんだよ、と謝ってくる青年に、ニナは曖昧《あいまい》な顔で、はあ、と首をすくめる。

　リヒトはぶすっと頬《ほお》を膨らませていたが、やがて唐突《とうとつ》に顔を綻《ほころ》ばせた。へへ、と嬉しそうに笑う。なんだよ気持ちわりいな、と身をのけぞらせた青年に、リヒトは目を弓なりにした。

「んーん。なんか幸せだなって。おれの大好きな二人が並んでるの、まだ信じられない。満月が見せてくれた夢みたいっていうか、いっそこのまま海の果てまで船旅も悪くないなーって。おれとニナと、レ——」

「そうだな。海の果てはともかく、おれもおまえの恋人が見られてよかったよ。しかもこんな、でけえ猫がおぶさっても、びくともしねえほど頑丈ときてる。この国に来るとき、半天幕から恨めしそうにじーっと眺めてやがってて、いやこれ一方通行じゃねえよな無理に付きまとってねえよなって、んな怖え心配も解消されたしな」

青年はやはり気安い口調で言う。近しく暮らしたもの同士の温かい空気感で、さりげなく、そしてやんわりと、リヒトが己の名前を口にするのを妨げる。

もう何べんも似たようなことをくり返しているのか、リヒトはなにか言いかけたけれど、途中で口をつぐんだ。

目を伏せた青年の髪が、月光を受けて金砂のように輝いた。黄金を帯びた美しい夕焼け色。お金がないときは売っていたそうだけれど、なるほどとうなずける。

けれど青年は〈青年騎士〉のままだった。

リヒトの昔の仲間であることはたしかで、その存在に不思議なほど既視感を覚えるのに、名前も含めてやはり彼は、己のことを語ろうとしない。

――もちろん、事件の顚末《てんまつ》については説明してくれた。

遺児側の代騎士団として顔見せをした十五名の騎士。全員が王兄側の手の者かと疑ったが、実際には代理競技に出た青年を含めた五名が、マクシミリアン公の意を受けた潜入者だった。

残りの十名はなにも知らず、前祝いの酒で酔わされて就寝した隙《すき》に、船ごと沖合に放り出されたらしい。通りかかった商船なりに救助されると思ったが、〈犯人役〉を探していた警兵長らに発見されて、王冠強奪事件に利用されてしまった。遺体となって〈貝の城〉に運び込まれるところを見かけたのが青年で、しかし警兵長らと戦闘になり、太刀傷《たちきず》を受けて水上競技場の回廊から海に落ちたそうだ。

引ったくりの兄弟に助けられて、彼らから御用船が女宰相《おんなさいしょう》の商船を装っているのではと聞かされた。リヒトとともに出港する御用船に乗り込み、保管場所から収奪品を運搬するところを目撃した。王都に戻る途中でナルダ国の船と遭遇《そうぐう》し、これは好機だと、隠れていた船倉から飛び出した――

なんとなく沈黙が落ちた船上。

海鳥の声もなく、静かな波音だけが世界を満たしている。

青年がふと進行方向を向いた。

濃紺《のうこん》の夜空にいびつな海岸線を見せていた左手の陸地。細く突き出た灯台岬らしき影が、かなり大きく見えるほど迫ってきている。

寒流が陸地にぶつかる付近は豊かな漁場でもあり、同時に、潮汐《ちょうせき》によって波の流れが複雑に変わることもある。

今日は満月だ。月に二度、数日程度のあいだ潮の満ち引きの差が大きくなる期間。

「……そろそろだな。こっちは流されるだけだし、うまいこと、寒流が運んでくれればいいが」

青年がつぶやいたとき、船体が不意に揺れた。

接岸用の小舟は、大型船が航行できない浅瀬や、狭隘《きょうあい》な場所に人や荷を運ぶときに使われる。帆はなく動力は櫂《かい》で、その櫂は嵐の海で失った。

ニナは木製の船底ごしに、流れが変わったのを感じた。船足が早くなり、灯台岬がみるみる近づいてくる。このまま岸壁にぶつかるかと思ったニナだが、小舟はまるで見えない糸に引かれるように、岬の先端をぐるりと回った。

切り立った岩場が海面からいくつも突き出ている箇所に到達すると、そのうちのひときわ大きな岩場の陰へと流されていく。

西にのびた灯台岬の南岸。観覧台の高さの岸壁には、洞窟《どうくつ》のような穴があいている。

このぶんなら行けそうだね、とのリヒトの声に、だな、と青年が答えた。

ニナは少しおどろいてたずねる。

「あの、このままあそこに？」

「ああ。御用船の船倉から見てたが、警兵たちはこのあたりで停船して、接岸用の小舟で収奪品を運んでた。洞窟のなかまでは知らないが、保管場所に通じてるのはまちがいないだろう。御用船は沈んじまったが、そこにはほかにも、証拠の収奪品があるはずだ」

「保管場所……オラニフ陛下は、竜爪諸島だと思っていたようですが」

「おれはシレジア国の王都近郊にあるって話を聞いたけどね。〈本物の商船〉の周りを警戒してみせたのと同じで、ここから注意をそらすために、女宰相自身がわざと流した噂《うわさ》かも知れねえな。岩場が多くて海流の複雑な南岸は、船ならたいてい避ける航海の難場だ。満ち潮のときは岸壁に見えて、引き潮のときだけあらわれる通路を使うなんざ、よくもまあ考えついたもんだぜ」

　話しているうちに小舟は、海面から半円状に広がる洞穴に吸いこまれていく。

　月光がさえぎられて周囲が闇に沈んだ。

　ニナは思わず、きゃ、と悲鳴をあげている。地下世界に落ちたような感覚に首をすくめると、背後のリヒトが、大丈夫、おれがいるでしょ、と抱きかかえる腕に力をこめてくれる。ひとまず安堵《あんど》したニナだが、己をとりまく空気は次第に冷えてくる。青年がもらした咳の音が、空洞内に反響した。

　やがて暗闇の先に光が見えた。

ほどなくして頬に風があたり、通路の出口が近づいてくる。

その先は不思議なくらい明るい。眩《まぶ》しいほどの輝きにニナが目を細めたとき、視界が開けた。

「――……！」

三人は息をのむ。目に飛びこんできた光景に呆然《ぼうぜん》とした彼らを、今年最後の満月が見おろしている。

小舟はやがて、緩《ゆる》やかな弧を描く砂浜に漂着した。

水底に沈んでいる古びた金貨や玉が、月光を受けて宝石のように煌《きら》めいている浜辺。舳《へ》先《さき》にいた青年が船をおりた。足場がたしかなのを確認すると、ニナに下船をうながす。背後を確認していたリヒトは、最後に小舟を飛びおりると、なにここ、とあらためて周囲を見やった。

空洞の先にあったのは入江だ。

扇形《おうぎがた》の陸地部分はかなり広く、果樹や木々が繁茂《はんも》している。外縁は断崖《だんがい》にかこまれていて、岩肌は凸凹《でこぼこ》と、ところどころに洞窟のような影が見てとれる。

一見すると人の手が入っていないようだが、よく見ると砂浜の中央には桟橋《さんばし》があり、荷運びに使う台車が置かれている。桟橋からは獣道《けものみち》のような通路が断崖方向に向かってのびていて、酒樽《さかだる》や果実の皮など、廃棄物が散乱している一角もある。

ここが収奪品の保管庫なら、道の先になる断崖のどこかに隠されているのだろうか。そんなふうに思いながら、三人は砂浜から桟橋の方へと移動した。

桟橋のまわりに真新しい長靴《ちょうか》の跡を確認してから細い道に入る。台車のわだちが残る緩やかな坂をしばらくすすみ、蟻《あり》の巣穴のように穿《うが》たれた崖の洞穴が見えてきたところで、青年が不意に咳《せ》きこんだ。

立ち止まると、背中を丸めてうずくまってしまう。

ちょっと、大丈夫、と青年の肩に手をかけたリヒトが、はっと顔色を変えた。

「ねえなに、熱あるじゃん。なんで早く言わないんだよ。この馬鹿！」

「うるせーな。耳元で怒鳴るなよ。冬の海に放り出されたら、誰かさんとちがって、〈普通〉は熱くらい出すんだって」

「こんな温石《おんじゃく》みたいに身体《からだ》が熱くて、呼吸も苦しそうなのが〈普通〉なわけないでしょ！ていうかこんなときまで軽口とか、ほんとなんなんだよ！」

声を大きくしたリヒトだが、青年をのぞきこみ、額や首筋に手をあてる表情は不安げだ。

対処しようにも街からは遠く離れた入江で、しかも水袋一つ持っていない。それでも森があるなら湧水などの水源はあるだろうし、交易品のなかには医薬品の類《たぐい》もあるかもしれない。薪材や油が見つかれば、暖と灯を同時にとれる。

リヒトは青年に手を貸して近くの木陰に座らせる。ニナに付き添いを頼むと、ともかく待ってて、じっとしててよと、わだちの跡を追いながら走り去った。

ぐったりと木にもたれた青年は、ときおり苦しそうに咳きこんでいる。身体が熱いはずなのに、その顔色は奇妙なほど青白い。

——先ほどは、すぐにどうこうではない、と仰《おつしや》っていましたが、本当に大丈夫でしょうか。ご病気のうえに傷を負い、満足な治療が受けられなかったら。

胸元を拳でおさえたニナの憂慮《ゆうりよ》を察したか、青年は顔をあげると苦笑した。額に汗を浮かべながら、平気だって、と眉尻《まゆじり》をさげた青年の目が、ふと、ニナの背後にそそがれる。

「————……」

青年は幹を支えに立ちあがった。

あの、と声をかけたニナの横を素通りすると、付近に広がっていた白い花の群落を見おろす。

細かな葉とレースのような花弁の白い花は、リーリエ国では馴染《なじ》みがない。青年は群落に膝をついた。目の前の一本を摘《つ》みとって眺めてから、匂《にお》いをかぐ。

その花がどうか、とニナがたずねると、青年は厳しい顔で答えた。

「吉草《きっそう》だ」

「吉草……」

くり返したニナは、え、と目を見はる。

足元の群落をまじまじと見てから、青年にたずねた。

「吉草って、まえに教えてくださった薬草ですよね。摂取量《せっしゅりょう》によっては意識を失ってしまうという。で、でもたしか、北方地域の薬草だと」

「……灯台岬の周辺は寒流の影響で、南シレジアなのにやたらと寒い。王都あたりじゃ林檎《りんご》の甘さのクイッテンが、渋くて固くなっちまうくらいにな。ましてここは寒流の到達点だ。氷室《ひむろ》みてえな温度じゃ、鳥が運んだのか流れついた交易品だか知らねーが、たまたま持ちこまれてきた北方の植物が根づいても、不思議はねえだろ」

ニナはあらためて周囲を見まわした。

月光が頼りではさだかでないが、吉草の群落は一つではない。

夜闇にぼうと光る白い花は光苔《ひかりごけ》のように入江を飾り、そしてよく見ると、山育ちのニナでも見たことがない木や花は、ほかにもあった。

「悪さをするときに便利ったって、そうはいっても北方地域の薬草だ。海の状態じゃ手に入らないときも、売り払う子供の代金より高くなるときだってあるだろう。だけどこんな近場で大量に採取できるんじゃ、妙な菓子を使った人さらいが〈珍しくない〉ほど流通してても無理はねえ。そして吉草がここで……女宰相の保管庫で見つかったってことは、やっぱあいつがあのときの――」

青年がふたたび大きく咳き込んだ。

吉草の群落のなかに両手をつく。繊細《せんさい》な葉が散って、白い花弁が舞った。夜気に、白粉《おしろい》に似た芳香がただよった。

激しい咳はなかなか止まらない。その背をさすりながら、ニナはリヒトの去った方を頼りなく見やった。耳をすませるが、こちらに向かってくる長靴の音はまだない。その代わりに遠く――大きな波音が聞こえた気がした。

ようやく落ちついた青年が、ふう、と息を吐いた。

熱があがってきたのか、その吐息は熱い。

ニナは少し迷ったが、おずおずと問いかけた。

「あの、酒場にいらっしゃったころは、とくに持病はなかったとうかがったのですが、そのご病気は……えと、ど、どのような……」

「詳しいことはおれも知らねーけど、苦役《くえき》についてた奴らは〈鉱山病〉って呼んでたな」

「苦役についてた奴ら？」

「テララの丘のゲルヴィザ鉱山。国家連合に歯向った奴らは硬化銀《ウルリル》採掘の苦役を科される。採掘は危険な重労働だから、使い捨ての罪人が都合がいいんだろ。採掘に使う湧水に有毒成分が混じってて、呼吸器を損《そこ》なうんだってさ」

罪人、とくり返して、ニナは女宰相から聞いた話を思いだした。

落水したときに係の侍従《じじゅう》が見たという罪人の焼印。左肩にそそがれたニナの視線に気づいたか、青年は、小さく笑って言う。

「酒場が焼き討《う》ちになったあと……いろいろあって南方地域の海賊船《かいぞくせん》に売られて、気がついたら収奪行為に加担させられてた。たまたま襲った船が硬化銀の運搬船で、国家連合への反逆ってことで焼印を打たれて採掘場送り。まあ望んでじゃねーけど、命石《めいせき》じゃないものも奪ったし、うん。因果応報《いんがおうほう》ってやつだね」

ごめんな、国家騎士団員のあんたにゃ、近づいちゃいけねー立場なのによ、と謝られ、ニナはそんな、とあわてて首を横にふった。そしていまさらながら思った。

――この方が、ご自分の名前をリヒトさんに呼ばせないのは。

肩に焼印のある己が、リーリエ国王の庶子《しょし》となった旧友に迷惑をかけることを恐れているのだろうか。たしかに王冠強奪事件についての会議を思い返せば、罪人と関わること自体に眉をひそめられる対応だった。だけど意に反して売られ、使われた結果としてそうなったなら――

割り切れない感情に唇を結ぶと、青年は優しく目を細めた。

「……あんた、やっぱいい子だな」

え、とニナが見やると、青年は熱く掠《かす》れた息を吐く。

夜気に冷やされたか、白い吐息が月光に煌《きら》めいた。

青年は、少し考えてから言った。

「代理競技んとき、おれはおれの理由で、もちろん勝つつもりで戦った。だけど同時に、負けてもいい、とも思ってた。村娘のあんたを好きになって、前日祭のとき、下手《へた》な芝居であの少年を助けたあいつなら、きっと〈ラントフリート〉でも大丈夫だって。おれたちがなくした仲間みたいな存在を、見捨てることはないって。だからおれはこんどこそ、失敗できないって思ったんだ」

「こんどこそ、失敗できない……？」

「一度目も二度目も失敗して、おれは仲間を守れなかった。女宰相《おんなさいしょう》が〈あいつ〉の確証はなかったし、〈リヒト〉に気づいてるかもわからなかったけど、もし気づいたら、過去の自分を知る〈リヒト〉を消すだろうってさ。だからおれは、女宰相パウラを――」

「なるほど。でしたらあの夜に警兵が遺体を運ぶところに居合わせたのは、あなた自身が侵入経路を探っていたからですか？　わたくしを殺すために。……なんと恐ろしいのでしょう。貝の城から海に落ちてなお生きのび、あまつさえわたくしの大切な場所に無断で入りこんでいる。これだから下の街の鼠《ねずみ》は、油断がならないのです」

「――――！」

唐突《とうとつ》な声と同時に白刃が夜を切り裂く。

青年が、立ちあがりざまにニナの腕を引いた。夜闇を照らす月光がおそいかかったようだった。白々とした光が弧を描き、ニナと身体を入れかえた青年の肩から鮮血が飛ぶ。

「！」

散った朱が吉草の白い花に影を落とした。

大きく目を見開いたニナの黒髪が剣風になびく。右肩を深く斬られながら、青年は曲刀を抜き払っていた。金属音が弾け、応えたのは片手剣だ。

波状の剣身で攻撃の波を描く、その一撃は重い。軽量の片手剣でありながら、青年の曲刀がときに押し負ける。外套《がいとう》を飾る孔雀《くじゃく》羽根を翼のように舞わせ――女宰相パウラは、すんなりした長身を夜に躍らせる。

あらわれた人物と、己が見ている光景。

呆然《ぼうぜん》とするニナの前でくり広げられた剣戟《けんげき》は、長くはつづかなかった。剣技そのものに圧倒的な開きはない。満身創痍《まんしんそうい》だろう青年と上背《うわぜい》に勝る女宰相の、身体の差だった。

「！」

悲鳴のような金属音が放たれ、曲刀が回転しながら闇に消えた。

青年の身体が群落に転がされる。ちぎれた吉草が雪のように落ちてくるなか、大丈夫ですか、とニナは青年に駆けよった。ゆっくりと近づいてくるパウラの姿に、反射的に背中に手をのばしたけれど、そこには矢筒《やづつ》も短弓《たんきゅう》もない。

それでも青年を背後に立ったニナに、パウラは、こんばんは、お久しぶりですニナさま、と微笑《ほほえ》んだ。

「取るものも取りあえず王都を脱出したのですが、まさかここでニナさまとお会いできるとは。……そこの青年と順番がちがってしまいましたね。でも三人とも逃がすつもりはありませんので、ご心配なさらなくて大丈夫ですよ。あちらにも、海上でお世話になった警兵長を向かわせましたから」

あちら、と、ニナは訝《いぶか》しげな顔をする。

断崖《だんがい》を一瞥《いちべつ》したパウラにならって視線をやると、闇にうごめくいくつかの灯が見えた。気がつけば小舟が停泊している砂浜のあたりにも光が見え、怒号のような声も聞こえてくる。

リヒトさん、と息をのんだニナの首に鋭いものがあたった。

「！」

満月を背に、いつのまにか距離を詰めていたパウラが、ニナの首筋に剣先を触れさせている。

――この人は。

技量そのものは国家騎士団員にはおそらく劣る。けれど人の間隙《かんげき》をつく動きと、人に向けることに躊躇《ちゅうちょ》のない刃。戦闘競技会用《せんとうきょうぎかい》の装備に身を包んだら、きっと違和感を覚えるだろう。命石などただの石塊《いしくれ》にしか思えない、命を奪うもの特有の――

「あなたは、な、なんなんですか？」

思わずたずねたニナに、パウラは慇懃《いんぎん》に答える。

「おかしなニナさま。そんなこと、わたくしが知るはずがないじゃありませんか？」

「知らないって……」

困惑するニナを、パウラは剣を持っていない方の手で捕らえた。

小柄な身体を胸元に抱えこむと、首の前に剣身を当てなおす。手提灯《てさげとう》が蛍《ほたる》のように乱舞する入江を見まわして告げた。

「ですがこの入江についてなら、知っています。ここはわたくしが、女神マーテルから特別に恵まれたものです」

「特別に……恵まれた？」

「はい。難破した船から投げ出され、気がついたらここに倒れていました。当時は珍しかった北方地域の吉草が咲き乱れ、砂浜にはわたくしを買った海商の遺体と、海商がわたくしを牛馬のごとく殴《なぐ》りつけて運ばせていた、積荷が流れついていました。豊穣《ほうじょう》と誕生の女神マーテルは、やはり平等だったのです」

パウラは、柔和《にゅうわ》な笑みを浮かべてつづける。

「先に恵みを盗んだものから、盗み返してもいいのだと。……ああ、わたくしはだからとて、誰かを恨んでなどいません。ただ面白かったのです。愚かな子供を売り払うのも荷を奪って海商を殺すのも。金貨で相好《そうごう》を崩す貴人も収奪品を買う街民も、海賊に守られる〈貝の城〉も国王も、なにもかもが」

吉草のなかに倒れていた青年が、背中をふるわせて血を吐いた。

口元をぬぐって身を起こす。傍目《はため》には優しげな美婦人が、少女を慈《いつく》しみ抱いているように見える。けれどその首筋には片手剣を向けているパウラを見あげて、口を開いた。

「……やっぱあんたが、あんときの屋台の店主なんだな」

ニナは、え、と背後のパウラを振りあおいだ。

リヒトを騙《だま》して子供たちをさらったという青年店主。女性にしては長身だけど、白粉《おしろい》の塗られた顔は高貴な婦人にしか――でも初めて会ったとき、副警兵長に倒されたニナを助け起こした手は力強かった。片手剣が放つ金属音も、打たれれば甲冑でも打撲《だぼく》を負うだろうほどに重かった。

ニナの驚愕《きょうがく》に気づいたパウラは、困ったように眉尻《まゆじり》をさげた。

「そんな顔をなさらないでください、ニナさま。そもそもわたくしとて、好んで〈パウラ〉になったわけではありません。恵みを返してもらうために目星をつけていた貴族もいたのですが、この青年と王子のせいで女にしか成り代われなかったのです。……ああそうです、これは気になりますね。どうしてパウラが〈わたくし〉だと？」

「……酒場が襲撃されたとき、顔に大火傷《おおやけど》をしたあんたを運び出す賊を見た。代騎士団に選ばれるために出た地方競技会で、その賊を警兵長と副警兵長として連れてる〈女宰相パウラ〉を見かけた。……似てると思ったが性別がちがう。確証もなかった」

「だから調べていたと？　ならば王都や郊外で、わたくしの周りをちょろちょろしていたのもあなたでしょうか。身のほど知らずに騒ぎたて、蜥蜴《とかげ》ではなく毒蛇の尾を踏んでしまう。愚かなことです。あのときと同じですね」

「酒場の襲撃……大火傷……」

呆然とくり返したニナが問うように見やると、青年は眉を寄せて唇を結んだ。痩《や》せた顔に残る薄い火傷痕。そんな彼の代わりにパウラは告げる。

「子供を連れ去った〈青年店主〉の行方《ゆくえ》を、しつこく探している少年がいると聞きました。少年の住む酒場は亭主《おおもう》が大儲けしたとかで、たいそう羽振りがいいとの話でした。邪魔者を消して金貨を奪うのは悪くありません。そう思って押し入ったのに、〈青年店主〉の顔を見ている〈リヒト〉は見つからない。おまけに焼け落ちた梁《はり》の下敷きになりました。まったく、酷《ひど》い目にあいました」

「酷い目って、な、なにを言って」

ニナは背後のパウラを見あげて首を横にふる。

非難に潤んだ青海色《あおうみ》の瞳を、パウラは静かに見おろした。片眼鏡《かためがね》の下の目に剣呑《けんのん》な光が宿る。空気が変わったことを肌で感じたニナに、パウラは、あなたもですよ、わたくしを酷い目にあわせたのは、と微笑んだ。

「便利な道具だった〈赤い猛禽《プルート・フォゲル》〉を奪った、リーリエ国の〈少年騎士〉。ガルム国が腑抜《ふぬ》けとなってから、わたくしがどれほど苦労したか。そして今回の忌々《いまいま》しい事態です。無様な少女を装ってわたくしを騙し、さんざん引っ搔《か》き回してくれましたね。王妃の泣き言に付き合わされ貴族に無駄な頭をさげ、金策に走らされナルダ国王の奸計《かんけい》にまんまと——そうだよおまえだ！」

激昂《げっこう》の叫びが飛ぶ。

「あと少しだったのに！　あと少しだったのにぜんぶ台無しにしやがって！　おまえのせいなんだよ！　このくそガキが！」

「！」

青年がニナの足元に抱きついた。

引き倒して転がったすぐ脇に、上段からの強撃がくだされる。憤怒《ふんぬ》の形相《ぎょうそう》のパウラは縦横に片手剣を放ち、必死に避ける青年とニナの甲冑《かっちゅう》がいくども打たれた。緩《ゆる》く編んだ髪は額に乱れかかり、白粉が崩れた頬《ほお》からは赤黒い火傷痕が醜くのぞいている。激しい攻撃で眼窩《がんか》にはめていた丸眼鏡が落ちたとき、砂浜の方から波の弾ける音が聞こえた。

パウラは、は、と我にかえる。

いけません、急がないと通路が消えてしまいます、とつぶやいた。パウラは吉草のなかに這《は》いつくばる青年とニナを見おろすと、なにかを思いついたように口の端をあげた。

お立ちなさい、と片手剣をしゃくって身を起こさせる。

背後をとった形で剣先を向けると、咳《せ》き込む青年と息を荒らげるニナを、少し先の断崖まで歩かせた。

入江の外縁部をかこむ断崖には、数十ほどの洞窟《どうくつ》が黒々とした影を落としている。夜空を貫くほどに高い岩壁は凸凹《でこぼこ》で、よく見れば地形を利用した階段や、木製の梯子《はしご》がかけられている箇所《かしょ》もあった。

パウラは周囲を見まわすと、あそこがいいですね、と、桟橋《さんばし》からの通路と近い洞窟を剣先で示した。ニナと青年をそこまで歩かせると、シダ植物が両脇を隠すように茂る洞穴に入らせる。

「これは……」

青年が息をのんだ。

隣によりそうニナは内部を見わたすと、肩をこわばらせる。

陣所ほどの高さの洞窟には数十をこえるだろう、大きな木箱が積みあげられていた。

一見すると王都ギスバッハの中央桟橋で頻繁《ひんぱん》に見かけた、商船から運ばれる交易品を思わせる。けれど射しこむ月光が照らし出すそれらには、保管期間のちがいを表すように、比較的に綺麗《きれい》なものから表面に苔《こけ》が生えたものまであった。

——本当に……ここが、商船から収奪した交易品を保管しておくための。

ごくりと喉を鳴らしたニナの耳に、重い金属音が聞こえた。

は、と振りかえると、洞窟の入り口をふさぐように立つパウラが壁に手をかけている。

爪紅《つめべに》で彩られた彼の手には金属製の太い鎖がにぎられていた。壁面に穿《うが》たれた留具からのびる鎖の先をたどったニナは、目を見開く。入ったときには気づかなかった。入り口付近には天井に埋め込まれるように、金属製の柵がぶらさがっている。

パウラは弓なりに目を細めた。

「入江の通路は、満月か新月の引き潮のときにしか入れません。ですがまれに、難破した船の乗員が流れつくことがあります。ですのでいくつかの洞窟の入り口には、無粋な侵入者を閉じこめるよう、罠《わな》を施《ほどこ》してあります」

「あんた……まさかおれたちを」

険しい顔で問いかけた青年に、パウラは小馬鹿にしたように鼻を鳴らした。

「わたくしの交易品に興味がおありなのでしょう？　どうぞ何年でも、ご存分にお調べください。わたくしはしばらくこの地を離れます。次にお会いするときは別のわたくしに……いいえ、すみません。お会いする機会はもう――」

パウラがふと顔を向けた。

いつのまにか背後に、外套《がいとう》姿の警兵長が立っている。

唐突《とうとつ》な接近に細眉をひそめつつ、王子はどうしました、今度こそ始末したのですか、とパウラが問いかけると、警兵長はなぜだか周囲をまわした。洞窟の前にはパウラが立ち、奥には青年とニナがいるだけで、あたりにほかの警兵の姿はない。

警兵長は海獣を思わせる顔をしかめて下を向いた。

屈強な双肩《そうけん》がいびつに盛りあがる。やがて警兵長は、いえ、王子は実は、とうつむいたままパウラに歩みよった。怪訝《けげん》な表情をしたパウラの長身が、大きくふるえた。

「！」

剣風が洞窟にこだまする。鮮血が岩肌に飛び散り、首元の孔雀羽根が断たれて落ちた。

ゆっくりと膝をついたパウラを、警兵長は思いきり蹴《け》りつける。

片手剣で斜めに斬られた身体《からだ》は、ニナの足元まで転がって止まった。もう無理だ、あんたにはついていけねえ、と吐き捨てた警兵長は、壁の金属棒に手をかける。一気に倒すと留具が外れ、鎖の支えを失った天井の柵が音を立てて落ちてきた。

「！」

ずん、と洞窟が振動し、あがった土煙が月光に照らされる。

反射的に身を屈めたニナと青年が顔をあげたときには、入り口をふさいだ鉄柵の向こうに、駆けていく警兵長の後ろ姿が見えていた。

「なんだよ……意味がわかんねえ。仲間割れか……」

青年は呆然《ぼうぜん》とつぶやいた。足元に倒れるパウラは、ちくしょう、あいつ、ふざけるなと、呻《うめ》き声をあげている。黒々と広がる血溜まりに長身をのたうたせ、岩盤をかきむしる爪が剝《は》がれて飛んだ。

突然の事態に身をすくめていたニナが、鼻をひくつかせる。

──この臭《にお》いは。

流れてくる夜風に煙の臭いが混じっているのを感じた。気がつけば周囲を照らす光源は月の光だけではなかった。入江に繁茂《はんも》する木々のあちこちで炎が見え、狼煙《のろし》のような白い煙が幾筋もあがっている。

青海色の瞳に遠く炎を映したニナの背筋を、嫌な汗が流れた。警兵長はパウラに剣を向けて逃げ去った。あるいは入江ごと彼女を──彼を消して、すべての証拠を燃やしつくすつもりなのだろうか。

「くそっ!」

青年が我に返ったように鉄柵をつかんだ。

洞窟に閉じ込められて火にまかれれば、助かるはずがない。入り口をふさぐ金属製の柵を、どうにか持ち上げようとする。歯を食いしばる青年の隣で、ニナもまた錆《さ》びた鉄柵に指をかけた。

けれど必死に力を込めても、わずかな隙間《すきま》があく程度しか動かせない。無理だと知るや、二人は木箱の交易品から使えそうなものを探したが、中身は織物と硝子細工《ガラス》だった。呪いの言葉を吐いていたパウラは多量の出血のためか、いつしか意識を失っていた。

——長靴《ちょうか》の音が聞こえてきた。

警兵かと二人が身構えるまえに、闇でも輝く金の髪が視界に入った。

洞窟の外に流れる硝煙《しょうえん》のなかに人影が見え、自分たちを必死に探す声がする。ニナは青海色の目を輝かせた。

「リヒトさん！　ここです！　洞窟のなかにいます！」

鉄柵をにぎったまま声を張りあげると、数秒と待たぬうちに靴音《くつおと》が迫ってくる。入り口のシダ植物が揺れた。夜を掻《か》き分けるように、リヒトが洞窟に飛びこんできた。

「ニナ——……っと！」

行く手をさえぎる鉄柵にあわてて足を止める。

奥の二人を目にすると、やっと見つかった、と肩で息を吐いた。はあ、よかった、と両膝に腕をついたリヒトの姿を間近にし、喜びに顔を綻《ほころ》ばせていたニナは口元を手でおおった。

あらわれたリヒトは濃厚な血臭をまとっていた。

パウラの言葉からすると、ニナたちと別れたあとに警兵に襲われただろう彼は、武器を持っていなかった。殴打されたらしい顔は腫れあがり、甲冑もなく斬られた身体は、裂けた服のあいだから赤い傷口がむき出しの箇所もある。

言葉を失っているニナに気づき、荒い呼吸を吐いていたリヒトは身を起こした。

血と汗で汚れた顔をぬぐうと、にこりと笑った。

「ごめんね遅くなって。警兵がちょろちょろしてて時間がかかっちゃって。……そんな心配そうな顔しないで、ニナ。おれはぜんぜん元気いっぱい。大好きな恋人と、大好きな友だちが無事だったんだもん。なによりおれ、いろいろ鈍い特異体質だから？」

ね、と首をかしげて、鉄柵のあいだから腕を差し入れる。

潤んだ目で見あげてくるニナの頬を優しくなでた。ともかく早くここから出なきゃだね、と告げたリヒトに、は、はい、とニナは小刻みにうなずく。青年はそんな二人の姿に柔らかい苦笑を浮かべると、あてられたように頬をかいた。

洞窟の入り口をふさいでいるのは、侵入者を閉じ込めるための鉄柵。三人は相談のすえ硝子細工の入った、頑丈な木箱を利用することにする。

せえの、と声をあげて青年とリヒトが鉄柵を持ちあげ、生まれた隙間にニナが木箱をかませた。そうしてできた膝丈程度の空間を、まずは小柄なニナがくぐった。

無事の脱出を見届けた青年は慎重に鉄柵から手を離す。薄い鉄板で補強されてはいるが、鉄柵を支える木箱はぎしぎしと軋んでいる。そのままニナにつづくかと思われた青年は、しかし振りかえると、横たわっているパウラに歩みよった。

両脇に腕を差し入れた青年の姿に、ニナと鉄柵を支えているリヒトが眉《まゆ》をよせた。

「ねえ、なんでそいつを」

「大事な〈証拠品〉だ。血を流しすぎてるが、早く治療すればまだ助かる。シレジア国にいまある問題を解決するためには、こいつが必要だ。なんとか生きたまま王都に──」

「──助からねえ！」

パウラが唐突《とうとつ》に絶叫した。

己を抱える青年を突き飛ばすと、鉄柵のあいだから這いずり出る。出血のせいで意識が混濁《こんだく》しているのか、あああ、馬車が、行っちまう、孔雀羽根の奴が、待ちやがれ、と意味不明なことを叫び、闇雲《やみくも》に岩盤を蹴った足が木箱にあたった。

「！」

亀裂の入る音がはしったときには、リヒトはニナを抱きよせ後方に飛んでいる。

もともと耐えきれる強度ではなかったのだろう。僅かな衝撃をきっかけに、支えの木箱は呆気《あっけ》なく壊れた。粉砕《ふんさい》された木片が散るなか、金属音をたてて落ちてきた鉄柵が、岩盤にずん、とめり込む。

ちくしょう、あああ、とよろめきながら駆けていくパウラを、火の粉が彩った。

満月が清かに照らした夜はすでにない。森林を焼く火は入江の半分ほどに広がり、生木が燃える嫌な音が弾ける。熱風は上昇気流を呼んで渦《うず》をまき、炎をはらんだ潮流が断崖《だんがい》をこえて立ちのぼっている。

炎にのまれる入江を呆然と見ているリヒトに、青年が言い放った。

「なにやってんだ、さっさと奴を追いかけろ！」

は、と肩を跳ねさせたリヒトが振りかえる。

青年とリヒトのあいだは冷たい鉄柵で区切られている。遠ざかっていく奇怪な叫びを耳に、リヒトはいびつな笑いを浮かべた。

「……なにやってんだって……なにやってんだは、あんたの方でしょ。馬鹿なこと言わないでよ。待ってて、いますぐ助けるから――」

「助けるのはおれじゃなくて、大事な証拠品の奴の方だ」

鉄柵にふたたび腕をかけたリヒトの言葉を、青年はさえぎる。

「あの調子じゃ、はやくしねえと炎にまかれて死んじまう。それにもたもたしてたら満ち潮になっちまう。洞窟《どうくつ》から出られても、入江の通路が水に沈んじまったら、それこそ全員が助からねえ」

ほら急げ、ぐずぐずするな、と顎《あご》をしゃくられ、リヒトは首を横にふった。

「やめてよ。あんたの軽口には慣れてるけど、悪いけどぜんぜん笑えない。おれがここを離れたら、あんたはどうなるんだよ。……会えたんだよ。無理だと諦めて、せっかくこうして会えたのに、そんなの」

「いい加減にしろ！　おれに、三度目の失敗をさせる気かよ！」

青年が怒鳴った。三度目、とリヒトが擦《かす》れた声でくり返すと、辛《つら》そうに眉をよせる。

錆びた鉄柵を掌《てのひら》に食いこませるほどにぎり、どうにか持ちあげようとしているリヒトに、青年は絞《しぼ》り出すように告げた。

「……あの〈青年店主〉に仲間がさらわれたのは、おまえのせいじゃない」

「……え？」

「琥珀《こはく》を売りにいったとき、おれ、一度だけ逃げようって思ったんだ。金貨を独り占めして仲間のことを放りだして、逃げちまおうかって。……そのせいで帰りの船に乗り遅れて、嵐にあって金貨をなくした」

リヒトは新緑色の目をゆっくりと見開いた。

自嘲《じちょう》気味に笑って。青年はつづける。

「おれが約束を守ってもっと早くに帰ってたら、仲間も街の子供たちもさらわれなかったかも知れねえ。そんな後悔《こうかい》で、おれはぜったいにあいつを捕まえたくてさ。おまえがリーリエ国に去ったあとも、ずっと探してて……探してて結果的に、あいつに目をつけられて、逆に酒場が襲撃された」

とんだ兄貴分だろ、ほんと馬鹿だよなと、青年は声をふるわせた。

発熱と太刀傷のせいか、血の気を失った顔でリヒトを見すえる。そのときのことを思いだしているのか、こみ上げる思いに潤んだ目をしばたたかせると、青年は泣き笑いのような表情を浮かべて告げた。

「なのにおまえ……おまえは、ぜんぶ自分のせいだって、おれのこと疑いもしねえでさ。汚い嘘ついたのに信頼してくれて……だから今回だけはって。今回だけは兄貴分としての責務を果たしたいって。おまえのいまを守りたいって、そう思ったんだよ」

遠くで火柱が大きくあがった。

下草を延焼する炎がはしり、草花が大地とともに焼ける音がする。多くの子供を苦しめた北方地方の白い花は、断末魔《だんまつま》の叫びをあげるように枝葉を揺らすと、灰となって天へと消え去っていく。

すべてを燃やす炎に眩《まぶ》しげに目を細めて、青年は、そうだ、いちおう伝えとくか、と思いついたような顔をした。

「ヨルンとルカは、あの火事で死んだ」

静かな声で告げて、リヒトに向きなおる。

すぐそばにいるのに、もう届かない。鉄柵に手をかけているリヒトは、食い入るように青年を見つめている。

「メラニーは商売をやってて、アヒムは船に乗ってる。カトリンは結婚して子供が二人。トビアスとカールは行方《ゆくえ》がわからねえ。そしてリヒトは……」

青年はニナを見おろした。青海《あおうみ》の目をいっぱいに見開いて、にぎった拳で胸を強くおさえているニナに、嬉しそうに微笑《ほほえ》みかける。

リヒトに視線を戻すと、大きくうなずいた。

「リヒトはちゃんと〈騎士〉になって、好きな子と、なんだか幸せに暮らしてた」

それだけ言うと身をひるがえす。じゃあな、気をつけていけよ、おれは奥から抜けられる道でも探してくるわ、と片手をあげた。洞窟に射しこむ炎の朱が青年を彩る。赤と金の髪が、懐かしい夕焼けのように輝いた。

「待ってよ……なんなんだよ……」

リヒトは放心したようにつぶやいた。

は、と我に返ると、つかんでいた鉄柵を力任せに揺さぶる。岩盤が軋《きし》み、天井から崩れてきた石塊《いしくれ》がリヒトの頬《ほお》をかすめて落ちた。それでも動かない鉄柵に、リヒトは拳をたたきつける。血が飛ぶのもかまわずになんども殴《なぐ》りつけ、遠ざかっていく青年にわななく声を張りあげた。

「なに勝手なこと言ってんの？　ぜんぜん意味がわかんないし。ねえ……ねえ待って。待ってったら……。嫌だ……本当にこんなの、おれは……。頼む……頼むからさ。レ……レニー……レニー、レニー！」

こほ、と乾いた咳《せき》が洞窟にこだまする。

痩《や》せた後ろ姿は、冷たい常闇《とこやみ》へと消えた。

「――レニー！」

終章

探していた人物は岬の先端に座っていた。

空は晴天。太陽を受けた金髪が、海風になびいている。

火の島《イグニス・インスラ》の最西端である灯台岬。

近くの港町から漁港と川をとおった先の岬には、名の由来となった古い灯台がある。視界の隅々までを埋めつくす広大な海原《うなばら》に、白い帆《ほ》を掲げて行きかう船に光を与える、たしかな道しるべとなっている。

海面から吹きあげてくる冬の風が、立ち止まったニナの外套《がいとう》を舞わせた。

呼びにきたのに、いざその姿を見かけたら、なんと声をかけたらいいのかわからなくなった。悩んでいると気配を察した金髪の青年――リヒトが振りむいた。

ニナ、と、ふわりと笑う。

緩《ゆる》められた目元が赤くなっていたことに、ニナの胸が痛んだ。

リーリエ国への帰国まえに、リヒトの住んでいた街シェキルにやってきた。酒場の跡地や教会をまわったあとで、ちょっと岬に立ちよってもいいかな、と告げた彼は、一人になりたそうな雰囲気《ふんいき》だった。

ニナは王都ギスバッハから御用船を手配してくれたナルダ国王らと、港で待っていたのだが、出航の予定時刻になってもリヒトは戻らない。オラニフと相談して、ニナが岬へと馬を駆った。護衛と案内をかねてついてきたトフェルは気をきかせてくれたのか、岬に向かう途中のアーモンド畑を見学している。

ニナは、ぺこりと頭をさげた。

青い海に突き出たような細い突端。海風にさらされ、色あせた木柵《もくさく》のまえで膝を抱えるリヒトに歩みよる。ごめんね、もうそんな時間だった、と眉尻《まゆじり》をさげたリヒトは、けれど立ちあがろうとしない。

ぼんやりとした目でニナを見あげた。落ちた沈黙に、断崖《だんがい》に弾ける波の音が聞こえた。戸惑ったニナが、あの、とたずねると、リヒトは、柔らかい苦笑を浮かべた。

「……ううん。こっちが現実なんだなーって」

「現実？」

「ずっと夢を見てた気がしてて。……すごく長い夢。だけど、こっちが本物なんだって、思ったから」

そう告げて、リヒトは眼下に広がる海原を眺める。

太陽は中天に近いのに、ふたりの吐く息は白い。

寒流の影響で灯台岬のあたりでは、南シレジアながら寒いのだと教えられた。

リヒトの隣に立ち、ニナは目を細めて海を見やる。

過去が生んだ夢幻のような夜から半月がすぎた。この岬は寒いと教えてくれた人とは、それ以来、会えていない。


──シレジア国の女宰相《おんなさいしょう》パウラによる、王兄マクシミリアン公討伐《とうばつ》をもくろんだ王冠強奪事件。御用船を利用して海賊《かいぞく》行為をおこない、収奪品の売買で巨利を得ていたこと。

国そのものを揺るがしかねない大事件は、しかし関係者の適切な対応により、その影響を最小限に抑える形で決着した。

主犯であるパウラの身柄を得たことが、なによりも大きかった。

ちょうど年またぎの満月の夜。リヒトによって延焼する入江から脱出させられたパウラは、異常な火炎を見て近海に急行してきたナルダ国の御用船に保護された。警兵長により深い太刀傷《たちきず》を受けたパウラだが、迅速《じんそく》な治療により一命をとりとめた。意識が戻ったあとは〈貝の城《ムル・シエル》〉の牢屋《ろうや》に収監されて、取り調べを受けている。

嘘を白粉《おしろい》で塗り固めた彼女――彼の証言は、真実か虚言かわからない部分も多々あった。

女宰相の顔で微笑んだかと思えば、粗野な男の声で怒鳴りちらす。自分は先王の愛妾《あいしょう》だと公言し、旧フローダ国王家の子孫を名乗り、王妃と恋仲でマルセルは己の実子だとのたまった。またあるときは貴族に親を馬車で轢《ひ》き殺された〈存在しない民〉で、すべてはマーテルの恵みを盗んだものへの仕返しだと笑った。

パウラになる前は海賊として海を荒らしていたという彼の素性《すじょう》は、王都の貧民街に住んでいた孤児だったこと以外わからなかった。地方貴族の夫人だった〈本物のパウラ〉は、夫とともに海で亡くなっていたことが、後に確認された。

旧フローダ地方で二人組の〈王冠強奪犯〉に振りまわされていた副警兵長は、パウラの捕縛《ほばく》を聞いて逃走した。収奪品を奪って南方地域へと逃れた警兵長らとともに、追捕の手配書が出された。彼らをふくめてほとんどが海賊や野盗あがりだった警兵や、パウラの商船の船員たちは捕まり、裁きを受けることになった。

強奪されたはずの水宝玉の王冠は結局、〈貝の城〉の宝物庫の奥に隠されていた。

――国家の要人の起こした事件を公表することに、異論がなかったわけではない。

得体の知れぬ男を女宰相と頼った王家の名誉に傷がつき、国威の失墜《しっつい》は言うに及ばず、人心の不安や混乱をまねく。またパウラから〈贈り物〉をもらって便宜《べんぎ》をはかっていた貴人たちは、己の不見識が公《おおやけ》になることを恥じて、穏便な形での決着を望んだ。しかし国家連合《リントヴルム》や諸外国を巻きこんでの事件である以上、可能なかぎり真実で応える義務があるとの、ナルダ国王の説得には理があった。

シレジア国のために、関係者はそれぞれの立場で尽力した。ナルダ国王は憔悴《しょうすい》した王妃の悲哀に寄りそい、新王マルセルの後見役や、一部の先遣部隊が交戦していた王兄マクシミリアン公との交渉役を引き受けた。

遅ればせながら討伐軍として王都に到着してきたキントハイト国騎士団長イザーク、ならびにリーリエ国騎士団長ゼンメルは、大規模な共同軍事演習をおこなった。新王マルセルの友軍として西方地域の結束を示し、動揺《どうよう》する国内の沈静化に貢献した。

また先遣部隊ながら慎重論を徹底し、結果として無益な交戦を回避したクロッツ国騎士団長レオポルトの名声は大いに高まった。前々からパウラ宰相には疑念を抱いておりました、怪しげで狡猾《こうかつ》そうな女人だと、誠心を尊《とうと》ぶ騎士の勘ですな、と有頂天になったレオポルドに、小隊長としてしたがったロルフは無言で目を伏せていた。

トフェルは解決を裏で支えた立役者となった。ナルダ国騎士団員から海賊に奪われた交易品の一覧表を入手したトフェルは、彼らとともに東の隊商を装って、城下で売られていた〈花染毛織物〉を破格の値で買い占め相場をつり上げた。金策に苦慮《くりょ》していた女宰相が手持ちの収奪品を売るのを誘い、そのことがリヒトを入江に導いて、警兵長の御用船がナルダ国船と遭遇《そうぐう》する機会をもたらした。

多くの真実が公表されたなかで伏せられたのが、リヒトにまつわる事情だった。

彼が〈貝の城〉を出てからの一連の行動を明らかにすることは、同時に〈ラントフリート〉のシレジア国時代を広めることでもある。

女宰相の身柄をおさえた大功を喧伝する利益と、貧民街育ちの素性を明かす不利益。リーリエ国王家に傷をつけることをきらった兄宰相の意向により、〈ラントフリート〉は当初の口実どおり、風邪《かぜ》をこじらせて貴族の別邸で療養していた、という形にされた。

それに付随《ふずい》して、事件の解決に尽くした彼の友人の存在もまた、わずかな関係者が知るだけにとどまった——


青い空を海鳥が飛んでいる。

代理競技のときに耳にしたような甲高《かんだか》い鳴き声が、吹きさらしの岬にひびいた。

いまは一月の中旬。リーリエ国を出立《しゅったつ》してから、ちょうど二カ月が過ぎた。そのあいだに起こったさまざまな出来事と、あまりに目まぐるしかった日々を思い返すように海を眺めて、リヒトは口を開いた。

「……なんか、不思議だよね」

「え？」

「あんなにすごい……本当に、いま考えてもなんだろってほどいろんなことがあったのに、でも、なかったことにされてるんだ。おれが〈貝の城〉を出てから、満月の夜に入江に到達するまでのこと。それ自体が不満なんじゃなくて、おれたちの存在とか行動って、結局、どれだけ足掻《あが》いても凪《な》いだ海になるのかな、って」

凪いだ海になる、とくり返したニナに、リヒトは、うん、とうなずいた。

静かな表情を浮かべた横顔は、竜爪諸島がおぼろに見える水平線へそそがれている。

「たとえは悪いけど、海に落ちた人が必死に泳いで、でもいつかは必ず沈んでくみたいに。残るのは海だけなの。火の島に生きるすべての人も国も、制度もなにもかも。いずれは水底に消えてって、ただ海面が綺麗な青をたたえてる。……その存在がどんなふうに生きてたかなんて誰も知らない。だっておれも今日シェキルに来なかったら、レニーがなんで王兄に協力したか、知らないままだったし」

「リヒトさん……」

ニナは切なげに眉をよせた。

唇を結んでうつむいた顔に冷えた黒髪がかかる。リヒトが故郷の街にきたのは、自分の母や友人が眠る教会に花をたむけるためだ。事後処理に追われ、帰国をまえにしてようやく個人的な時間がとれた。

そこで教会の司祭から聞かされたこと。ゲルヴィザ鉱山の採掘刑を終えたレニーは、数年前にシレジア国に戻ってきていた。離散した仲間の行方《ゆくえ》を捜しつつ、商船の護衛などをして金を貯め、かつて住んでいた酒場の跡地を買おうとしていたらしい。

誰かが戻ってきたときのためか——理由はわからない。この国の民でない彼は、まずは国籍を手に入れようとしたが、焼印をもつものがシレジア国民になるには大金がいる。また彼の鉱山病はかなりすすんでいて、あと二、三年程度の命だったろうとの話だった。

あるいは限られた時間のなかで、どんな方法であっても己の生きた証《あかし》を——なにかを残したいと思ったのだろうか。

その話を聞いたリヒトは声をあげて泣いた。

洞窟《どうくつ》でレニーと別れてから、彼はいちども泣いていなかった。潮が満ちて小舟がとおれなくなった入江の通路を、ニナとパウラを抱えて泳ぎ脱出した。駆けつけた国王オラニフに己の知るかぎりの顛末《てんまつ》を証言し、王都ギスバッハで合流した団長ゼンメルへの報告も各国の使者との交渉も、涙一つ見せずに落ちついて対応していた。

延焼の速度を考えれば保管されていた交易品に、油や祝砲用の硝石《しょうせき》などがあったのかも知れない。断崖《だんがい》にかこまれた入江そのものを竈《かまど》にした火災は一週間はつづいた。シレジア国では珍しい雪が降らなければ、近隣の山に燃え広がる可能性もあった。

入江の通路は満月と新月の干潮時《かんちょう》にのみ、その道を開く。事件から半月が過ぎ、今日明日中には本格的な調査の手が入ることになっているが、あの場にあったものはおそらくすべて、燃えてしまっただろうとのことだった。

それこそリヒトの表現する、凪いだ海だけが残るように──

「……だけど、消えても消えてないんだよね」

唐突《とうとつ》なリヒトの言葉に、下を向いていたニナは顔をあげる。

傍《かたわ》らに座るリヒトは海を見つめたまま、胸に手をやっている。

「いなくなったのに、いるの。ちゃんとここに。二度と会えなくて、身体《からだ》も存在も消えたのに、でもたしかにここにいる。……そう考えるとあいつは、過去といまをつなぐために来てくれたのかも知れない」

「過去といまを……つなぐため？」

「なくしたと思ったものも、みんないまにつながってるんだ。いまのおれに。小さな出来事も、気持ちも出会いも。おれが気づかなかっただけで、本当はちゃんとあった。……なくしてなかった。なんとなく最近そんな感覚があったんだけど、あいつはあらためて、それを教えてくれたのかな、って」

ああでもうまく説明できないや、おれ〈特異体質〉みたいだから、とリヒトは頭をかく。しみじみとした微笑《ほほえ》みを浮かべて、けれどくしゃりと顔をゆがめた。

唇を引き結ぶ。泣きはらした目をしばたたかせて、リヒトは声をしぼりだした。

「おれは特異体質で……あいつはやっぱ嘘つきだ。あの洞窟に、ほかの出口なんかあるわけないじゃん。ばればれの嘘とか、なんなんだよ。失敗だって、おれなんか百回はしてるよ。最後まで兄貴ぶってさ。ほんとあいつは昔から、いつもいつも——」

ニナはリヒトに抱きついていた。

座っている彼を胸元に引きよせる。わななく頭を、力のかぎりで包みこんだ。リヒトの腕がニナの背中にまわった。一つになった外套《がいとう》を、冷たい風が舞わせた。

大きくうねった波が眼下の岩場に打ちよせる。

水しぶきが弾けて、海の涙のように散った。

リヒトはやがて、少しだけニナから身体を離す。濡れた目元を袖口でぬぐうと、視線を迷わせてから、おれね、とニナを見つめて告げた。

「……おれ、まえにこの岬で、ぜんぶをなくしたと思ったときがあってさ。世界が闇にのみこまれて、小さなおれの手にはなにもなくて、胸には大きな穴があいて。その穴から吹く風が、ずっとずっと聞こえてたんだけど」

リヒトはニナの顔に手をのばした。

冷え切って、だけどどうしようもなく温かい頬《ほお》を、愛《いと》おしげになでる。

「……でもいま、すごく悲しいのはたしかなのに、不思議と胸は寒くないんだ。風音のかわりにニナの声が聞こえて、手にはちゃんとニナの存在がある。……だからおれね、もしあのときのおれに会えたら言ってやりたい。きっと大変なことはたくさんあるけど、いつか隣にいてくれる子に出会えるから、だからもう少しだけがんばれ……って？」

照れくさそうに励まして、リヒトは首をかしげる。

思いを分け合うまなざしがかさなった。

先に顔を近づけたのはニナだった。

乾いた唇が音をたてる。いちど触れて、角度を変えてから、ふたたび深く合わさった。

熱い吐息が互いの肌をくすぐり、流れた黒髪が金の髪と優しく溶ける。やっと〈頭突き〉をしてもらえたと、リヒトは幸福そうに目を細めた。

――馬蹄《ばてい》の音が地面を迫ってくる。

岬を眺めにきた観光客かと、急いで身体を離した二人だが、灯台のそばで手綱《たづな》を引いた人物に目を丸くした。

リヒトとよく似た金髪をはねさせて馬から飛びおりたのは、リヒトの義姉ベアトリスだ。

ベアトリスは昨秋から、火の島杯で王族を失った東方地域の国へ弔意《ちょうい》訪問に行っていた。

唐突な登場におどろく恋人たちに猛然と駆けよったベアトリスは、拳を振りあげるやいなやリヒトを殴《なぐ》りつけた。

「！」

呆気《あっけ》なく飛ばされたリヒトの身体が、背後の木柵《もくさく》にぶつかった。

ばきりと嫌な音が弾け、壊れた柵の一部が白波がたつ海へと落ちていく。あわてて身を引いたリヒトは、頭をおさえて美しい義姉を睨《にら》みつけた。

「ちょっと！　唐突に登場したと思ったら、なんなんだよいきなり！　ていうか空気読んでよ！　ここは思いっきり読んで、見て見ぬふりで回り右するところでしょ！」

「なんなんだよじゃないわ。アーモンド畑で会ったトフェルから聞いたわ。あなたがものすごくニナに迷惑をかけて、焼き菓子も食べれなくなるほど心配させたこと！」

ベアトリスはすでにニナを抱きしめている。

豊満な胸のなかに抱えこみ、黒髪にキスを落とした。大変だったわね、こんなに痩《や》せて……ないわね、日に焼けて健康そう、筋肉もまえよりついてるわ、まあ細かいことはいいわね――と笑って、真っ赤になっているニナの額に、もういちどキスをする。

団長ゼンメルに遅れて王都ギスバッハに到着したベアトリスは、ナルダ国王オラニフが港街に行ったと聞き、あとを追ってきたらしい。ところが停泊する船にオラニフの姿はなく、リヒトたちを迎えに灯台岬に向かったと知らされ、馬を走らせたとのことだった。入れちがっちゃったかしら、そういえば道端で花を眺めていた集団を追い越した気もするわね、と首をかしげたベアトリスは、外套のポケットに手を入れる。

取り出されたのは二通の手紙。

「これは東方地域の帰りにテララの丘の理事館で、元副団……国家連合監査部の人から渡されたの。こっちは団舎《だんしゃ》に立ちよったとき、ちょうど届けられてたから。急ぎだと困ると思って、いちおう持ってきたわ」

ニナとリヒトそれぞれに手紙を渡すと、じゃ、わたしは陛下を探してくるわね、とっておきのお土産《みやげ》があるのよ、と身をひるがえした。

登場が突然なら去っていくのも唐突だ。馬に走りよるなり軽やかに騎乗すると、あっというまに遠ざかっていく。

戸惑いつつ、二人はともかく手紙を開いた。

ニナへの手紙は、秋口に対面した監査部のクラウスに託した、メルへの手紙の返信だった。代理競技のころに書いて出しそびれていた手紙は、事件への対応に追われるまま、いまだ書筒《しょづつ》ごと剣帯《けんおび》におさめられている。

遙か異国の地にあり、彼女がどうしているか気になっていた。ベアトリスの配慮に感謝しつつ、胸を高鳴らせて手紙を見ると──

『ニナにメルの手紙が届いて、嬉しい。

メル』

「──え？」

中央に書かれているのは、またしてもそっけない一文。

念のために裏側をのぞきこんで、やはりなにもないことを確認したニナは、なんともいえない顔をする。

けれどすぐ、まなざしを和《やわ》らげて微笑んだ。

手習いのように正確な文字を、愛《いと》おしげに指先でたどる。つながることはたしかに嬉しい。生き方でも言葉でも。離れていても大切な気持ちをこうして結んでくれる。

隣で手紙を開いていたリヒトが、は、と短い息を吐いて空をあおいだ。

彼へ渡されたのは国元の兄宰相《あにさいしょう》からの手紙だ。表向きは〈風邪《かぜ》をこじらせて療養〉とされたけれど、リヒトは今回の事件で誰よりも立派な役目を果たした。すべての事情を知る兄宰相からの労《ねぎら》いの言葉かと思ったニナに、リヒトは読んでみて、と手紙を差しだす。

受けとったニナは白百合《しらゆり》紋章の刻印された手紙に視線を落とした。

神経質そうな細い文字で記されていたのは、〈ラントフリート〉としての新しい仕事だ。新設した砦《とりで》の常駐兵の編制、街道の警備にまつわる各国との経費交渉、ラトマール国とのあいだにある旧カッファ地方に逃げた、反乱の残党の討伐《とうばつ》——

「……相変わらず兄宰相は兄宰相っていうかさ。ここはお世辞《せじ》でも、ご苦労とか大儀《たいぎ》であったとか、見事な働きだったとか、そっち方面じゃないの？　それにいくら特異体質だって、休養と、なにより恋人の補給は必要なんだけど？」

渋い顔でぼやいたリヒトに、はあ、とニナは首をすくめた。

不平そうな新緑色の瞳と、うかがうような青海色《あおうみ》の瞳。

けれどやがて二人は、小さな笑いをもらした。

メルの今後と庶子《しょし》としてのリヒトの先行き。すべての問題が解決したわけでもない。大変なことはこれからもきっとあるし、大きな波のまえに立ちすくむときも、冷たい雨のなかを歩く日もくるだろう。

けれどいまはともかく――

リヒトはニナに手を差しだした。

秋の王都をのんびり歩いた夕暮れが心をよぎる。離れていた日々が長かった。ようやく同じ場所に戻れるのだと、帰ろっか、と言いかけて、ううん、と首を横にふった。

「……行こうか、ニナ」

思いを込めたその一言に、小さな頬が紅潮する。

「はい!」

希望を声にあふれさせ、ニナはリヒトの手をとった。

灯台のそばにある厩舎《きゅうしゃ》には、二人の馬がつながれている。補助具を使って馬によじのぼるニナの横で、リヒトがふと振りかえった。

岬の先端には誰もいない。

ともに過ごした子供たちも赤金の髪の少年も、片手をあげて背中を向けた青年も――

「――……」

リヒトは背筋をのばして立礼《りつれい》した。

陽光を受けて煌《きら》めく岬が、こたえるように光を放つ。

明るい表情で力強くうなずき、リヒトはあぶみに靴先《くつさき》をかけると、外套《がいとう》をひるがえして馬に飛びのった。


――その酒場は、灯台岬に近い港街にあった。

火の島の最西端に位置する、遠距離航海の途中で商船が補給に訪れる小さな街。主要街道からは遠く珍しい特産品もなく、寄港者相手にどうにか生計を立てている。

マーテルの恵みからはこぼれたような街だが、坂の途中にあるその酒場に住むものたちは、不思議なほど活力に満ちた目をしていた。

亭主は気のいい兄弟で、店の雑用を手伝うのは身寄りを失った子供たち。その暮らしは決して楽ではなかったけれど、食事と寝床が保証され、ひもじさに泣くことも寒さにふるえる夜もない。

噂《うわさ》を聞きつけた誰かが、店の前に子供を捨てていくことも、成長した子供が道を見つけて旅立つこともあった。出会いも別れもあたりまえに受けいれて、かつて王都ギスバッハの倉庫街に住んでいた兄弟は、ささやかな日々を積みかさねていく。

異国の騎士が持ち主だとも噂されるその酒場には、ときおり、瑞々《みずみず》しい林檎《りんご》が送られてくる。平和の証《あかし》である命石《めいせき》を思わせる赤い果実。内陸国でしか実らない林檎は、蜂蜜《はちみつ》のような甘い蜜をふくんでいる。

子供たちの笑い声は、今日も酒場いっぱいに響きわたる。

建物のあいだから見える空は海のように青い。金色に輝く太陽は、路地の隅々までを優しく照らしている。

あとがき

こんにちは、瑚池《こいけ》ことりです。『リーリエ国騎士団とシンデレラの弓音』シリーズの一区切りということで、このたび、あとがきを書かせていただくことになりました。ここまで長く読んでいただけたこと、またこのような機会を得られたこと、感謝の気持ちでいっぱいです。

『リーリエ国』の刊行はいろいろな意味で、個人としてのわたしと作家としてのわたしのその後を、大きく変えてくれました。デビュー作への思い入れが強すぎたことや、わたし自身があまりに未熟で不勉強であったため、プロットの没を量産し、やっと書けることになった本編も二度ほど思うようにまとまりませんでした。これ以上ご迷惑をかけるより公募生活に戻った方がいいのでは、という状況のなか、三度目に書いたのが『リーリエ国』でした。デビュー作から三年近くが経過してしまった、とてもゆっくりの二作目でした。

そういう決して順調ではないスタートながら、担当の方や編集部の皆さま、「シンデレラの弓音」だったタイトルに「リーリエ国騎士団」をつけてはどうかとご提案くださった関係各所の方々や、装画の六七質《むなしち》さま、なにより読者の皆さまのおかげで、続編を刊行できる望外《ぼうがい》の結果となりました。二巻、三巻と巻をかさね、まるで経験したことのない波に流されるような日々でした。波打ち際で戸惑っていたようなデビュー直後を思うと、いつのまにかずいぶん遠くまで来てしまったのだなと、しみじみと感慨《かんがい》深いです。

『リーリエ国』の土台である戦闘競技会《せんとうきょうぎかい》制度が生まれたのは、サッカー観戦をしているときでした。世界におけるスポーツの位置付けを考えていて、ふと、という感じです。その設定をもとに漠然《ばくぜん》とした物語が誕生し、先に生まれたものを糧《かて》に次のものが生まれ……と派生的に。そしてその土台自体が矛盾《むじゅん》をはらんでいる架空世界、として、すべての物事も登場人物も完璧《かんぺき》ではない、という視点から動いていました。

とりわけヒーローはもっとも完璧に遠く、失敗や間違いを踏まえた先にようやく立てるヒーローでした。序盤ごろに問題が顕在《けんざい》化して四十点に落ちこみ、紆余曲折《うよきょくせつ》あって六十点に浮上し、そして最終的には百二十点になる予定の。それでもヒーローが〈完璧な王子さま〉なら、主人公は成長する必要がありませんでした。〈お姫さま〉のまま安逸《あんいつ》に守られていただけだと思うので、主人公が主人公の所以《ゆえん》たる〈騎士〉になるためには、不完全な相手こそふさわしかったのだと思っています。

そういう関係性を考えると七巻までの道のりは、ヒーローと主人公がともに成長していく話でした。ヒーローはどうにかその名の立ち位置に。主人公は意図せずして、火の島の大きな流れを変えてしまうような騎士となりました。そんな二人が、ああやれやれ、と落ちついて、失くしたものや得たものを嚙《か》み締めて人生を顧《かえり》みられるようになるには、いま少し年月が必要に思いました。「ヒーローが百二十点のヒーローとなったとき、主人公が目にするもの」を、物語の答えとして、わたし自身が見たくなってしまいました。

そんな次第で現時点では、電子書籍での第二部構想を考えています。まだ不確定な部分もありますし、媒体《ばいたい》は変わるかも知れませんが、ふたたびお目にかかれる機会を得られれば嬉しいです。

最後になりますが、この七巻、紙と電子を合わせてちょうど十冊目となりました。長かったのか短かったのか。まだまだ拙《つたな》い部分は多々ありますが、一歩一歩、地道に積み重ねていければと思っています。第二部が終わったとき、物語を書き切れたことへの感謝とご挨拶《あいさつ》ができるように、これからもがんばりたいです。

多くの方々に、あらためましてありがとうございました。

二〇二一年　十二月　　　　瑚池ことり

※この作品はフィクションです。実在の人物・団体・事件などにはいっさい関係ありません。

集英社オレンジ文庫をお買い上げいただき、ありがとうございます。
ご意見・ご感想をお待ちしております。

●あて先
〒101-8050　東京都千代田区一ツ橋2-5-10
集英社オレンジ文庫編集部 気付
瑚池ことり先生

リーリエ国騎士団とシンデレラの弓音
―希望を結ぶ岬―

集英社
オレンジ文庫

2022年1月25日　第1刷発行

著　者　瑚池ことり
発行者　北畠輝幸
発行所　株式会社集英社
〒101-8050東京都千代田区一ツ橋2-5-10
電話【編集部】03-3230-6352
【読者係】03-3230-6080
【販売部】03-3230-6393（書店専用）
印刷所　大日本印刷株式会社

ISBN 978-4-08-680428-8 C0193